·青少版经典名著书库·

童 年

［苏］高尔基 著　爱德少儿编委会 编译

爱德少儿编委会

主　编：童　丹
副主编：陈慧颖
编　委：安　心　代成妙　杜佳晨　高敬华
　　　　姜　月　刘国华　路　远　谭蓉平
　　　　唐　倩　田海燕　任仕之　余小溪
　　　　余信鹏　张重庆　张凤娟　张　云
　　　　张运旭　钟孟捷　朱梦雨

浙江人民美术出版社

图书在版编目（CIP）数据

童年 /（苏）高尔基著；爱德少儿编委会编译. — 杭州：浙江人民美术出版社，2021.6（2025.2 重印）
（青少版经典名著书库）
ISBN 978-7-5340-8727-1

Ⅰ．①童… Ⅱ．①高… ②爱… Ⅲ．①长篇小说－苏联 Ⅳ．①I512.45

中国版本图书馆 CIP 数据核字（2021）第 059534 号

责任编辑：雷　芳
责任校对：余雅汝
装帧设计：爱德少儿
责任印制：陈柏荣

青少版经典名著书库

童年　[苏] 高尔基　著　　爱德少儿编委会　编译
出版发行　浙江人民美术出版社
地　　址　杭州市环城北路 177 号
经　　销　全国各地新华书店
制　　版　湖北省爱德森森文化传播有限公司
印　　刷　河南东方传媒印务有限公司
版　　次　2021 年 6 月第 1 版
印　　次　2025 年 2 月第 5 次印刷
开　　本　695mm×980mm　1/16
印　　张　17.5
字　　数　280 千字
书　　号　ISBN 978-7-5340-8727-1
定　　价　28.00 元

如发现印装质量问题影响阅读，请与承印厂联系调换。

前言

  高尔基原名阿列克谢·马克西姆维奇·别什科夫,苏联作家、诗人、评论家、政论家、学者。高尔基于1868年3月16日出生在伏尔加河畔的一个木匠家庭,幼年丧父,他跟母亲一起寄居在外祖父家。十岁那年,高尔基开始独立谋生。他先后当过学徒、搬运工、看门人、面包工人等,切身体验到了下层人民的苦难。在此期间,他发奋读书,开始探求改造社会的真理并积极投身于革命活动。1905年,高尔基加入了俄国社会民主工党。1906年,高尔基受列宁的委托,由芬兰去美国进行革命活动,在美国出版长篇小说《母亲》。1913年,高尔基从意大利回国,从事无产阶级文化组织工作,主持《真理报》的文艺专栏。1917年"十月革命"后,伴随着革命出现的混乱、破坏、无政府主义思潮及各种暴力事件,高尔基与列宁及新政权之间产生了矛盾。1921年10月,由于疾病,也由于与布尔什维克政权的分歧,高尔基出国疗养。1928年,高尔基回到苏联,在斯大林的安排下进行了两次长途旅行观光,之后,他决定回国定居。1934年,他当选为作协主席。回国后的高尔基作为苏联文化界的一面旗帜,为苏维埃的文化建设做了大量工作。但20世纪30年代苏联出现的种种问题又使他与斯大林及现实政治始终保持一定的距离。1936年6月18日,六十八岁的高尔基因病去世。

  《童年》是高尔基以自身经历为原型创作的自传体小说三部曲中的第一部(其他两部分别为《在人间》《我的大学》)。早在19世纪90年代,高尔基就有撰写传记体作品的念头。在1908年至1910年间,列宁到高尔基所在的意大利卡普里岛公寓做客时,高尔基不止一次地向他讲起自己的童年和少年时期的生活。有一次,列宁对高尔基说:"您应当把一切都写出来,老朋友,一定要写出来!这一切都是富有极好的教育意义的,极好的!"高尔基说:"将来有一天,我会写出来……"不久,他实现了这个诺言。

小说讲述了阿廖沙(高尔基的乳名)不幸的童年生活。父亲去世后,阿廖沙跟随母亲来到外祖父家。这是一个典型的市侩家庭,亲人之间没有一点温情,为了利益争吵不休,直至大打出手,最后他们分了家,母亲也离家出走。在这个家里,只有外祖母疼爱他。阿廖沙在外祖父家结识了一些新朋友,虽然他们最后都相继离去了,但正是这些普通人给了幼小的阿廖沙深深的影响,塑造了他不向丑恶现实屈膝的性格,最终成长为一个坚强、勇敢、正直和充满爱心的人。后来,母亲回到家中,准备再婚。外祖父卖掉了房子做她的嫁妆,从此阿廖沙开始了颠沛的生活。继父输光了财产,整天不务正业,甚至毒打母亲,还到学校造谣说阿廖沙是小偷。在贫病交加中,母亲去世了。从此,阿廖沙告别了童年,走向人间。

小说生动地再现了19世纪中后期苏联下层人民的生活状况,写出了高尔基对苦难的认识,对社会和人生的独特见解,内涵丰富,耐人寻味,字里行间涌动着一股生生不息的热望与坚强。

目 录
CONTENTS

第一章	前往尼日尼	1
第二章	在外祖父家	15
第三章	小茨冈之死	33
第四章	染房失火	57
第五章	分家之后	76
第六章	家庭斗争	95
第七章	两个上帝	107
第八章	奇怪的房客	124
第九章	建立新友谊	146

第十章　母亲归来 ……………………………………	168
第十一章　父母的故事 …………………………………	194
第十二章　母亲再婚 ……………………………………	221
第十三章　走向人间 ……………………………………	250
《童年》读后感 …………………………………………	271
参考答案 …………………………………………………	273

第一章

前往尼日尼

M 名师导读

　　童年,本是一个人一生中最值得回味的一段时光。然而,并不是所有人的童年都是幸福甜美、完美无缺的,有的人甚至很早就遭遇了不幸,阿廖沙便是其中之一。由于家庭变故,阿廖沙不得不跟随母亲前往尼日尼,他们去那里干什么呢?他们的命运又将如何呢?

　　我的父亲被停放在一个昏暗狭窄的房间里,就在那扇窗户下面的地板上。

　　他穿着白衣裳,身子显得特别长,光着的脚指头奇怪地张开着,那双温柔的手静静地平放在胸前,手指弯曲着;快活的眼睛紧紧地闭着,像两枚乌黑的铜币,慈祥的面孔发黑了,牙齿难看地龇着,让我害怕。【名师点睛:开篇以年仅三岁的"我"的视角详细描述了父亲死亡后的样子。由于年龄小,"我"并不理解死亡到底意味着什么,只觉得父亲的样子很奇怪且有些可怕。】

　　母亲只穿着一条裙子,跪在那里,用我常爱拿来锯西瓜皮的那把小黑梳子,缓缓地把父亲那又长又软的头发从前额往后脑勺梳着。她不停地说着什么,声音低沉而暗哑,那双灰色的眼睛好像要融化了似的,大滴大滴的眼泪直往下淌。【名师点睛:细致的神态描写,刻画出母亲极度悲伤时的表情,用语形象、贴切。】

　　外祖母牵着我的手——她是个又胖又圆的老太太,大脑袋,大眼

▶ 童年

睛，鼻子软塌塌的，有点滑稽可笑。她穿着一身黑色的衣服，线条柔和，看起来很有趣。她也在哭，用一种特别的声调随声附和着母亲痛哭。她全身颤抖着，硬拽着我往父亲身边推。我躲在她身后，死犟(jiàng)着不肯去，我感到又窘又怕。【名师点睛：从一个孩童的视角对外祖母的外貌进行描写，话语中充满童趣，刻画出一个形貌诙谐、与众不同的外祖母形象，给人留下深刻的印象。】

我是第一次看到大人们如此难过，也弄不懂外祖母磨叨的那些话究竟意味着什么："跟你爸爸道别吧，你永远也见不到他了，亲爱的孩子，他离开我们了，还那么年轻，这么早就走了……"

这个时候，我因为一场大病初愈，刚刚才能下地。在我生病的时候（这个我有些许记忆），父亲高高兴兴地护理着我，可后来他却消失得无影无踪，随后脾气古怪的外祖母过来照顾我。

我问她："你从哪儿来？"

她回答说："从上边的尼日尼来，是坐船来的，可不是走来的！水上可不能走呀，你这个小鬼头！"

这话真有趣，简直有点莫名其妙。在我们家楼上住着几个波斯人，他们一个个都染了头发，还有大胡子。在地下室里住着一个贩卖羊皮的老头，他是个脸色蜡黄的加尔梅克人，在楼梯的栏杆上能骑着往下滑，要是摔倒了，就翻着跟头滚下去。对于这些事我一清二楚，但这和水有什么关系？一切都那么可笑，甚至是稀里糊涂。

"为什么叫我小鬼头？"

"因为你总爱没完没了地吵吵闹闹！"她说完也笑了。她说得又有趣又亲切和蔼，所以从第一天开始，我们就成了好朋友，不过现在我真希望她赶快带我逃离这个充满悲伤的房间。

母亲的眼泪和号哭让我感到心神不安，也让我感到压抑，我第一次见到她变成这副模样。她一向很严厉，话语不多，衣着新鲜光亮、利利索索；她个头高挑，像一匹马；她身板硬朗，两只胳膊特别有劲。

可现在不知为什么，就像变了一个人似的，她满脸涨得通红，披头散发，衣服也都撕破了。头发原来梳得很平整，像一顶光亮的大帽子，现在披散在裸露的双肩上，遮着脸，编辫子的那半头头发晃来荡去，轻扫着睡着了的父亲的脸，蓬头垢面[形容头发蓬乱，脸上很脏]，让人看着很不舒服。我已经在屋里站了很长时间，可她连眼皮都没抬一下，更不用说看着我，只是一个劲地梳着父亲的头发，痛哭得连喘气的劲都没有了。

几个穿黑外套的乡下人和一个警察往门里瞅了一眼，那警察阴阳怪气地叫道："赶紧收拾！"

窗户上挂着一块黑色的披肩，此时被风吹得像船帆似的鼓胀起来。【名师点睛：前文有"昏暗狭窄的房间"这个短语，与这里的"窗户上挂着一块黑色的披肩"正好前后呼应，让凄凉的氛围更加浓烈。】

记得有一次父亲带我去划帆船，突然雷声大作，他笑了起来，用膝头紧紧地夹住我，大声喊道："不要怕，我勇敢的大葱头，没有关系的！"【写作借鉴：运用了插叙的写作手法，从回忆当中可以看出父亲对"我"的慈爱之心，父亲和母亲对"我"截然不同的态度，形成了鲜明的对比。】

想到这儿，我突然看见母亲费力地从地板上站起来，可是没站稳，又仰面倒了下去，头发散铺在地板上。她双目紧闭，面孔铁青，也像父亲似的一咧嘴：

"滚出去，阿廖沙！关上门。"

外祖母疾步奔向门口，边匆忙推开我边喊道："请乡亲们看在基督的分上不要打扰她，不要怕，请你们走开吧！这里不是闹霍乱，是女人在生孩子，亲人们，做做好事吧！"

我躲到一个昏暗的犄角旮旯[角落或者狭窄、偏僻的地方]里，藏到一口大箱子的后面，从门缝中我看见母亲在地板上不停地扭动。她蜷缩着身子，牙齿咬得咯咯响，哼哼呀呀地呻吟着，外祖母在她的身边半跪着，用亲切的语气说："瓦留莎，忍着点！为了圣父和圣子！圣母

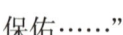 童年

保佑……"

这太可怕了!她们在父亲身旁忙活着,触碰着他,唉声叹气地呻吟着,喊叫着,可他一动也不动,似乎还在笑呢。她们在地板上忙了好一阵子,母亲好几次站了起来,却又倒了下去。外祖母像个又黑又软的大皮球,从屋里滚出去又滚进来。【写作借鉴:将外祖母移动的姿态比作滚动的皮球,表现出外祖母非常忙碌的状态。】几个小时后,黑暗中突然传来了一声婴儿的啼哭。

"谢天谢地!"外祖母点燃了蜡烛说,"是个男孩!"

后来的事我什么也记不得了,因为那时候我倚在墙角里睡着了。

留在我记忆里的第二个镜头,是一个下雨天,一个荒凉的墓地角落。我站在湿滑的小黏土丘上,看到父亲的棺材被放进坟坑里。坟坑里全是水,几只从池塘里出来透气的青蛙趴在上面,其中有两只已经爬上了黄色的棺材盖。【名师点睛:在父亲下葬这一刻,"我"并没有感到撕心裂肺的悲恸,而是将注意力集中于墓穴底部的几只青蛙上,这完全符合一个孩子的心理。】我和母亲站在墓穴旁边,还有浑身淋透了的警察和两个拿着铁锹的气哼哼的乡下农夫。温暖的小雨像细碎的珠子,硬邦邦地砸在大伙儿身上。

"埋吧!"警察话都没说完,便扭头走到一边去了。【名师点睛:人死了,警察只用了"埋吧"这句简短而冷淡的话,可以看出人们对生命的轻视,表现出人和人之间非常冷漠的关系。】

外祖母又开始哭了起来,她用头巾的一角捂着脸。两个乡下人弯着腰开始急忙往坟坑里填土,坑里的水发出啪叽啪叽的响声。那两只青蛙从棺材盖上蹦了下来,开始往穴壁上爬,但是土块却毫不留情地把它们打下了坑底。那两个乡下人用铁锹拍着土,发出很响的回声。

"走吧,阿廖沙!"外祖母拍着我的肩膀说,我从她的手中挣脱了出来,执意不走。

"真是的,我真拿你没办法,主啊!"外祖母不知是抱怨我,还是

在抱怨生活。她默默低下头,在那儿站了许久,直到墓穴都被泥土填平了,她依然还站在那里。

突然起了一阵风,把雨给刮走了。外祖母拉着我的手,穿过一排排十字架,向远处的教堂走去。

当我们走出墓地围墙时,她问我:"你怎么也不哭几声啊?你应该哭一场送你父亲才对!"

"我不想哭,我哭不出来。"我说。

"行啦,不想哭,不哭就是了。"她的声音几乎听不见。

这一切都让别人感到奇怪,我打小就很少哭,就是哭,也不是因为疼痛,而是因为受了委屈。我哭鼻子的时候,父亲总是笑我,而母亲却对我大声斥骂:

"不许哭!"

后来我们沿着一条宽宽的肮脏不堪的街道回家,乘坐在一辆轻便的马车上。马车在街道上行驶,两旁都是深红色的房屋,我问外祖母:

"那两只青蛙好像没爬出来吧?"

"让上帝保佑它们吧!"她答道,"它们已经爬不出来了。"

不论父亲还是母亲,他们两人都没有像外祖母这样常常亲切地念叨着上帝。【名师点睛:外祖母如此频繁、亲切地提到上帝,并为青蛙祈福,说明她是一个虔诚的基督徒,这也为后文塑造外祖母善良、仁慈的性格埋下了伏笔。】

几天之后,我、外祖母和母亲搭上了一艘轮船,我们坐在狭小的船舱里,要离开这个地方,而那个刚出生的小弟弟马克西姆夭折了,母亲用白布把他裹着,还缠着一条红绸子,放在角落里的一张桌子上。

我坐在一堆包袱和箱子上,望着那扇又圆又鼓的小窗户,它们大得跟马眼睛一般。潮湿的玻璃窗外,浑浊的河水泛着泡沫,流淌时与石头冲撞,不时激起浪花,溅在玻璃窗上。我不由自主地跳到了船板上。

外祖母用她那双柔软的手轻轻地把我抱了起来。"别怕!"她说,

▶ 童年

接着又把我放回包袱上。

河面上笼罩着一圈圈灰蒙蒙的烟雾，远处的什么地方出现了大块大块黑色的土地，接着又消失在雾霭和水汽中了。

四周的一切都在颤动着，母亲把一双手垫在后脑勺上，紧靠舱壁站着。她脸色铁青，愁容满面，双目紧闭，像个盲人一样。她总是沉默不语，完全变成了另外一个人，连她穿的衣服都使我感到有些陌生。

外祖母不止一次地小声劝慰她：

"瓦留莎，你能不能吃点东西，哪怕少吃一点也好？"

母亲依然沉默着，一动也不动。

和我说话时，外祖母总是柔声细语的，而同母亲说话时，她的嗓门儿总是吊得很高，但同时又很胆怯，总是小心翼翼的，而且话不多。我觉得她有点怕我母亲，看出了这一点后，我对外祖母更加亲近了。

【名师点睛：外祖母其实不是怕女儿，而是在女儿接连遭受了丧夫、丧子等人生剧痛之后，心疼女儿，尽己所能地关爱女儿。外祖母在母亲面前所表现出来的"小心翼翼"彰显了母爱的伟大。】

"萨拉托夫，水手在哪儿？"母亲突然气哼哼地大声说。

她的话使人感到摸不着头脑：萨拉托夫、水手。

一个肩宽背阔的人走了进来。他一头白发，穿着一身蓝衣服，带来了一个小木匣。外祖母开始把弟弟的尸体往木匣里放。放好后，她伸出胳膊托着小木匣，便朝门口走去，但她身体太胖，只有侧着身子才能挤过那道狭窄的舱门，她站在门口，不知所措，样子有点滑稽可笑。

"哎，妈妈！"母亲叫了一声，从她手里夺过了小木匣，她俩就消失在我面前。我留在船舱里，仔细地打量着那个穿蓝衣服的老男人。

"怎么，小弟弟死了？"他弯下腰拍拍我的头。

"你是谁？"

"我是水手。"

"萨拉托夫是谁？"

"你往窗外看，它就在那儿，是一个城市！"

大地在窗外缓缓地倒着移动着，黑暗而陡峭的河岸显得雾气腾腾的，就像从一个大圆面包上刚刚切下了一片，湿而温润。【写作借鉴：把黑土地比作刚刚切下来的圆圆的面包片，极其形象生动地把黑暗展现在我们的面前。】

"外祖母上哪儿去了？"

"给你的小弟弟找一个家。"

"要把他送到哪儿去？他死了，是把他埋到地下去了吗？"

"是啊，还能埋到哪儿？"

我告诉水手，埋葬父亲时，把两只青蛙也给活埋了，他就把我给抱了起来，紧紧地搂着亲了一下。

"唉，小兄弟，你还什么事都不懂呢！"他说，"青蛙是用不着去可怜的，上帝保佑它们吧！你更应该爱你的母亲——你看她悲伤得多厉害啊！"

汽笛在我们的头上炸响了。这一次我已经懂得这是轮船在鸣笛，所以并不害怕，但那个水手却一下子把我放到地板上，撒腿就往外跑，边跑边说："我得赶紧跑！"

我也想跟着出去，于是自己走到了门外，昏暗狭窄的过道里空无一人。离门口不远的地方，镶铜的楼梯闪着星星点点的光亮。【名师点睛：作者描写了楼梯上闪闪发光的铜片，表示小船已经顺利靠岸，船上的人全都离开，令人顿生惊恐、孤寂之感。】我抬眼一望，看见一些肩背手提包裹的人。很显然，他们正在下船。我想我也该下船了。但是当我随着一群男人走到船舷踏板前面时，大家都冲我喊了起来："你的父母呢？这是谁家的孩子？"

"不太清楚。"

在这不短的时间里，大家挤我，碰我，抚摸我。最后，那个头发灰白的水手回来了，他抱起了我，对大家解释道："这个小孩是从阿斯

7

▶ 童年

特拉罕来的,刚从船舱里跑出来的……"他带我跑进了船舱,把我往包裹堆上一推,转身走了,还不忘用手指吓唬我说:"再乱跑,小心我揍你!"【名师点睛:从水手对"我"的态度和行为可以看出,他的态度简单粗暴而冷漠,"我"并没有因为命运坎坷而得到同情。】

　　头上的喧闹声渐渐地静下来了,轮船也不颤动了,也听不见撞击水的砰砰声了。船舱的窗户被一堵湿漉漉的墙壁挡住,舱里变得又暗又闷,那些包裹好像膨胀了似的,挤压着我,一切都糟透了。也许他们就永远这样把我一个人丢在这个空荡荡的轮船上了吧。

　　门打不开,门上的铜把手也拧不动。我走到门口拿起一个盛牛奶的瓶子,使出全身的劲向铜把手砸去,瓶子碎了,牛奶溅到了我的裤子上,流进了靴筒里。【名师点睛:用牛奶瓶砸门,表现出"我"当时的无助和天真。】我因失败而感到懊恼,便躺到包裹上,悄无声息地哭了起来,后来就噙着眼泪迷迷糊糊地睡着了。

　　当我醒来时,轮船又颤动了起来,发出了砰砰的击水声。轮船的窗户也亮了起来,像一轮太阳。外祖母正坐在我的身旁梳头,她紧皱着眉头,在自言自语地叨咕些什么。她的头发多得出奇,密密匝匝地遮着她的两肩、胸脯和膝盖,直垂到地板上,乌黑乌黑的,泛着蓝色的光。她用一只手把头发从地板上撩起来托在空中,费劲地把那把梳齿稀疏的木梳梳进了浓厚的发髻里。她撇歪着嘴唇,一双忧郁的眼睛闪着愤怒的光,那张脸在这一大堆头发中间变得又小又可笑。

　　她今天的样子显得很可怕,可是当我问到她的头发为什么这么长的时候,她马上又转用昨天那种温柔和蔼的声调说:"看来,这是上帝的惩罚。上帝说,就让你去梳这些该死的头发去吧!我年轻时,曾夸耀过这一把马鬃般的密发,到老了,我却要诅咒它们,因为太麻烦。睡吧,宝贝!还早着呢,太阳睡了一夜,才刚刚从夜的怀抱里升起来……"

　　"我就是睡不着!"

8

"嗯，不想睡就起来吧。"

她默许了，一边编着辫子，一边往沙发那儿不停地望着，母亲正躺在沙发上，脸朝天，伸直的身子像根快崩断的琴弦。"你昨天怎么把牛奶瓶子打碎了呢？快告诉我怎么回事？"

她说话时就像用心灵在唱歌，字字句句都像鲜花般温馨、艳丽和芳香，一下子就牢牢地印进了我的记忆，让我永生难忘。【写作借鉴：此处运用了通感的修辞手法，把听觉的感受转为视觉与触觉的体验，生动描绘出外祖母亲切、温柔、慈爱的性格特点。】她微笑时，那对宛若黑樱桃的眼珠瞪得溜圆，闪烁着无法形容的愉快而温暖的光芒。当笑容遍布脸庞时，她便快活地露出两排雪白坚固的牙齿。别看她身体肥胖，腰几乎弯成了驼背，但举止却像一只大猫一样灵巧而敏捷，随和得也像这种温柔的小动物。

在见到她之前，我好像躲在黑暗中睡大觉；她一出现，就把我唤醒，把我引向了光明，用一根剪不断的线把我周围的一切都串联了起来，织成了五光十色的花边，她立刻成了我终身的好朋友，成了我最知心、最亲近又最了解我的亲爱的人——她用对世界无私的爱丰富了我的心灵，使我充满了坚强的力量，去应对艰难的生活。【名师点睛：外祖母像一盏灯照亮了"我"的世界，让"我"的世界变得丰富多彩，她对"我"无私的爱给了"我"坚强的力量。】

四十年前，轮船行驶得很慢，我们光坐船到达尼日尼就花费了好长一段时间。我还清楚地记得航行时最初的几天，沿途看到的美丽的景色。

那个时候，我和外祖母从早到晚待在甲板上。在明朗的天空下，秋天的落日给伏尔加河两岸镀上了一片金黄，铺上了一层锦缎。这个时候，一艘浅黄色的轮船逆流而上，船桨懒洋洋地拍打着灰蓝色的河水，发出阵阵隆隆的响声，船尾用一条长长的牵引索不慌不忙地拖着一条驳船。驳船是灰色的，活脱脱像一只大乌龟。太阳在伏尔加河的上空弥漫着光晕，四周的景色时时刻刻都在变换着，更新着。碧翠的

▶ 童年

群山宛若大地富丽衣衫的华美皱褶。河两岸的城市和村庄，远远眺望着，犹如一幅幅彩画雕饰，一片片金黄的秋叶在水面上打着旋。【名师点睛：用伏尔加河两岸优美的景色，烘托出"我"当时愉悦的心境。】

"瞧，这有多美啊！"外祖母从甲板的这一边跑到甲板的那一边，不停地念叨着，她容光焕发，高兴地睁大着眼睛。

她常常望着河岸出神，把我忘到了一边。她站在船舷上，双手交叉在胸前，面带微笑，沉默不语，眼里含着泪水。我扯了扯她那绣花的黑裙子。

"啊？"她猛地哆嗦了一下，仿佛在打盹，做了个梦似的。

"你哭什么？"

"亲爱的，这是因为高兴，也因为年老，"她微笑着说，"要知道，我已经老了，我已经过了整整六十年的岁月了。"

她嗅了嗅鼻烟，同时开始给我讲一些古老而稀奇的故事，讲心地善良的强盗，讲圣徒，讲各种怪兽和妖魔。

她讲童话故事的时候，声音很低沉，面部表情丰富而神秘，向我俯下身来，两只眼睛睁得大大的，直盯着我的脸，好像要往我的心里注射一种能使我兴奋的力量。【名师点睛：此处描写了外祖母给"我"讲故事时的神态，表现出外祖母对"我"的关爱，同时强调了"我"特别喜欢外祖母。】她说话像唱歌似的，越说越动听。听了她讲的故事，让人有种说不出的愉悦，当一个故事结束之后，我总是请求她：

"外祖母，再讲一个！"

"好，再讲一个：有一个年纪很大的神仙，坐在炉灶底下，一根面条扎进了他的脚掌，他站立不住便摇来晃去，哼哼呀呀地叫：'哎哟，小老鼠，我痛哟，哎哟，我受不了啦！'"【名师点睛：外祖母给"我"讲故事时运用了生动有趣的语言，从中可以看出她性情乐观、豁达。】

外祖母抬起一只脚，用手握着，不停地摇晃着肥胖的身体，脸上装出一副可笑的怪相，好像她真的痛得不得了似的。

四周围着一些水手——一些长着大胡子、待人和气的男人，他们边听边乐，夸奖着她，也请求她说：

"老太太，你就再给我们讲一个吧！"

等那个故事也讲完之后，他们说："走吧，跟我们一起吃晚饭去！"

餐桌上，水手们请外祖母喝伏特加酒，请我吃西瓜和香瓜。这都是背地里干的，因为船上有一个人总是在来回排查，禁止大家吃水果，他会把水果抢走扔到河里去。这个人穿戴得像个警察（制服上钉着铜扣），可却总是醉醺醺的，人们都躲着他。

母亲几乎没有到甲板上来过，她总是躲着我们。即使来了，她也始终一个人静静待着。她身躯高大、挺直，脸色灰暗忧郁，浅色的粗粗的发辫像王冠一样盘在头顶上，全身强壮而有力。我现在回想起来，总觉得她被一层透明而悲伤的云雾包裹着。她那双跟外祖母如出一辙的灰色大眼睛，就从这层云雾里远远而又冷漠地眺望着这一切。

有一次，她严厉地说："妈妈，他们在拿你打趣呢！"

"上帝保佑他们！"外祖母不在乎地回答，"叫他们嘲笑去吧，让他们笑个痛快！"

我还记得外祖母看到尼日尼时那种孩子般的高兴劲。

她亲切地拉着我的手，领着我走到船舷旁边，大声喊道："你看，你看，这是个多么美的地方啊！这就是尼日尼，我的上帝，简直像一个神仙住的地方！你看那些教堂，它们像鸟儿在空中飞翔似的！"【名师点睛：外祖母拉着"我"的手到船舷旁边欣赏美景，完全是一副孩童的样子，表明外祖母不仅乐观、爽朗，而且依旧保持着一颗童心。】可是，她几乎要哭出来，带着呜咽的腔调请求母亲道："你多半把这些地方都给忘啦！瓦留莎，快来看啊，你看了肯定会高兴的！"

母亲皱着眉头，嘴角露出一丝不易察觉的苦笑。

轮船停靠在这座美丽城市对面的河心，河面上横七竖八地挤满了船只，数百根尖尖的桅杆耸立着。这时，一艘载满了人的大船向

▶ 童年

轮船靠了过来，用钓竿钩住了从船上放下来的梯子，人们排起长队登上了甲板。在队伍的最前面，飞快地走着一个干瘦的小老头，他穿着一件黑色的长衫，还蓄着金黄色的长胡子，长着鹰钩鼻子和一双绿莹莹的小眼睛。【名师点睛：这里的内容为下文埋下伏笔。在"我"的心中，外祖母亲切、慈爱，而这里的外祖父跟外祖母形成鲜明的对比，这种不好的印象为"我"以后的生活经历做铺垫。】"爸爸！"母亲低沉而有力地叫了一声，扑到了这个老头的怀里。老头抱着母亲的头，用他那双通红的小手抚摸着她的面颊，声音尖厉地喊道："傻孩子！哎呀呀！你可回来了……嗨，你这是怎么了，别这样啊……"

外祖母忙得像陀螺似的乱转，转眼工夫就把所有的人都拥抱和亲吻了一遍。她把我推到众人跟前，急忙地介绍说：

"这是米哈伊尔舅舅，这是雅科夫舅舅……娜塔利娅舅母，这是你的两个表哥，都叫萨沙，这是卡捷琳娜表姐，这都是咱们家里的人，你看有多少人啊！喂，快点过来呀！"【名师点睛：刚到外祖母家，外祖母就将亲戚朋友介绍一番，这其实是人物出场的一种方式，可以自然而然地推动故事情节的发展，非常巧妙。】

外祖父问她："你身体好吗，老太婆？"

他们对吻了三下。

外祖父把我从挤成一团的人堆里拉了出来，按着我的头问道："小家伙，你是谁呀？"

"我是从阿斯特拉罕来的，从船舱里跑出来的……"

"他说什么？我怎么听不明白啊？"外祖父转过身去问我母亲，还没等到回答，他就推开了我，说道，"颧骨跟他父亲的一模一样……下船吧！"

下了船，我们这群人沿着铺满大块鹅卵石的斜坡小径往上走，两边的高坡上长满了枯黄的野草。

外祖父和我母亲走在大家的前头。他的个头只到她的肩膀，但走起路来,小碎步又快又细,仿佛是在空中飘着似的。她从上往下望着他,两个舅舅默默地跟在后头,米哈伊尔舅舅的头发油黑锃亮,身材和外祖父一样干瘦;雅科夫舅舅则长着一头浅黄色的卷发,后边还有几个穿着艳丽衣衫的胖女人和六个孩子,这些孩子的年纪都比我稍大些,性格很安静。我和外祖母、身材矮小的娜塔利娅舅母并在一排走着。白面庞、蓝眼睛的娜塔利娅舅母挺着个大肚子,常常停下来,气喘吁吁地小声说:"哎哟,我走不动了!"

"他们怎么把你也带出来了?"外祖母气愤地说,"这一家子蠢货!"

看到这些亲戚,不论大人还是小孩,我都不喜欢,我觉得我在他们中间是个外人,就连外祖母也失去了原先的亲昵,同我疏远了。【名师点睛:初次见面,外祖父家的人就给"我"留下了不好的印象,这说明"我"是一个很敏感的孩子,有着敏锐的直觉。"我"对他们的这种抵触情绪为后文的展开埋下了伏笔。】我特别不喜欢外祖父,因为我在他身上立刻嗅到了浓浓的敌意。这样,我对他就特别注意起来,既怀有好奇心,又有点害怕他。

我们一齐走上了山坡,紧挨着坡顶的右边的斜坡上有一条大街,街上有一座低矮的平房,墙上涂着粉红色的脏油漆,房盖很低,窗户向外鼓着。从外面看,我觉得房子似乎应当是很大很大的,可是一进到里面却发现都是一些半明半暗的小房间,而且十分拥挤,就像停靠在码头上的轮船一样。大人们怒气冲冲地忙来忙去,孩子们就像一群偷食的麻雀似的上蹿下跳,到处都能嗅到一股从未闻到过的刺鼻气味。【写作借鉴:运用比喻的修辞手法,将房间的景象看成与轮船上一样,说明房间比较拥挤,卫生状况也堪忧。这里还将孩子们上蹿下跳的行为比作偷吃的小麻雀,描写形象生动,十分到位。】

我来到院子里,那里也照样令人生厌:满院子都挂着整幅整幅的布,还放着一个盛满稠乎乎、五颜六色的水的大桶,桶里也泡着布。在院墙角的一间低矮的快要倒塌的小屋里,炉灶里的火正在熊熊燃烧

▶ 童年

着,有什么东西煮沸了,咕嘟咕嘟地响着,一个看不见的人在大声地说着一些稀奇古怪的话:

"紫檀素——洋红——硫酸盐……"

Z 知识考点

1.阿廖沙很小的时候,_____去世了,不久他也生病了,于是远在_____的_____来照顾他。料理好丧事之后,阿廖沙跟_____和_____一同前往_____生活。

2.初次见到外祖父,阿廖沙对他的感受是(　　)。

　A.厌恶　　　　　B.害怕　　　　　C.好奇又害怕

3.看到亲戚,阿廖沙反而觉得自己是外人,为什么会这样?这反映出他当时什么样的心情?

_____
_____
_____

Y 阅读与思考

1.阿廖沙对父亲的死有什么反应?

2.对于外祖母的出现,阿廖沙有什么样的感受?

3.在前往尼日尼的船上,阿廖沙有很多见闻,你对哪些感兴趣?请说说为什么喜欢这些见闻。

第二章

在外祖父家

> **M 名师导读**
>
> 阿廖沙和母亲辗转到了外祖父家,那里的一切都是陌生的,他会有什么样的见闻和感受呢?外祖父家发生了很多事情,他们在那里的生活到底如何呢?

就这样,我开始了另一种浓重浑浊、丰富多彩而又离奇古怪的生活,并以惊人的速度成长起来。在我的记忆里,那段生活仿佛是由一个心地善良且又极端诚实的童话大王,美妙地讲出来的一个严酷的童话。现在,当我回忆那段岁月时,有时连我自己也难以相信竟会发生那样的事情。有很多事情我很想加以辩驳,加以否认。因为在那"一家子蠢货"的愚昧、黑暗的生活中,发生了太多残酷的事情。【写作借鉴:作者站在现在的角度,对过去的生活进行回顾,从而得出对生活的感悟。这种写作手法属于插叙,能对讲述的事情进行补充,让人们对事情有更详细、更深入的理解。】

在那个气闷的充满了可怕景象又令人窒息的小天地里,真理高于怜悯,要知道,我不是在讲我自己,而是普通的俄国人曾经生活过,而且如今仍在生活着的小空间。

外祖父家弥漫着一种炽烈的仇恨之雾,亲戚们都互相憎恨,充满了敌意。不仅大人中了这种仇恨的毒,就连小孩子也不能幸免。【名师

童年

【点睛：简洁的语言交代了外祖父家的整体生活状态，那就是充满仇恨。连小孩也被仇恨的毒素感染，不难想象这样的生活有多糟糕。】

后来从外祖母那里我才知道，母亲来的时候，她的两个弟弟正强烈要求外祖父分家。母亲带着我突然回到这个大家庭来，这使他们分家的愿望更加强烈了。他们怕母亲向外祖父讨回她本应该得到的嫁妆，那份嫁妆因为母亲违抗父命结婚被扣下了。两个舅舅一致认为那份嫁妆应该归他们所有。除此之外，当然还有些别的琐事，诸如由谁在城里开染坊，又由谁到奥卡河对岸纳维诺村去开染坊，等等，他们吵翻了天。

我们刚到没几天，在厨房里用餐时就爆发了一场争吵：

唰的一下，两个舅舅都站了起来，俯身向前，指着桌子对面的外祖父狂吼，活像两条龇着牙的狗在号叫。外祖父用饭勺敲着桌子，气得脸涨得通红，公鸡打鸣一样地叫："都给我滚出去要饭去！"

外祖母痛苦地说："行啦,全分给他们吧,分光拿净,省得他们再吵！"

"住嘴,这全是让你给惯的！"外祖父喊着，两只眼睛直放光。说来也怪，别看他个头不大，声音却出奇的大，叫喊起来震耳欲聋。【写作借鉴：这里运用了夸张的修辞手法，用"震耳欲聋"来突出外祖父的声音很大。】

母亲从桌旁站了起来，不慌不忙地走到窗口，背过身去一声不吭。

米哈伊尔舅舅突然挥起手，给了他弟弟一个耳光。雅科夫舅舅大吼一声，反手揪住了他，两个人就在地板上厮打成一团，喘息、呻吟和对骂声此起彼伏。【名师点睛：通过动作、语言、神态等细节描写，活灵活现地描绘了两个舅舅为了争夺财产大打出手的丑陋场面。细节描写生动真实，将人物扭曲、自私的心理和性格特征鲜明地表现出来，让读者如临其境、如见其人。】

孩子们吓得哇哇大哭起来。挺着大肚子的娜塔利娅舅妈拼命地喊着、劝着，我母亲愣是把她给拖走了。永远乐呵呵的麻脸保姆叶芙盖尼娅把孩子们赶出了厨房。

米哈伊尔舅舅现在被制服了：小茨冈，一个年轻力壮的学徒工，骑上了米哈伊尔舅舅的背，而格里高里·伊万诺维奇师傅，一个秃顶的大胡子，心平气和地用手巾捆着他的手。

米哈伊尔舅舅伸着脖子，稀疏的胡子蹭着地板，呼哧呼哧地喘着气，胡子都扎到了地板缝里。<u>外祖父绕着饭桌跑来跑去，捶胸顿足地号叫着：" 你们可是亲兄弟！亲骨肉！唉，你们这些人啊……"</u>【名师点睛：描写了外祖父的神态、语言，表现出他对家里的这种状况既愤怒，又无奈。】

战争一开始，我就吓得爬到炉灶上躲了起来，我怀着惊恐不安的心情看着眼前发生的这一切。外祖母用铜盆里的水，给雅科夫舅舅擦洗脸上的血迹，她一边哭一边跺着脚，痛心疾首地说："你们这帮该死的，你们这些野种，现在也该清醒清醒了！"

外祖父把扯破的衣衫披到肩上，对外祖母喊道："老妖婆，瞧你生的这群畜生！"

雅科夫舅舅走了以后，外祖母躲到角落里，颤抖着号啕大哭："圣母啊，我这是造了什么孽，求求你快让我的孩子们通点人性吧！"

外祖父侧身站在她面前，看着一屋子的狼藉，桌上的东西全被打翻了，汤也淌了一桌子。他低声说："老太婆，你可得留神，不然他们会去欺负瓦留莎的，恐怕……"

"得啦，上帝保佑！快把衬衫脱下来，我给你缝缝……"外祖母的个头比外祖父高，当她用手抱着外祖父的头吻了吻他的前额时，外祖父把脸贴到她的肩膀上。

"哎，看样子得分家啦，老太婆……"

"分吧，老头子，该分啦！"

他们俩和声细语地唠了很久。起先说得挺融洽，可是到最后，外祖父就像一只准备斗架的公鸡，用脚跺起地板来，伸着手指头吓唬她，

童年

大声嚷道：

"行啦，我就知道你，你比我更疼他们！可是，你的米什卡[对米哈伊尔的爱称]是个没心没肺的家伙，雅什卡[对雅科夫的爱称]是个彻头彻尾的伪君子！他们俩会把我们的家当吃光喝光，挥霍得一干二净的……"【名师点睛：从这里可以看出，外祖父不同意两个儿子分家，而外祖母则想要他们分家，意见就此产生了分歧。】

我一翻身，不小心把熨斗碰掉了，稀里哗啦地掉进了脏水盆里。外祖父一个箭步扑过来，把我拎了起来，死盯住我的脸，好像第一次见到我似的："谁让你在这儿的？是你妈妈吗？"

"我自己。"

"胡说！"

"不是胡说，是我自己上去的。"

他指了一下我的额头，把我扔在了地上："跟你父亲一个样！快滚！"

我飞快地逃出了厨房。

不知道为什么，外祖父那双聪明锐利的绿眼睛总是盯着我不放，我非常害怕。我记得，我总是想方设法避开他那双火辣辣的眼睛。我觉得外祖父脾气太凶，他无论跟谁说话，总是在嘲笑、捉弄人，总是摆出一副挑战的架势，让人生厌。

"唉，你们这些人啊！"他常常这样感叹说，把那个"唉"拉得长长的，在我的心里引起一种无聊的想打冷战的感觉。【名师点睛：一个"唉"字说明外祖父会给人一种压抑感，看见他就会令人产生莫名的恐惧，这更加突出了他严厉的形象。】

休息时，或者是吃晚茶时，外祖父和两个舅舅，还有伙计们都从作坊里回来了。他们个个疲惫不堪，手让紫檀染得通红，硫酸盐灼伤了他们的皮肤。他们都用带子系着头发，活像厨房角落里被熏黑了的圣像。外祖父坐在我的对面和我说着话，这让他的孙子们非常羡慕。

他身材消瘦，线条分明，圆领绸背心上还有个洞，花布的衬衫也皱巴巴的，裤子上打着几个补丁。他这一身，比起他那两个穿着护胸、围着三角绸巾的儿子，还算干净漂亮的。

我们来了几天以后，外祖父就逼着我们做祈祷。别的孩子年纪都比我大，他们在乌斯平尼耶跟圣母升天教堂的一位执事学认字去了，从屋里的窗户望去，可以看见教堂的金色尖顶。

那个文静而胆小怕事的娜塔利娅舅母教我念祷词，她有一张孩子般的圆脸，眼睛澄澈见底，晶莹透明，我仿佛觉得透过这双眼睛，可以看见她心里的想法。

我非常喜欢她的大眼睛，喜欢久久地目不转睛地盯着她看。她两眼眯缝着，低着脑袋，悄声地几乎耳语般地恳求我："啊，请跟我念，'因为我们的在天之父'，快说啊……"

如果我问她："'因为'是什么意思？"她就胆怯地环顾一下四周，劝我说："你可别乱问，越问越糟糕！你就简单地跟我念：'因为我们的在天之父'……你干吗不念呀？"

我感到很不安：为什么越问越不好呢？"因为"这个词的意思我不明白，所以我故意把它念走了调："'因为我们的在天之父'，'我藏在皮子里'……"

但面色苍白而柔弱的舅母，用她那总是断断续续的声音纠正我的发音，一点也不生气："不对，你就简单地念'因为'……"

可是，不论她本人，还是她说的那些话，都并不简单。这让我很生气，影响我背祷词。

有一天，外祖父问我："阿廖沙，你今天干了什么来着？玩来着吧！我看见你脑袋上的那个青包，一看就知道你是怎么弄的，脑门落个青包，可算不了什么大本事！《主祷经》念熟了吗？"

舅母轻声地说："他记性可不太好。"

外祖父一声冷笑，红眉毛一挑："那就得挨揍了！"

他又问："你爸爸打过你吗？"

▶ 童年

　　我不知道他问的是什么意思，所以没有回答。母亲说："马克西姆从来没有打过他，让我也别打他。"

　　"为什么？"

　　"他认为用拳头是教育不出人来的。"

　　"他真是个不折不扣的傻瓜！上帝原谅，我说死人的坏话！"外祖父气呼呼地骂道。

　　他这句话说得我很难受，他似乎也察觉到了这一点。

　　"你为什么还噘(juē)[翘起]着个嘴？瞧你那个样子……"

　　他拢了拢头上斑白的头发，拍了拍我的头，又接着说：

　　"星期六吧，为顶针的事，我要抽萨什卡[萨沙的卑称]一顿。"【名师点睛：外祖父本在教育"我"，却莫名其妙地转向了萨什卡且怒气渐盛，这说明外祖父性情变化莫测、暴躁易怒，是个非常情绪化的人。】

　　"什么叫'抽'啊？"我问。

　　大家忍俊不禁，外祖父回答道：

　　"到那天你自然就知道了……"【名师点睛：语言描写，以"我"跟外祖父俏皮的对话，展现出"我"的童真，语言生动、活泼。】

　　我躲在一边，心里开始偷偷琢磨"抽"和"打"的区别，我以为"抽"就是把送来染色的衣服"拆开"，而"揍"和"打"是一回事，【名师点睛：为了一个词在角落里琢磨半天，再次表现了"我"的童真童趣、无忧无虑。】人们常常打马、打狗、打猫，在阿斯特拉罕，警察们还打波斯人，这我都亲眼看见过，但我从未见过这样打小孩的。舅舅们惩罚孩子时，也不过是用手指弹孩子的脑门或后脑勺，孩子们对此都习以为常了，只是眯眯眼，揉揉弹疼了的地方，又玩去了。我不止一次地问过他们："疼吗？"

　　他们总是很勇敢地回答："不疼，一点也不疼！"

　　可没想到为了顶针的事，他们就挨了打。这件事闹得沸沸扬扬，我是知道的。有几天晚上，在喝茶到吃晚饭之前，两个舅舅和格里高里师傅总是把染好的布料缝成一匹一匹的,并在上面缀个厚纸签儿。米哈伊尔舅舅想跟那个眼神不济的格里高里师傅搞个恶作剧,便叫九岁的侄儿萨沙在蜡烛上烧师傅的顶针。萨沙很听话,他用烛花镊子夹着顶针就烧了起来,把它烧得通红滚烫,然后悄悄地放到格里高里的手下边,便跑到炉台后面躲了起来,碰巧这时外祖父走了进来,他想帮老师傅干干活,便把那只烧得滚烫的顶针套上了手指。

当我听见叫喊声跑进厨房时,外祖父正用烫伤了的手指头抓着耳朵,一边蹦跶,一边吼着:

"谁干的?你们这群混蛋!"

米哈伊尔舅舅趴到桌子上,用手指拨弄着顶针,并对它哈着气,格里高里师傅若无其事地在那里缝着布料。【名师点睛:格里高里师傅被别人戏弄,但他并没有去追究责任,展现出他善良、仁慈的一面。】布料的影子在他那宽大的秃脑门上晃来晃去;雅科夫舅舅也跑了进来,躲在炕炉拐角后掩面而笑;外祖母在用礤(cǎ)子[把瓜、萝卜等擦成丝的器具]擦土豆。

"这是雅科夫的儿子萨沙干的!"米哈伊尔舅舅抬头看了看突然说。

"你胡说!"雅科夫大喊一声,一个箭步从炕炉后面跳了出来。

他的儿子在炕炉后面哇哇地哭了起来,呜咽着道:

"爸爸,你别信他的话,这可是他让我干的!"

两个舅舅对骂了起来,外祖父立刻消了气,他把土豆皮捏成了面,糊到了手指上,一声不响地领着我走了。大家一致认为这是米哈伊尔舅舅的过错。在喝晚茶的时候,我自然要问:"要不要揍他或抽他一顿?"

"要!"外祖父拿斜眼瞅了我一下,生气地说。

米哈伊尔舅舅却火了,用手往桌子上一拍,冲我母亲喝道:

"瓦留莎,管管你的狗崽子,别让我把他的脑袋揪下来!"

母亲毫不示弱:"你试试,我倒要看看谁敢动他一下……"

一时大家都沉默了。【名师点睛:在"我"的眼里,母亲是慈爱的,总

▶ 童年

是护着"我"。当然，从母亲与舅舅争吵的情形中可以看出，家庭成员之间的关系并不融洽。】

母亲就善于说这样一些简短而有力的话，一下子就能把别人推到千里之外，把他们甩得远远的，让他们自感无趣，不敢再来惹她。

我知道，别人都有点怕母亲，外祖父跟她说话时，也是小心翼翼的。我对这一点感到特别自豪，曾得意地对表哥们说：

"我妈妈的气性最大！"

他们没有表示异议。

可是星期六的事，却动摇了我对母亲的这个信念。

星期六之前，赶巧，我也犯了错误。

我对大人们巧妙地给布料染色的技术非常感兴趣，黄布遇到黑水就成了宝石蓝；灰布遇到黄褐色的水就成了樱桃红。太奇妙了，我怎么也弄不明白。

我很想自己动手试一试。我把这个想法告诉了雅科夫舅舅家的萨沙。萨沙是个乖孩子，他总是围着大人转，跟谁都挺好的，谁叫他干点什么，他都会听命服从，几乎所有的人都夸他是个聪明伶俐的好孩子，只有外祖父不以为然，总是斜着眼瞟一下他，说：

"就会卖乖讨巧！"

雅科夫舅舅家的萨沙长得又黑又瘦，两只眼睛像龙虾似的往外凸出着，说起话来，声音像沉闷的机关枪一样又快又低，总是被自己的话哽得喘不过气来。而且他还常常神神秘秘地东张西望，好像要逃到什么地方躲藏起来，永远不见人似的。他那两个棕黄色的瞳仁平时很容易转动，但兴奋起来时，就跟着白眼珠子一块颤抖个不停。【名师点睛：通过对萨沙的肖像、神态描写，展示出他是一个聪明、机灵的孩子。】

我不是很喜欢他。相反，米哈伊尔舅舅家的那个不太引人注意而又过于笨手笨脚的萨沙，我倒是挺喜欢的。因为他是一个很安静的孩子，天生有一双忧郁的眼睛，微笑起来的样子很舒服，很像他那性格温顺的母亲。很遗憾他的牙齿长得很难看，上腭长着两排牙齿，全从嘴里龇了出来。他觉得这很有意思，就常常把手指头放进嘴里，晃动着后一排的牙齿，似乎想把它们拔下来。如果谁想摸摸他那突出的牙齿，他都乖乖地让人家摸。但除了这些，我再也没有在他身上发现更多有趣的东西了。在这间窄小而拥挤的屋子里，他显得很孤单，总喜欢独自一人坐在昏暗的角落里静静地待着，晚上就坐在窗前。同他默默无言地在一起对坐是件很愉快的事。你可以紧紧地依偎着他，对着窗户，沉默地待上整整一个钟头。隔窗眺望着傍晚那绯红的天空时，你会看到这样一幅景色：一群黑色的寒鸦绕着圣母升天教堂的金碧辉煌的圆顶盘旋着、飞翔着。它们一会儿飞得高高的，一会儿又急速地往下落，像一张黑色的大网，遮住了渐渐昏暗了的天空，后来就不知消失到什么地方去了，只留下一片空寂。当你眺望这一切的时候，你就会不想说话，一股令人愉快的惆怅涌上心头。

雅科夫舅舅家的萨沙讲起话来头头是道，像大人一样。他知道我想试试染匠的手艺，就劝我从柜子里拿一块过节用的白桌布，把它染成蓝色。

"白色的东西最容易染上其他不同的颜色了，这我很清楚！"他严肃地对我说。

我费了好大的劲才把桌布拉到了院子里，刚刚把桌布的一角浸到放蓝靛(diàn)[一种深蓝色的有机染料]的桶里，小茨冈就不知道从哪儿跑来了。他一把把布夺过去使劲地拧着，向一边盯着我工作的萨沙喊道：

"去，把你祖母叫来，快点儿！"

他摇晃着一头乱蓬蓬的黑头发，幸灾乐祸地对我说："你等着，让你捣乱吧，准得为这事挨一顿揍！"【名师点睛：语言和动作描写，凸显事情的严重性，也表现出小茨冈对"我"的担心。】

▶ 童年

外祖母跑来了,哎哟地叫了一声,欲哭无泪地骂我:"哎呀呀,你这个别尔尼人[现居住在柯米·别尔尼民族自治区的芬兰人],怎么就生了你这个淘气包,我恨不得把你举起来摔死!"

然后,她小声地劝小茨冈说:"瓦尼亚,这事你可千万别告诉老头子!我把这事瞒着,也许能糊弄过去……"

小茨冈一边在五颜六色的围裙上擦着湿漉漉的手,一边很伤脑筋地挠了挠头:

"我倒没什么,我不会说的,可是就保不准萨沙去告密!"

"没事,我给他两个铜币。"外祖母说完,就把我领进了屋。

星期六,在大家做通宵晚祷之前,有人把我领进了厨房。那里没有一丝光线,鸦雀无声,我还记得,过道和房间的门都关得严严实实的,窗外弥漫着一片秋天傍晚的灰蒙蒙的烟雾,还下着淅淅沥沥的雨。在黑乎乎的炉门前,小茨冈坐在很宽的长凳上,脸色阴沉得和平日判若两人;面无表情的外祖父站在屋角的那个污水盆旁边,两只手正从水桶里挑选长长的树条子,量着它们的长短,一根挨一根地平放着,时不时还拿起一根在空中嗖(sōu)嗖地挥舞着;外祖母站在一个昏暗的角落,大声地嗅着鼻烟,嘟囔着说:"你们啊就喜欢……折磨人……"

雅科夫舅舅家的萨沙坐在厨房当中的一个小凳上,不断地擦着眼睛,说话声都变了,像个老叫花子似的哀求道:"行行好,行行好,饶了我吧……"

旁边站着米哈伊尔舅舅的两个孩子——我的表哥和表姐,他们呆若木鸡,也吓蒙了。

"揍你一顿再饶你。"外祖父恶狠狠地说,他攥紧拳头,捋着一根长长的树条子,"把裤子给我脱掉,快点!"【名师点睛:孩子犯错误后被用树枝打屁股,从中看得出教育方法很粗暴。】

屋子里静得可怕,尽管有外祖父的说话声,有萨沙的屁股在凳子上挪动的声音，有外祖母的脚在地板上的摩擦声，可无论什么声音，也打破不了这昏暗的厨房里让人窒息的寂静。

萨沙无能为力地站了起来，解开了裤子，把裤子褪到了膝盖，用两只手提着，弯着腰，磨磨蹭蹭地向长凳走去。看着他走路的模样，真叫人心疼，我的腿也忍不住发抖。

当他顺从地趴到长凳上时，小茨冈一把将他拦腰捆到凳子上，还用一条长毛巾绑起他的脖颈，用两只黑手按着他的脚脖子，这时我的心跳一直在加速，怦怦怦的声响让我觉得更难受了。

这个时候，外祖父冲我喊道："走近点儿！……阿廖沙，怎么，没听见吗？……你好好看看，是怎么个抽法……一下！"

他手抬得并不高，用树条子朝赤裸裸的身子只抽了一下，萨沙便杀猪般号叫起来。

"装，看你还装，"外祖父说，"这一下不疼！这一下才疼呢！"

"再尝尝这一下！"于是他狠狠地抽了一下，那孩子的身上顿时像火烧过似的肿起了一条红印子，他直着嗓子杀猪般地叫起来。

"不好受吧？"外祖父问，他的手均匀地一起一落，每一下都是一条红红的肿线。"不喜欢吧？这是为顶针的事！"【名师点睛：细腻地描写了外祖父用树枝抽打萨沙时的状况，表现出外祖父性格暴戾，对孩子非常严厉。】

外祖父一抬手，我胸中的一切就随着他的手一起提了上去。他手往下一落，我整个人也跟着落了下来。

萨沙尖厉地叫着，让人听了不寒而栗。

"哎哟，我再也不敢了……我不是已经跟你说过桌布的事了吗？……我已经说了……"

外祖父平静地像念圣诗似的，不慌不忙地说道：

"告密，告密也不能免罪！告密的应该先挨第一鞭子，这一下是为了桌布！"

25

▶ 童年

外祖母向我猛扑过来，两手抱起我，大声朝外祖父喊道：

"不行，我不允许你打阿廖沙！我不许你打，你这个恶棍！"

她开始用脚踢门，并喊我的母亲：

"瓦留莎，瓦留莎！……"

外祖父一个箭步冲上来，一把推倒了外祖母，把我抢了过去。我拼命地挣扎着，扯着他的红胡子，咬着他的胳膊。他一声狂叫，猛地把我往凳子上一扔，摔破了我的脸。只听见他粗野地大喊着：

"把他给我绑起来，我要打死他！"

我还记得母亲那苍白的面容和那双瞪得又大又圆的眼睛，像要燃烧出血似的，她顺着长凳跑来跑去，声音嘶哑地喊道：

"爸爸，你别打他！交给我吧，我会惩罚他的……"

外祖父把我打得失去了知觉，紧接着我又病了一场，待在一个小小的房间里，在一张暖和的大床上背朝上躺着，一躺就是好几天。这间小屋只在墙角有扇小窗户，还有几个装圣像用的神龛，前面点着一只通红的长明灯。【名师点睛：环境描写，表现了"我"生病后居住的房间很局促，烘托出"我"生病后忧郁、孤寂的心境。】

生病的那些日子，是我一生中难忘的日子。在那些日子里，我突然长大了，并且有了一种非常特别的感受，从那个时候起，我就怀着一种不安的心绪观察我身边的人，我心上的一张皮仿佛被人撕掉了，于是这颗心对一切屈辱和痛苦，都变得令人难以忍受的敏感，不论是对自己的还是对别人的。

那一天，外祖母和母亲的一次争执使我感到吃惊。在那间拥挤的屋子里，全身黑衣、身躯庞大的外祖母向母亲逼了过去，把她逼到墙角的圣像跟前，气愤并带着抱怨：

"你，你为什么不把他夺过来，嗯？"

"我都被爸爸吓坏了。"

"你白长那么高的个子了，真不知羞耻，瓦留莎！连我这个老太婆

26

都不害怕，你倒给吓怕了……"

"妈妈，别再提这事了，一提起来，我就感到恶心……"

"不，我要说，你并不爱他，他可是个可怜的孤儿！"

母亲沉痛地高声喊道：

"可我自己就当了一辈子孤儿！"【名师点睛：从母亲的话中可以看出，她从小也缺少父爱，这样悲惨的生活成为她心中的痛。】

随后她俩相拥着坐在墙角的箱子上哭了很长时间，母亲说：

"要不是有阿廖沙，我早就离开这里了！在这个人间地狱里，我活不下去了，活不下去了，妈妈！我受够了，已经没力量活下去了……"

"宝贝儿啊，你可是我的亲骨肉，我的心肝儿！"外祖母喃喃地说。

我突然发现，母亲并不是一个强有力的人，她和大家一样，也惧怕外祖父，是我妨碍了她离开这个使她无法活下去的家，这个该死的家，这一切也让我难过。没过多久，母亲就从家中消失了，谁也不清楚她上哪儿去了。

母亲走后的一天，外祖父突然来了，像是从天花板上掉下来似的，【名师点睛："我"感觉外祖父像是"从天花板上掉下来"的，可见，严厉的外祖父来看"我"，让"我"感觉很突然、很惊恐。】他坐在床上，用冰冷的手抚摸着我的脑袋说：

"乖孩子，怎么样？……你倒是说话呀，别生气了！……嗨，你怎么不吭声？"

我真想一脚把他踹出门，可是只要一动弹浑身就疼。我觉得他的头发和胡子比以前更红了。他的头不安分地摇晃着，那双明亮的眼睛放着光，好像在墙壁上寻找着什么，他从衣袋里掏出一块山羊形饼干、两块尖角状的糖块、一个苹果和一包蓝色包装袋的葡萄干，把这些东西放在枕头边我能看得见的地方。

"你瞧，我给你带什么来了！"

童年

他俯下身来，吻了吻我的额头，然后，一边说话，一边用染成了黄颜色的粗糙的小手轻轻地摸着我的小脑袋。他的手指不仅冰冷而且焦黄，那种黄颜色在他那像鸟爪子一般弯曲的手指上格外显眼。【名师点睛：细节描写，表现出外祖父因劳作而衰老的样子。】

"我当时对你太过火了，宝贝儿，当时我气坏了，你这家伙对我又抓又咬，就更把我惹火了！所以你多挨了几下，不过也算不上倒霉，我都记在账上！你要明白一个道理：挨自己亲人打，这不算委屈，而是受教训，因为我都是为了你好！可不能挨别人打，别人打你，可以说是屈辱，自己人打几下没关系！你以为我就没挨过打吗？阿廖沙，我也挨过，我挨的那个打啊，你连做噩梦都不会梦见，我给人家欺负得那叫一个惨啊,恐怕连上帝看见都要落泪！可现在怎么样！我一个孤儿，终于熬出了头——当上了行会的头儿，手下还管着好些个人。"

外祖父开始讲他小时候的事。他轻轻地晃着干瘦的身体，说得非常流利。他的绿眼睛放射出兴奋的光芒，红头发欢快地抖动着，嗓音也变得粗重起来：

"你多幸福啊，你是坐船来的，是蒸汽机把你送来的。而我年轻的时候，靠自己的力气拉货船，得用肩膀拉纤，沿着伏尔加河逆流而上。船在水上行，我在岸上走，光着一双脚板，脚下踏着尖尖的扎人的石块——那些山根下的碎石头，没日没夜地往前拉！【名师点睛：外祖父对"我"讲述自己的童年故事，可以看出他那时的生活非常艰辛，养活一家人极其不容易。】太阳晒着后脑勺，头发都快着火了，脑壳像熔化了的铁水似的沸腾着——身子低低地弯着，骨头咯咯地发响——走呀走呀，连路都看不清，泪水和汗水一齐往下淌，心里感到多么冤屈。唉，阿廖沙，那苦都没处说啊！走呀，走呀，纤绳的背带掉了，脸跄在地上——心想死了也倒好了。全身的劲都使完了，哪怕歇一会儿，喘口气也好！你看，在上帝面前，在救世主耶稣基督面前，人们是怎样活着的呀！

就这样，我坚持住了，沿着伏尔加母亲河走了三个来回：从西姆比尔斯克到雷宾斯克，从萨拉托夫到这里，又从阿斯特拉罕到马卡里耶夫，再到各个集镇——足有上万俄里路啊！终于在第四年，我当上了纤夫长，向主人显示了自己的精明才干！"

我突然觉得他像一朵云彩似的在我的面前迅速地生长扩大了起来，这个干瘦的人突然变成了一个具有童话般力量的巨人，他独自拖着一条巨大的灰色货轮逆流而上。【写作借鉴：运用比喻的修辞手法，表明"我"对外祖父的印象变了，外祖父的形象顿时变得高大起来。】他还不时跳下床来，舞动着双手，给我比画着纤夫怎样拉纤，怎样从船里往外排水。他用低音唱着歌，之后又纵身跳回床上，他整个人都变得令人惊奇，他继续往下讲着，声音低沉而洪亮：

"但是，亲爱的阿廖沙，到休息的地方，在歇气的时候，就和工作完全不一样了。夏日的傍晚，在日古里一带的碧绿的山脚下，我们燃起了篝火煮粥做饭。突然，一个苦命的船夫唱起了一支述说爱情的歌曲，那歌声简直太棒了，大伙儿也都随着唱了起来——叫人听了浑身直起鸡皮疙瘩，就连伏尔加河的河水似乎也加速奔流了，看上去，就像一匹狂飙的烈马，扬起前蹄，直奔云天！这时候，所有的痛苦和烦恼都烟尘般地飘散了。多么美妙啊，所有的忧愁都随歌声飘走了。有时只顾歌唱，粥都溢锅了，那个煮粥的脑瓜子自然得挨几下勺子把，怎么玩都没关系，可是不能忘了正经事。"

在他讲话的过程中，有人往门里望了好几次，叫他出去，可我却请求说："别走！"

他微笑着，挥手赶走了人们："等会儿……"

就这样一直讲到天黑，他才与我亲热地告了别。我突然发现外祖父并不是个凶恶的坏蛋，也不可怕。不过，他残酷地毒打我的事，我永远也没法忘记。

当然外祖父这次来访，给大家打开了大门，大家都纷纷效仿他的

▶ 童年

做法，从早到晚，都有人坐在我的床边陪我说话，想方设法使我高兴。虽然并非每一次有人来访都能使我快乐和开心。外祖母来得比谁都勤，她甚至晚上还和我一块睡。但这些日子给我留下印象最深的，还是那个小伙子小茨冈，他长得四四方方、肩宽背阔，大脑袋上一头卷发。有一天晚上，他来到我的床前，打扮得像过节似的，穿着一件金晃晃的绸衬衫、丝绒裤子，还有一双像手风琴一样吱吱响的新皮鞋。他的小胡子闪闪发亮，两道浓眉下有一双快活的斜眼，两排闪闪发光的雪白牙齿特别引人注目，他那绸衬衫柔和地映着长明灯闪烁的光亮，微微映射出红光。

"啊，你来看看我的胳膊，"他一边说，一边卷起衣袖，给我看他那直到肘弯都是一道道血红的伤痕的光胳膊，"你瞧这肿得多厉害！现在好多了，原来肿得更厉害呢！你知道吧，你外祖父简直是气疯了！<u>我一看他要打你，我就用这胳膊挡了上去，指望这一挡就可以把树条子折断，趁他去拿另一枝树条子的当口，让你外祖母或你母亲把你拖走！可是，唉，这树条子在水里泡得太软了，并没有断！不过你总算少挨了几下！你看，我挨了多少下？小家伙，算你有福，小弟弟，我也是个机灵鬼咧！</u>"【名师点睛：外祖父抽打"我"时，小茨冈用胳膊去挡，受了不少苦，突出了小茨冈的善良。】

他的笑声像丝绸一样使我感到温暖又柔和，接着他又看了看他那红肿的胳膊："唉，你太可怜了，甚至连嗓子都堵得喘不过气来了！你也真倒霉！他没命地抽你……"

他摇晃着脑袋，像马一样地打着响鼻，开始讲起了外祖父的一件什么事，我立刻觉得他可亲可爱，像孩子一样单纯。

我把这种感觉告诉了他，我对他说我很爱他，他简单的回答令人难忘：

"啊，我也爱你啊，正因为这个原因，我才去救你的！为了别人，我才不会这么干呢……"

接着，他东张西望了一阵子，悄悄对我说：

"我告诉你，他下次要是再打你，你要记住，千万不要蜷着身子，缩成一团，明白吗？身子一缩紧，就会加倍地疼。你要让身子舒展开，就像一个懦夫似的躺在那里！也不要憋气，要深呼吸，像杀猪一样拼命地喊叫，一定要记住这些话，这很管用！"

"难道外祖父还会打我吗？"

"你以为这就完了？"小茨冈平静地说，"当然要打啦！说不定你还要经常挨打呢……"

"为什么？"

"不为什么，反正你外祖父会找碴儿。"

顿了顿，他又关心地教导我说：

"你记着，舒展开来躺，他要是直上直下地打，就是树条子一直落下来，你就平稳地放松身子躺在那里；要是他抽着打，还就势往回抽，就是想抽掉你的皮，那时你就顺着树条子把身子转过去，记住没有？这样会疼得轻一点！"【写作借鉴：有趣的语言描写，小茨冈给"我"传授"经验"，可见他平时也没有少挨打，展现出他的小聪明和善良，也从侧面表现出外祖父性格暴躁，经常打人。】

他挤了挤他那乌黑的斜眼，说：

"在这种事情上，我是老手了！我呀，小朋友，我浑身的皮给打得又粗又硬，简直可以拿来缝手套！"

我望着他好像在说别人的痛苦似的快活的脸，不禁想起了外祖母讲的伊万王子和伊万傻子的童话。

Z 知识考点

1. _____将顶针烧得滚烫，_____打了他一顿；_____将_____浸到放蓝靛的桶里，_____也打了他一顿。

2. 阿廖沙被打后，躺在房间休息,(   )来看他,还给他讲故事。

▶ 童年

A.外祖母　　　　　B.外祖父　　　　　C.母亲

3.阿廖沙对外祖父的感情是复杂的,在阿廖沙的眼中,外祖父是一个什么样的人呢?

_____

_____

_____

Y 阅读与思考

1.阿廖沙的两个舅舅为什么要相互打斗?在他眼里,两个舅舅是什么样的人?

2.阿廖沙为什么说他生病的那些日子,是他一生中难忘的日子?

3.作者将外祖父打阿廖沙的场面描绘得栩栩如生,请用你自己的语言进行叙述。

第三章

小茨冈之死

> **M 名师导读**
>
> 阿廖沙在外祖父家很快就结识到一位好朋友,他就是小茨冈。当阿廖沙挨打时,小茨冈总是奋不顾身地保护他。然而,这么一个心地善良、聪明、开朗的孩子,后来却不幸地死去了……在他身上究竟发生了什么?

我身体康复以后才慢慢看出来,小茨冈在这个家里有着特殊的地位:外祖父并不像斥骂两个儿子那样经常骂他,骂得那么凶,在私下里谈起小茨冈时,他总是眯着眼睛,轻轻地摇头晃脑地说:"伊万这小崽子是个好手!你们记住我的话,这小子将来准有出息!"

两个舅舅对待小茨冈也还算和善,从来不像对格里高里那样,拿他"开玩笑"。他们差不多每天晚上都要搞一些恶作剧,去捉弄那位眼神不济的老师傅。【名师点睛:本部分在一开始便说明小茨冈在外祖父家有着特殊的地位,外祖父的家人对他很和善。但是本章的题目是"小茨冈之死",这就为读者设置了悬念,引起了阅读的兴趣。】有时用火烧烫他的剪刀把,有时在他坐的椅子上安一个头朝上的钉子,或者把颜色不同的布料放在这个半瞎人的手边,让他把它们缝成块整面料,结果,他就会挨外祖父一顿痛骂。

有一回,他在厨房的吊床上睡午觉,不知道是哪个坏蛋在他脸上涂满了红颜料。这种颜料很难洗掉,好长一段时间,格里高里就有了

▶ 童年

这么一张滑稽又可怕的脸。这帮人折磨他的花样层出不穷，可格里高里似乎一点也不当回事，什么话也不说。他在拿剪子、顶针、钳子、熨斗之类的东西之前，总要先在手上吐上唾沫，试探着拿，这已成了他的习惯。在拿刀叉吃饭以前，他也会把指头弄湿，孩子们看见了大笑不止。当挨了烫，他的脸立刻就会扭曲出很多皱纹来，眉毛高高抬起，直到消失在光秃秃的头顶之上。

我不记得外祖父对他儿子们的恶作剧的态度了，只记得每次他都会挥起拳头冲他们喊：

"你们这些臭不要脸的魔鬼，就会搞这些名堂！"

两个舅舅还常常在背地里很气愤地谈论小茨冈，他们嘲笑他，贬低他的工作，骂他是小偷和懒货。

我问外祖母这是怎么回事。

她像平时那样，耐心地对我解释道："这你就不知道了，他们将来自己开染房的时候，都想把瓦纽什卡[对小茨冈的爱称]拉过去，所以他们俩才在对方面前互相骂他，说他不会干活，是个笨蛋，不是一把好手！【名师点睛：从不同人物之间的话中可以看出，小茨冈是人们都需要的人。小茨冈被争抢这件事，展现了人与人之间的利害关系，突出了他们自私自利的品性。】其实他们都在撒谎，他们怕瓦纽什卡不跟他们去，而留在你外祖父身边。因为你外祖父性情古怪，说不定他将来会跟瓦纽什卡一块开第三个染坊，这么一来，对你两个舅舅十分不利，懂吗？"

她低声地笑了起来："他们在什么事情上都耍手腕，真是可笑！嘿，你外祖父也看出了他们的阴谋诡计，便故意逗弄他们说：'我要给伊万买一张免役证，这样他就不用去服兵役了，我太需要他了！'你的两个舅舅气得不轻，他们都不愿意这样做，舍不得钱，因为买一张免役证贵着呢！"

现在我又和外祖母坐在一起了，就像在轮船上时一样，她每天晚上在睡觉之前，都会给我讲各种故事，或者讲她自己那像童话般的生活，很有意思。有时她也讲起一些家务事——关于儿子们分家啦，关于外祖父给自己买新房子啦，她的话总流露出一种嘲讽，就像一位邻居在远处冷眼旁观一样，完全是一个外人的口气。【名师点睛：在这个家庭当中，外祖母就像一个外人，即便是年幼不懂事的孩子，依然可以发现外祖母在家庭中的地位是怎样的。】

我从她那里得知小茨冈原来是个被遗弃的孩子。有一年开春，在一个阴雨绵绵的夜晚，他们在家门口的长凳上捡到了他。

"他一动不动地躺在那里，身上裹着一条破围裙，"外祖母若有所思而神秘地说，"不时地发出几声尖叫，几乎冻僵了。"

"是谁干的？为什么要抛弃他？"

"因为他妈妈没有奶，没有东西让他填饱肚子。她得知某个地方不久前有人生了个孩子，后来又死了，便把自己的孩子偷偷放到这儿来了。"【名师点睛：有人生了孩子，却因为没有奶喂养孩子而不得不抛弃，这其中蕴含的生活的艰辛，幼小的阿廖沙很难体会到。】

她沉默了一会儿，摇了摇头，又呆呆地望着天花板，叹着气继续说："啊，孩子，这都是因为穷啊，穷得都没法说啦！当然，社会上还有一种偏见，按老规矩，未出嫁的姑娘不能生孩子，生孩子就是丢人！你外祖父想把孩子送到警察局，我拦住了他：咱们自己收养着吧，这是上帝的意思，他知道谁家死了孩子。要知道，我生了十八个孩子，假如他们都活下来，能占满整整一条大街！你瞧，我十四岁就结了婚，十五岁就开始生孩子了，可上帝看中了我的孩子，都拿去当天使了，我心里又痛苦又高兴！"

外祖母眼里泪光一闪，却低声笑了起来。她穿着一件衬衫坐在床沿上，乌黑的头发披散一身，她身材庞大，毛发蓬松，像不久前一个塞尔加奇地区的大胡子守林人牵到院子里来的那头大熊一样。她在她那雪白的胸脯上画着十字，摇晃着身子说："好孩子都让上帝收留了，

▶ 童年

给我留下的都是些孬(nāo)种[胆小怕事或品格低下的人]，我非常喜欢伊万，我太爱你们这些小家伙了！于是他就这样留下了，给他行了洗礼，如今他长大了，长得很帅，我起先叫他'小甲虫'——因为他总是发出一种特别的'嗡嗡'声，活像一个小甲虫，满屋子爬。你可以放心地去爱他，他是个纯洁的孩子！"

伊万常常有些惊人之举，我发现自己越来越爱他了。

每到星期六，当外祖父把一周来犯过错误的孩子都鞭打一通之后，就去做晚祷了，这个时候的厨房就成了我们的天地，那里便有了一种无法形容的令人开心的生活：小茨冈从炉灶底下捉到几只黑色的蟑螂，他很快用线做成一套马具，再用纸片剪一个雪橇，啊，太棒了！【名师点睛：小茨冈是一个天真、聪颖的孩子，是"我"的好朋友、好伙伴，他抓蟑螂时动作迅捷，"我"对此很敬佩。】于是四匹黑马拉着雪橇，在刨平的黄色桌面上奔驰起来，伊万用一根细松明驱赶着它们，心情兴奋地尖声喊道：

"哈，咱们赶着车去请主教喽！"

他又剪了一张纸片贴在蟑螂背上，赶着它去追雪橇，并解释说："它们忘了带口袋，这个修士呢，背着口袋还追呢！"

接下来他用线绑住了一只蟑螂的腿，于是这只小昆虫一边慢腾腾地爬着，一边脑袋直触地，这时，伊万拍着手大笑："这位助祭从酒馆里出来，要去做晚祷！"

他还有一只小老鼠，在他的指挥下，小老鼠站起来，眨巴着一对灵活可爱的乌溜溜的眼珠，拖着一条细细长长的尾巴，用后腿走路。他十分爱惜小老鼠，把它揣在怀里，嘴对嘴喂给它糖吃，亲吻它，并十分自信地说："老鼠是一种聪明可爱的动物，谁养了小老鼠，家神爷爷就会爱护谁。"【名师点睛：通过细腻地描写小茨冈对待老鼠时的态度和动作，突出了他无比善良与纯真的天性。】

伊万还会用纸牌或者铜币变戏法，而变戏法的时候，他叫喊起来比所有的孩子声音都大，和我们没有什么差别。有一次，孩子们和他打纸牌，玩"捉傻瓜"，他们一连好几次让他当了傻瓜，可把他气坏了，他委屈地噘着嘴，呼哧着鼻子，对我诉苦说：

"我就知道他们是串通好了的！他们总是使眼色，在桌子底下互相换牌。这算什么公平游戏？骗人的家伙，我也会，肯定不比他们差呢……"

那年他十九岁了，他的年龄比我们几个孩子加在一起还要大。

每逢节假日的晚上，小茨冈更是个活跃人物。当外祖父和米哈伊尔舅舅都出门去做客的时候，头发卷曲而蓬松的雅科夫舅舅就拿着一把吉他到厨房里来，外祖母刚摆好一桌丰盛的茶点和一瓶伏特加酒，酒瓶子是绿色的，瓶底雕着精美的红花。身着节日服装的小茨冈忙得陀螺似的团团转，老师傅格里高里侧着身子轻轻地走了进来，眼镜片闪闪发光。还有保姆叶芙盖尼娅，她有红红的麻子脸，滚圆的身体胖得像个酒坛子，目光锐利而古怪，说起话来嗓音像吹喇叭。有时圣母升天教堂里的那个留着一头长发的助祭司和一些面孔长得像梭鱼和鲶鱼的人，也都来参加我们的节日晚会。【名师点睛：群像描写，以"我"的视角观察参加舞会的人们，表现出舞会热闹的场面。】

人们海吃胡喝一顿，呼哧呼哧地喘着粗气，孩子们也分到了节日的礼物，每人一杯甜果酒，手里还有糖果，狂欢的场面便沸腾起来了。

雅科夫舅舅爱惜地调试着吉他琴弦，调好后照例问一句：

"各位，怎么样，我要开始了！"

然后，他甩一下卷发，向吉他弯下了身，像鹅一样伸长脖子。他那圆圆胖胖、无忧无虑的脸看起来昏昏欲睡，可是却拥有灵活得难以捉摸的目光。不过这些好像在一层油的烟雾中渐渐变得模糊了。他开始轻轻地拨弄着琴弦，弹了一支让人陶醉又兴奋的曲子。

他弹拨的乐曲，使屋里的气氛显得寂静而蕴含生机。它像一条湍急的小溪，从远方奔涌而来，穿透地板，渗出墙壁，撩拨人心，激起

▶ 童年

人们一种既忧郁悲伤又感奋的情绪。【写作借鉴:运用比喻的修辞手法,把优美的曲子比作一条湍急的小溪,赋予曲子以动态感。描述曲子声音不知道从哪里来,体现出曲子的空灵、悠扬,带给人一种复杂的情绪。】在这种乐曲的感染下,你就不由得生出了对世界的怜悯,也怜悯起自己来。大人们觉得自己也变成了孩子,大家都静静地坐着凝听和沉思,空气仿佛都凝固了。

米哈伊尔舅舅家的萨沙张着嘴,向他叔叔探着身子,口水不停地往下流。他听得入了神,手脚都不听使唤了,从椅子上滑到了地板上。他用手撑着地,就那样继续听着,最后索性坐到地板上听。

所有的人都听得入了迷,偶有茶炊的低叫,反而更加深了这意境的哀情。两个黑洞洞的小窗户瞪着外面的夜空,摇曳的灯影使它们变幻着眼神。

雅科夫舅舅全身心地投入,他仿佛已酣然睡去,只有两只手在不停地动着。弯曲的右手指在黑色的琴板声孔上颤动着,就像一只小鸟,拍动着翅膀在挣扎。而左手手指则令人几乎觉察不到地在琴弦上飞快地滑动着,快得让人难以置信。【名师点睛:通过描写雅科夫醉酒后的状态,具体而生动地塑造了一个酒鬼形象,刻画技巧非常娴熟。】

他喝了酒以后,总是用一种从牙缝里发出来的难听的咝咝声,唱着那首没完没了的歌曲:

雅科夫要是一条狗——

他就会从早到晚叫个不停:

噢,我是多么寂寞!【写作借鉴:运用了反复的修辞手法,反复使用"噢,我是多么寂寞!"这句话,强调自己的确很寂寞,他要通过歌曲来消解心中的闷气。】

噢,我是多么忧伤!

一个修女在大街上走,

一只乌鸦蹲在墙头上,

噢，我是多么寂寞！

一只蟋蟀在炉后曜曜叫，

闹得蟑螂不得安生。

噢，我是多么寂寞！

一个乞丐晒着裹脚布，

另一个乞丐就来偷！

噢，我是多么寂寞！

噢，我是多么忧伤！

这怎么也听不完的歌让我受不了，每当舅舅唱到乞丐的时候，一种无法忍受的忧郁就使我伤心地痛哭起来。

小茨冈也和大家一样，聚精会神地听着，还不时把手指插进他那乌黑蓬乱的头发里，眼望着墙角，轻轻地打着呼噜，他还会突然感叹道：

"唉，我要是有副好嗓子就好了，一定要唱个痛快！"

外祖母叹息着说：

"行了，雅沙，弹得人心都要碎了！瓦纽什卡，还是你来跳个舞吧……"

大家并不是马上就会满足她的要求。不过我们的音乐师会突然用手按住琴弦，然后攥(zuàn)紧拳头，用力往地板上一甩，就像要从自己身上甩掉一种既看不见也听不到的什么东西，接着猛喊一声：

"好啦，让一切的忧愁和烦恼都见鬼去吧！瓦尼亚，该你上场了！"

小茨冈稍做修饰，拉了拉黄衬衫，小心翼翼地好像踩着钉子似的走到了厨房中间。他那黝黑的脸颊变得通红，他有点难为情地微笑着请求道：

"你可得弹得快一点，雅科夫·瓦西里伊奇！"

吉他疯狂地响了起来，随着这暴风骤雨般的节奏，小茨冈的靴子踏着细碎的步子，震得桌子上的碟子和碗哗哗乱颤。而在厨房中间，

39

▶ 童年

小茨冈像一团燃烧的火一样，他张开双手，宛如两只翅膀，像老鹰一样在翱翔，脚步快得让人分辨不出来。他突然尖叫了一声，身子往地板上一蹲，又像一只金色的雨燕一样蹿来蹿去。【写作借鉴：运用动作描写和排比的修辞手法，生动地把小茨冈纵情舞蹈的情景展现在人们面前，也把这一刻大家暂时忘记生活的不快，享受生活的愉悦充分展现了出来。】他的绸子衬衫颤抖着、闪烁着，好像在燃烧，在熔化，发出耀眼的光辉，把四周人们的脸都照亮了。

小茨冈放纵地跳着，看样子，如果打开屋门把他放出去，他就会这样沿着大街小巷一直跳遍全城，最后不知跳到什么地方去……

"横着来一趟！"雅科夫舅舅用脚尖在地板上踏着拍子，喊道。

随后，小茨冈又尖厉地呼啸着，用激动人心的声音念了几句顺口溜：

哎嗨，若不是因为可惜这双树皮鞋，

我就远走高飞喽，

舍不得我的老婆和孩子啊，

去流浪漂泊！

大伙站在桌子后边，都不由自主地抖动着身子，时而大声叫喊，时而细声尖叫，像身上着了火一样。那大胡子师傅拍着自己的秃脑袋，嘴里快乐地念叨着什么。有一次，他向我弯下身来，柔软的大胡子盖住了我的肩膀，他贴着我的耳朵，像对大人说话似的对我说道：

"噢，阿列克谢·马克西姆［阿廖沙的名字和父称，这样称呼表示尊敬］，如果你父亲还活着，能来这里参加晚会就好了——准会燃起另一团火！他是一个讨人喜欢的快乐汉，你还记得他吗？"

"记不太清了。"

"记不清了？从前他和你外祖母跳起舞来……你等等！"

他边说边站了起来，个头高大，脸色憔悴，活像一尊圣像。他对外祖母鞠了一躬，以一种平常很难听到的粗嗓子请求道：

"阿库琳娜·伊万诺夫娜［阿廖沙外祖母的名字和父称，这样称呼表示尊敬］，请赏脸上场跳个舞吧！就像从前和马克西姆·萨瓦杰伊奇一起跳舞那样，出场来跳一圈，让我们大家也高兴高兴！"

"你说什么呀，亲爱的，格里高里·伊万诺维奇？"外祖母一边轻轻地缩了一下身子，一边微笑着说，"我一把年纪了，哪里还会跳什么舞！只会惹人家笑话……"

可是大家一致要她出来跳。忽然，她像下定了决心似的，利索地站了起来，整了整衣裙，挺直了身子，昂起头，兴高采烈地舞了起来，边跳边叫：

"你们就笑吧，尽情地笑吧！喂，雅沙，帮忙换一个曲子！"

舅舅应声而止，把身子向上一提，伸得直直的，微闭着眼睛，开始弹得缓慢了。小茨冈停了一会儿，跳到外祖母跟前，就在她的周围蹲下来，绕着她跳开了。外祖母两手舒展，眉毛上挑，眼睛凝视远方，好像飘在空中一般，在地板上滑行着。我觉得特别有意思，忍不住笑出了声，格里高里师傅伸出一个指头，严肃地点了我一下，所有的人都用责备的目光看了我一眼。

"别闹了，伊万！"格里高里师傅笑着说。小茨冈顺从地跳到了一边，坐到了门槛上。保姆叶芙盖尼娅伸着脖子，声音低沉而悦耳地唱起歌来：

整整一星期，周一到周六啊，

姑娘都在织花边，

干活干得人累死哟，

唉，只剩半口气！

外祖母仿佛不是在跳舞，而是在讲故事。你瞧，她若有所思地轻轻地迈动着脚步，手遮着额头，打量这四周，她整个巨大的身躯优柔地摇晃着，两只脚小心翼翼地摸索着道路前行。她突然停下了脚步，仿佛有什么东西让她惊讶，她的脸孔颤抖了一下，皱了皱眉头，但马

童年

上又容光焕发，露出了亲切和蔼的笑容。她闪向一旁，好像是在给什么人让道，又仿佛是在用手领着谁走路。然后低下了头，屏住呼吸，静静地倾听着，笑容显得更加迷人了。突然间，她迈开舞步，像一阵风似的旋转了起来，整个人变得更端庄和高大了。这时，大家的目光再也不能从她的身上移开，在这一瞬间，力量和青春一下子回到了她身上，她显得美丽而又可爱。【名师点睛：对外祖母跳舞的全过程进行细致的描摹，她似乎在用舞蹈诠释着对所经历的苦难生活的态度，突出了她的乐观与坚毅。】

保姆叶芙盖尼娅像吹喇叭似的唱起来：
周日的午祷才做完，
跳舞就要跳到大深夜，
她最后一个走回家，
可惜啊，良宵苦短，
我们又要等一周！

外祖母跳完舞以后，便坐回了原来靠近茶炊的自己的位置上。大家都一个劲地夸奖她，而她一边理着头发，一边说：

"算啦，你们可别说了！你们还没见过真正的舞蹈家呢。从前我们巴拉罕纳有一位姑娘，我已记不得她叫什么名字了，反正那时人们看了她跳舞，都快活得流了眼泪！你只要看她一眼，就像过节一样快乐，你就会幸福得昏过去了！【写作借鉴：运用了夸张的修辞手法，表现了巴拉罕纳姑娘优美的舞姿，从中可以体会到无比的幸福感。同时，细细品读，可发现外祖母其实对自己的舞姿很得意。】我当时很忌妒她呢，现在想想真是罪过！"

"歌手和舞蹈家是这个世界上第一流的人物！"保姆叶芙盖尼娅严肃地说，接着，她开始唱一支关于国王达维德的歌，雅科夫舅舅搂着小茨冈，对他说："你应该到酒馆去跳舞，你会把人给跳得发狂的！"

【名师点睛：从雅科夫舅舅尖酸的语言中不难看出，他对小茨冈很讨厌，

言语之间充满讽刺意味。】

"唉，我真希望能有一副好嗓子，只要让我唱上十年，哪怕以后让我到修道院去陪上帝他老人家，我也愿意！"

大家开始喝伏特加，格里高里喝得特别多。许多人向他敬酒，外祖母说了话：

"小心点儿，格里沙，这么喝下去你会喝成盲人的！"

格里高里很严肃地回答说：

"看不见就看不见吧，我要眼睛没什么用，我什么都见过了！"

他越喝越多，好像还没醉，只是话多了，见了我总要提起我的父亲："马克西姆·萨瓦杰伊奇，他可是一个心胸豁达的好人啊，我的小朋友……"

外祖母也叹一口气，说："是啊，他是上帝的孩子。"

每一个人都非常有趣，一切都吸引着我，使我激动，仿佛四周所有的事物都带着一种静静的难以消除的甜蜜的忧愁渗入了我的心里，忧愁和欢乐交织着，总是以令人不可捉摸的难以理解的速度，纠缠在一起。

有一次，雅科夫舅舅喝得并不厉害，却开始撕自己的衬衫，疯狂地拽自己的卷发和浅灰色的稀疏的胡子，拧自己的鼻子，扯下垂的嘴唇：【名师点睛：雅科夫舅舅喝醉后"撕""拽""拧""扯"等一连串动作，真实地写出他被生活扭曲的暴虐性格，以及对生活不满情绪的发泄。】

"这算是什么日子，为什么要这样活？"

他捶胸顿足，号啕痛哭："我是个流氓，下流坯子，丧家犬！"

格里高里突然吼道："没错，你就是！"

外祖母也醉了，拉着雅科夫舅舅的手说："得了，雅沙，你是什么样的人，上帝最清楚！"

外祖母喝醉的时候显得特别漂亮，一对含笑的黑眼睛向每个人挥洒着温暖的爱意。她用头巾扇着红红的脸，如唱如诉般地说：

▶ 童年

"主啊，主啊，一切都是这么美好！你们瞧，一切都太美好了！"

这是她发自内心深处的感叹和呼喊。

平时看起来无忧无虑的雅科夫舅舅的表现使我感到惊讶，我问外祖母，他为什么哭泣，为什么要咒骂、捶打自己。

她一反常态，不乐意地说："你什么都想知道！你就等着吧，你现在管这些事还太早……"

这就更令我好奇了。我去染房问伊万，他老是笑，也不回答，斜着眼瞅着格里高里，最后他急了，一把把我推了出去，喊道：

"走开！再缠着我，我就把你扔进染锅里，也给你上个色！"

格里高里师傅此时就坐在又宽又矮的炉子前，炉子上支着三口大锅——他正在用一根长长的黑棍子在锅里搅拌，不断地把棍子提起来，瞧着从棍子尖上一滴滴往下滴的染料水。炉火烧得正旺，火光映照在他那像神甫的祭衣似的五颜六色的皮围裙的下襟上，染料水在锅里咕嘟咕嘟直响，一股股刺鼻的水蒸气浓云般地涌向门口，院子里涌起一片升腾的云。【写作借鉴：运用了比喻和夸张的修辞手法，将锅里升腾的水蒸气比作升腾的云，烘托出人们忙碌的场景。】

师傅抬起他那浑浊而充血的眼睛，从眼镜片下方看了我一眼，声音粗暴地对伊万说：

"快点劈柴去！怎么那么不长眼？"

当小茨冈跑到院子里抱劈柴的时候，格里高里坐到一个装紫檀素的口袋上，里边盛着颜料，他招呼我到跟前去："你过来！"

他把我抱到他的膝盖上，他那又温暖又柔软的大胡子，遮住了我的半个脸，他说了令我难忘的话："你舅舅犯浑，凶狠地折磨老婆，把她折磨死了，现在他受到了良心的谴责，你明白吗？【名师点睛："我"从格里高里那里了解到，舅舅曾经凶狠地打死了老婆，说明他真的很残暴。因此，以后"我"对他多了一些戒心，做什么都加倍小心。】你什么事都应该知道一点，要当心，不然你会完蛋的！"

44

和格里高里在一起，我感到特别自然，就像和外祖母待在一起一样，但又有些害怕，他从他那副眼镜后边好像能洞穿一切。

"为什么要打死？"他不慌不忙地说，"晚上两个人躺在一起睡觉，他用被子把她的头蒙住，死死地压着她，拼命地打。为什么要这么做？这大概连他自己都不清楚。"【名师点睛：旧时俄罗斯的女人没有地位，任丈夫打骂、发泄。雅科夫的妻子被他活活打死了，而他居然连原因都不清楚，平静的叙述中饱含作者对丑恶、黑暗社会的血泪控诉。】

伊万这时抱着劈过的柴回来了，蹲在火炉前烤手。格里高里师傅没在意，继续说：

"他打她，也许是她比他强，他忌妒她。小兄弟你不知道，卡希林一家子都不喜欢好人，他们忌妒好人，容不得好人，想方设法陷害好人！你去问一问你外祖母就知道了，你父亲是怎样被赶走的，因为她什么都敢讲，不喜欢说谎，也不会说谎。她像个圣人，只是喜欢喝点酒，嗅嗅鼻烟。你外祖母是有点傻气，可你要好好待她，别丢下她不管啊……"

说完他推开了我。我走到了院子里，心情非常沉重。伊万在过道里追上了我，抱住我的头，喃喃低语道："你不用怕他，他是个心地善良的人，听他讲的时候，你要坦率地注视着他的眼睛，他喜欢那样。"

可是这所有的一切都叫人感到不安。我不了解另一种生活，只是依稀记得父亲和母亲并不是这样生活的：他们有另一种语言，另一种生活乐趣，不论走路还是坐着，干什么都是肩并肩紧紧地挨在一起。晚上，他们常常坐在窗口大声地歌唱，惹得大街上的人们都回过头来看他们。【名师点睛：将记忆中父亲和母亲融洽相处的情景与外祖父家的人相处的方式相对比，表现出这些人自私自利、小家子气的形象。】那些仰起头来往上看的面孔，让我想起了饭后的脏碟子。在这儿人们少有笑容，偶尔有人笑，你也捉摸不了他在笑什么。大声吵闹、相互威胁、窃窃私语是这儿的人们的说话方式。孩子们谁也不敢大声地玩

▶ 童年

耍，他们无人搭理，无人照顾，如尘土一般微不足道。在这儿我感觉自己是个外人，疑虑不安，如坐针毡，紧张地注视着周围的一切。

我和伊万的友谊越来越深。外祖母从日出到深夜都在忙家务活，很多时候也顾不上我，我几乎整天围着小茨冈转。当外祖父打我的时候，他仍然用自己并不粗壮的胳膊去替我挡树条子，第二天，他会伸着被打肿了的地方给我看，抱怨道：

"唉，这一点也不管用！你也没挨得轻一点，可我，你瞧，竟成了这个样子！算了，我再也不管你了！"

可是下一次，他还是会管的。

"你不是不愿意管我吗？"

"我是不愿意来着，可是每当那个时候我就不知不觉把手伸了过去……"

后来，我又了解到了小茨冈的一个秘密，这件事就更激起了我对他的兴趣和喜爱。

每逢星期五，小茨冈都要给那匹枣红骟马套上宽大的雪橇去赶集，要知道那匹枣红马可是外祖母的宝贝，它脾气很坏，专爱吃甜食。小茨冈穿上一件齐膝长的短皮大衣，戴上一顶沉甸甸的大皮帽子，系上一根绿腰带就赶着雪橇出发了。有时，过了很长时间他还没回来，家里的人都十分焦急，便都来到窗前，用哈气融掉玻璃上的霜花，朝街上四处张望。

"还没来吗？"

"没呢。"

外祖母这个时候比谁都着急。

"这下可好，"她对外祖父和两个儿子说，"连人带马都给我毁了！你们这些没良心的东西，真不要脸啊！自己家的东西还少吗？唉，一家子的蠢货、吝啬鬼，上帝会惩罚你们的！"【名师点睛：外祖母的话既紧紧地抓住读者的心，也自然展开了情节，为后文埋下了伏笔。】

外祖父也愁眉苦脸地嘟囔着说："行啦行啦，这是最后一次……"

终于，小茨冈回来了！两个舅舅和外祖父急忙跑到院子里，外祖母猛劲地嗅着鼻烟，像个大狗熊似的慢腾腾地走着，不知为什么，每逢这个时候，她就显得笨手笨脚的。【写作借鉴：运用比喻的修辞手法，将外祖母的形象比喻成大狗熊，形象地表现出她的笨手笨脚。】孩子们也都跑了出来，大家兴高采烈地从雪橇上往下卸东西。雪橇上有小猪、野禽、鱼和肉，品种齐全。

"让你买的东西都买了吗？"外祖父斜着他那双眼睛，打量着满载的雪橇问道。

"该买的都买了。"伊万快活地答道，一边在院子里蹦着取暖，一边把手套拍得啪啪地响。

"别把手套拍坏了，那是花钱买来的！"外祖父厉声喊道，"有没有找零钱啊？"

"没有。"

外祖父绕着雪橇慢腾腾地转了一圈，小声说："我看你拉回来不少东西。你瞧，是不是有些东西不是花钱买来的？我可不希望这样。"

说完他皱着眉头，走了。

两个舅舅兴致勃勃地跑到了雪橇跟前，拿起家禽、鱼、鹅肝、小牛腿、大肉块，掂量着分量，吹着口哨："嘿，机灵鬼，买的都是好东西！"【名师点睛：语言描写，从舅舅们的话语中可以看出，小茨冈的行为得到了认可与称赞。】

米哈伊尔舅舅身上像装了弹簧似的，围着雪橇跳来跳去，伸出他那啄木鸟般的鼻子，嗅嗅这儿，闻闻那儿，咂着嘴唇，眯着一双神色不安的眼睛。他身材和外祖父一样干瘦，但个头略高些，黑得像一块烧焦的木头。他抄着冻僵的手问小茨冈：

"我爸爸给了你多少钱？"

"五个卢布。"

▶ 童年

"我看这些东西能值十五卢布。你花了多少？"

"四卢布零十戈比。"

"好啊，那九十戈比都装进自己的腰包了。雅科夫，你瞧这小子多会攒钱！"

雅科夫舅舅穿着一件衬衫站在严寒里直打战，微微地笑着，朝着寒冷的蓝天眨巴着眼睛。

"瓦尼亚，你就请我们喝半瓶伏特加吧。"他懒洋洋地说。

外祖母一边卸马套，一边跟马说话：

"哎呀，我的乖孩子，你没事吧？你想玩一会儿？那就玩一会儿吧！"

高大的骟马抖起它那浓密的鬃毛，用雪白的牙齿蹭外祖母的肩膀，把她头上的丝头巾也舔了下来，一双快活的眼睛瞅着她的脸，抖掉眼睫毛上的霜，低声地嘶鸣着。【名师点睛：细腻地描写了骟马的外形，表现出马与主人之间的亲密关系。】

"你想吃点东西吗？来点面包吧？"

于是她把一大块面包塞进它的嘴里，并撩起围裙，在马下边接着面包渣，若有所思地看着她的宝贝。

小茨冈也像一匹年富力强的马，活泼地跳到她跟前。

"奶奶，这匹马可真聪明啊……"

"滚开！别在我跟前摇尾巴！"外祖母跺着脚喝了一声，"要知道，今天我可一点也不喜欢你。"

后来她对我解释说，小茨冈今天在集市上买的东西还没有偷的多。【名师点睛：从这里可看出小茨冈是个小偷，喜欢浑水摸鱼，这样的手段不值得人们学习。】

"你外祖父给了他五卢布，买东西他只花了三卢布，其余十卢布的东西全是偷来的，"她不高兴地说，"他这个调皮鬼就喜欢偷东西！上次闹着玩得手了，家里人夸他能干，谁想他尝到了甜头，就养成了偷东西的习惯。你外祖父从小吃苦受累，尝够了贫穷的滋味，到老了变得非常贪婪，把钱看得比亲生儿子还亲，看见东西跑自己家里来，自然是高兴得要命！至于米哈伊尔和雅科夫……"【名师点睛：外祖母立场鲜明，严厉否定了小茨冈的行为，从她口中可以得知小茨冈的本质并不坏，在众人的怂恿下才成了一个小偷，他变坏与其他人的教唆有直接关系。】

说到这儿她挥了挥手，沉默了一会儿，后来看着打开的鼻烟壶，又唠叨了起来：

"你听着，阿廖沙，人世间的事就像一个眼睛看不见的老太婆在织花边，她怎么能看得清哪里是图案的花纹啊！要是伊万偷东西被人抓住，可是要被打死的……"

她又沉默了一会儿，然后又小声说：

"唉，咱们这里的规矩可真不少，可就是没有真理……"

第二天，我找到小茨冈，央求他以后别再偷东西了。

"不然人家准会把你给揍死的……"

"想抓住我没那么容易，我能逃脱，因为我眼疾手快，马也跑得快！"他冷笑着说，但立刻又愁容满面地皱起了眉头，"我也清楚偷东西不好，而且很危险。我这么做只是为了解解闷。我也不想攒什么钱，反正不出一个星期，你的两个舅舅就会把我的钱全部骗走。【名师点睛：舅舅们唆使小茨冈偷东西，然后将他获得的钱财骗走，如此朴实、能干的小茨冈被舅舅们教唆成这样，可见他们是多么残忍、自私。】我也不可惜那几个钱，拿就拿去吧！反正我也饿不着，拿钱有什么用？"

他突然抓住我的手，轻轻摇晃着说：

"啊，你又轻又瘦，可骨头倒挺硬，将来你准能长成一个大力士。你听我的话学弹吉他吧，让雅科夫舅舅教你，真的，你还小，学起来特别快！你人虽小，可脾气倒挺大，你一定不喜欢你外祖父吧？"

"我也不知道。"

"除了奶奶，这一家子我全都不喜欢，让他们见鬼去吧！"

▶ 童年

"我呢？你也不喜欢吗？"

"不一样的，你不姓卡希林，你姓别什科夫，你们不是一个家族的人……"【名师点睛：通过"我"跟小茨冈的对话描写，表明小茨冈拥有公正、直爽的品性。就是这样一个善良、可亲的人，不久之后却永远离开了人世，因而更加令人惋惜。】

他突然把我紧紧地抱了起来，低声说：

"唉，如果上帝再给我一副好嗓子，那该有多好！我能把所有人的心都燃烧起来……你走吧，小兄弟，我得干活了……"

他把我放到地板上，往自己嘴里塞了一把小钉子，开始把一大块湿漉漉的黑布料绷得紧紧的，钉在一大块四方的木板上。

这是我和他的最后一次谈话，没过多久，他就死了。

事情是这样的：离大门口不远的院子里，靠墙放着一个很大的橡木十字架，主干粗大多节。它在那里已经放了很长时间了。我来到这家最初的一些日子里，就发现了它。那时，它还比较新，颜色发黄，可过了一秋，雨水把它淋黑了。它发出了一股经水泡过的橡木的苦味，在这个肮脏而拥挤的院子里，它显得多余且碍事。【写作借鉴：采用了插叙的写作手法清楚地交代了十字架的由来，让文章的整体内容更充实，更具有说服力。】

这个橡木十字架是雅科夫舅舅买来的，他许下愿，准备把它竖立在亡妻的墓上，在她去世一周年的那天，他要亲自把十字架背到墓地里去。

那是刚入冬的一天，天气寒冷，刮着大风，雪不断地从屋顶上被吹落下来。大家都来到了院子里，外祖父和外祖母带着三个孙子，一大早就到墓地做安魂弥撒去了。我因为犯了错误，被关在了家里。

两个舅舅都穿着一样的黑色短皮大衣，他们把十字架从地上扶起来，一人抬着横木的一头。格里高里和另一个人费劲地把沉重的十字粗的那一头放到了小茨冈的宽肩膀上，他踉跄了一下，叉开了双腿，总算是站住了。

"怎么样？吃得消吗？"格里高里问道。

"不好说，好像很沉……"

米哈伊尔舅舅怒冲冲地喊道："快去开大门，瞎鬼！"

雅科夫舅舅说："你也不害臊，我们俩加在一起也不如你的劲大呢！"

格里高里打开大门的时候，还不忘嘱咐小茨冈说："你要当心，可别累趴下！去吧，上帝保佑你！"【名师点睛：在对待小茨冈时，雅科夫舅舅与格里高里的态度截然不同，雅科夫舅舅的话里满是讽刺意味，而格里高里却是发自内心地关心小茨冈，突出雅科夫舅舅自私自利的形象。】

"你这个秃驴！"米哈伊尔舅舅对着街上喊了一声。

院子里的人都笑了，开心地谈论起来，仿佛大家都为把这个十字架抬走而感到高兴。

格里高里拉着我到了染房，把我抱到一堆准备染色的羊毛上面，把羊毛围到了我的肩膀上，又闻了闻锅里冒出来的蒸汽，若有所思地说：

"你外祖父今天也许不打你了，我看眼神挺和气的！唉，小家伙，我和你外祖父在一块待了三十七年了，他的事我最清楚。最早，我们是朋友，一块做买卖。后来他当上了老板，因为他聪明，我不行。不过，上帝是最聪明的，对于人间的聪明，他都是一笑了之的。尽管你还不知道别人为什么那么做，那么说，可是你慢慢地都会明白的。孤儿的日子不好过啊！你的爸爸，马克西姆·萨瓦杰伊奇就什么都懂，他可是个无价之宝啊！也就是因为这个，你外祖父才不喜欢他……"

听格里高里这样絮絮叨叨地讲，我心里特别高兴。

炉子里金黄色的火光映红了我的脸，屋子里弥漫着雾似的蒸汽，它们升到房顶的木板上，变成了灰色的霜，从房顶的缝隙里往上看，可以看到一线蓝蓝的天空。风小了，雨也停了，天空的一角已经露出

▶ 童年

了灿烂的阳光，玻璃似的尘埃撒满了庭院，雪橇的滑板在大街上发出尖厉的叫声，从房顶烟囱里袅袅升起淡蓝色的轻烟，它那轻淡的影子从雪地上滑过，像是在向我们讲述着什么。【写作借鉴：阴郁的环境描写为小茨冈的惨死埋下伏笔。】

大胡子格里高里是个骨瘦如柴的细高个，长着两只大耳朵，又没戴帽子，简直就像一个心地善良的巫师。他一边搅拌着锅里滚开的颜料，一边不停地教导我说：

"看任何人，你都要用正直的眼光来对待。就算是一条狗向你扑了过来，你也要这样盯着它，只有这样它才会退回去……"

一副沉甸甸的眼镜压在他的鼻梁上，和外祖母一样，他的鼻尖上也布满了发青的血丝。

"等一等，出什么事啦？"他突然说道，竖着耳朵细听起来，接着他一脚踢上了炉门，一个箭步就蹿到了院子里，我也跟着他跑了出去。

小茨冈被抬进了厨房，他脸朝上躺在地板上。从窗外射进来的光线被窗格分成了一道道的，一束落在他脸上和胸上，一束落在他腿上。他的眉毛挑了起来，额头放着一种奇怪的光，眼睛一动不动地盯着天花板，只有暗紫的嘴唇在颤动着，吐出些发红的泡沫来。鲜红的血水从他嘴里流到脸上，又滑到脖子上，最后流向地板，很快，他就浸泡在了血溪里。他的两腿痛苦地弯曲着，血把浸透的裤子粘到了地板上。【名师点睛：细腻地刻画了小茨冈去世前的惨状。然而作者在这里并没有交代原因、经过，这激发了读者的阅读兴趣，增加了文章的悬念。】厨房的地板原来用沙子擦得干干净净的，在阳光下闪闪发亮。他鲜红的血像溪流一样流向门口。

小茨冈直挺挺地躺着，两只胳膊紧紧挨着身子，只有手指头还在微微地动弹，抓着地板，染了色的手指头在阳光下闪着光。

保姆叶芙盖尼娅蹲下身去，把一根细蜡烛往伊万的手里塞。可伊万根本握不住，蜡烛倒了，浸泡在血里。保姆拾起蜡烛，用围裙角擦干净，又试着把蜡烛固定在他那不停颤抖的手里。人们在厨房里窃窃私语，声音忽高忽低。那私语声像一阵风似的从门栏上往下推我，我站立不住，只好牢牢抓住门环不放。

"他绊了一跤，十字架砸在了背上。"雅科夫舅舅用一种惨淡的声调说着，一边讲，一边把头扭了过去。他面如死灰，无精打采，一双暗淡无光的眼睛，不停地眨巴着。

"他被十字架压在了底下，脊背被砸伤了。我们一看大事不妙，就赶紧扔掉了十字架，不然连我们也会给砸成残废的。"【名师点睛：小茨冈丢了性命，而雅科夫舅舅却只是在庆幸被砸的不是自己，通过他的语言表现出他内心的自私、无情。】

"是你们把他给砸死的。"格里高里怒吼道。

"是又怎么样……"

"你……你们！"

血流个不停，在门栏下汇成一摊，颜色也渐渐变黑了，好像还在往外涌。小茨冈一边吐着粉红色的泡沫，一边像在做梦似的哼哼着，他已经气若游丝了，那越来越平的身子紧贴在地板上，仿佛要陷进去似的。

"米哈伊尔到教堂催爸爸去了，"雅科夫舅舅耳语般地小声说，"我雇了一辆马车赶快把他拉回来……幸亏不是我亲自背着，不然我也……"

保姆叶芙盖尼娅又把蜡烛塞到小茨冈的手里，烛泪和眼泪一起滴在他的手掌上。

格里高里粗暴地大声嚷嚷："行啦，你把蜡烛立在地板上就是了，你这个蠢婆娘！"

"对了。"

"把帽子给他脱下来！"

▶ 童年

　　保姆把小茨冈头上的帽子摘了下来。他的后脑勺碰着了地板，沉沉地响了一声。这会儿他的头歪在一旁，血流得更多了，不过只是从一边的嘴角往外流的。这样又持续了好一会儿。

　　我原来还想等着小茨冈休息一会儿就会抬起身来，坐在地板上，吐一口唾沫，说：

　　"呸，还真热……"

　　但这次他没能再起来，三天后，他变得越来越软弱无力了。阳光已经从他身上退去，光线变短了，只能照到窗台上。他的脸变得灰暗，手指不再动弹，嘴角上的白沫也没有了。他的天灵盖和两只耳朵的旁边，立着三根蜡烛，金黄色的火苗闪闪烁烁，照着他那乱蓬蓬的黑发，两片黄色的光影在他黝（yǒu）黑的面颊上颤动着，尖尖的鼻头和粉红色的嘴唇泛着余光。

　　保姆跪在那里轻声哭泣：

　　"我的小鸽子，你这只讨人喜欢的小鹰……"

　　我又怕又冷，于是爬到桌子底下藏了起来。后来，外祖父穿着貂皮大衣，脚步沉重地走进了厨房。穿着一身斗篷式毛皮大衣的外祖母，米哈伊尔舅舅，孩子们，还有不少陌生人，也都一窝蜂地涌了进来。

　　外祖父把皮大衣往地板上一扔，大声吼道：

　　"混蛋！你们把一个多么能干的小伙子给毁了！再过几年他可是个无价之宝……"【名师点睛：外祖父的话语中没有一丝内疚、难过的意味，有的只是对失去能干而廉价雇工的惋惜。这一切从侧面反衬出小茨冈的生命对他们来说毫无价值。】

　　地板上堆着的衣服挡住了我的视线。我爬了出来，碰到外祖父的腿，他一脚把我踢开，挥着又红又小的拳头吓唬两个舅舅说：

　　"你们这两匹吃人不吐骨头的狼！"

　　他一屁股坐在长凳上，两手撑着长长的凳子，一边无泪地抽噎着，一边用沙哑的声音说：

"我就知道你们看他不顺眼，唉，瓦纽什卡呀……你这个傻瓜啊！我说这该怎么办呢？这到底该怎么办呢？老太婆啊，看来这两年上帝并不爱我们，对吗？老太婆？"

<u>外祖母整个身子都趴在地板上，两只手不停地抚摸着小茨冈的脸、头和胸脯，对着他的眼呼吸，握着他的手揉搓，把蜡烛全给碰倒了。</u>【名师点睛：运用了一连串的动词，如"趴""抚摸""握""碰"等，形象生动地表现出外祖母对小茨冈的死感到极度悲痛和难过。】她笨拙地站了起来，虽然穿着亮闪闪的黑衣服，可全身都是黑色的，可怕地瞪着两只眼，低声吼道：

"都给我滚出去，你们这群畜生！"

除了外祖父，大家都出去了。

小茨冈就这样死了，无声无息地被埋掉了。

人们也渐渐将他遗忘掉了。

Z 知识考点

1.在外祖父家，有一位名为_____的工匠，人们经常对他做恶作剧：有时会将他的_____烧烫，有时会在他的椅子上安一个_____，有时会将不同_____的布料放在他手边，导致他用错而遭到_____责骂。因为经常被搞恶作剧，工匠每次拿起自己的工具，都会在手上吐_____，以防受到伤害。

2.阿廖沙的两个舅舅总是说小茨冈不会干活，是个笨蛋，不是一把好手，他们为什么会这样贬低小茨冈？　　　　　　（　　）

　　A.因为小茨冈是卑鄙的小偷

　　B.因为小茨冈做事笨手笨脚

　　C.因为他们想要拥有小茨冈，以便给自己带来利益

3.外祖父对小茨冈的死有什么反应？你能分析这其中的原因吗？

55

▶ 童年

阅读与思考

1. 为什么小茨冈在外祖父家占有特殊地位？

2. 小茨冈为什么会死去？你对此有什么感想？

3. 对小茨冈的死，大家分别是什么态度？反映了他们怎样的性格特点？

第四章

染房失火

M 名师导读

　　外祖父家人丁兴旺，虽然平时偶有矛盾，可是勉强可以过下去。然而，让人意想不到的是，家里发生了一场火灾，苦心经营的染坊遭受了不小的损失。那么，这次火灾之后，家里的生活状况会发生什么样的变化呢？人与人之间的关系又会怎样呢？

　　晚上，我躺在一张大床上睡觉，裹着四床被子，听外祖母祷告。她跪在那里，一只手按着胸口，另一只手不停地画着十字。

　　院子里寒气袭人，冷得发绿的月光透过玻璃窗上的霜花，清晰地照着她那长着大鼻子的善良面孔，一双黑眼睛磷火般地闪闪发光，黑衣裙颤动着从她肩膀上滑落了下来，直接铺散在地板上。【写作借鉴：运用了拟人的修辞手法，将月光形容成"冷得发绿"，赋予了月光以生命，用"绿"来形容月光的"冷"，突出了环境的寒冷、凄清。】

　　外祖母做完祈祷，默默地脱下衣服，仔仔细细叠好，放在墙角的那只大箱子上，便来到了我床前，我赶紧假装睡着了。

　　"别装了，小捣蛋鬼，竟敢跟我这个老太婆装相？"她小声说，"你并没有睡着，亲爱的小家伙，快给我让点被窝！"

　　我想得出她下一步会做什么，便忍不住笑了起来，她也大笑道："啊哈，你这个坏小子！"她抓住被子的一角麻利地使劲往自己身上一拉，我被抛在半空打了好几个转，扑通一声落到柔软的羽毛褥子上，

▶ 童年

逗得她开心地大笑了起来：

"怎么样？小坏蛋，尝到苦头了吧？"

有时候她祷告的时间很长，我也就真的就睡着了，甚至不知道她是怎样躺到床上的。

如果哪一天发生了吵架、斗殴和伤心事，她祷告的时间就更长了，听着也很有意思。外祖母把家里发生的事都一五一十地讲给上帝听。她身体臃肿，跪在那里像一座小山，一开始，她念得又快又含混不清，后来就连珠炮似的嘟囔了起来，像跟邻居拉家常：

"我的上帝，你是知道的，谁都想过上好日子。米哈伊尔是老大，他应该留在城里，让他搬到河对岸去住，他认为不公平，再说，那里是一个从来没有人居住过的新地方，谁都不知道会发生什么事。可他父亲又比较偏爱雅科夫。唉，对孩子偏心眼儿，有什么好处啊？老头子又固执，主啊，你就开导开导这个拗老头子吧。"【名师点睛：描写了外祖母虔诚祈祷的场景，凸显了外祖母慈善、宽宏大量的形象。】

她用她那双又大又亮的眼睛望着发暗的圣像，央求她的上帝说：

"上帝啊，你就托个好梦给他吧，让他明白该怎样给孩子们分家！"

她又是画十字，又是跪在地上叩头，大脑门碰着地板发出咚咚的响声，然后她又直起身子，神情庄严地说：【名师点睛：细腻传神地描摹出外祖母祈祷时的神态、动作，表现出外祖母祈祷时的诚心诚意。】

"主啊，让瓦留莎也快乐一点吧！她在什么事情上惹怒了你？她在哪一点上比别人的罪过更大？为什么她会落到这步田地？一个年富力强的女人怎么能在悲哀中熬日子呢？主啊，你也别忘了格里高里，他的眼睛越来越不顶用了，他要是瞎了就只能去讨饭了，这该多糟啊！他为我们的那个老头子耗尽了所有的心血，可老头子肯去帮助他吗？……噢，主啊，我的主啊！……"

她陷入了深思，温顺地低着头，垂下了双手，仿佛沉沉地睡着了。

"还有些什么？"她自言自语着，"噢，对了，救救所有的正教徒，施以怜悯之心吧！原谅我，我的过错不是出于本心，只是因为我的无知啊！"

她叹了一声气，满足地说：

"万能的主啊，您无所不知，无所不能！"

我非常喜欢外祖母的这个上帝，他跟外祖母是那么亲近，于是我央求她：

"给我讲讲上帝的故事吧！"

她讲上帝的时候显得很庄重，开始声音很低，奇怪地拉长每一个词的声调，闭着双眼，而且一定要坐着讲。偶尔欠欠身子，把头巾往蓬乱的头发上一披，就开始长时间地讲起来，一直讲到我入睡：

"在茫茫群山之间，在天堂的草地上，在银白色的菩提树下，上帝坐在镶有蓝宝石的宝座上。那些菩提树一年四季都枝繁叶茂，花团锦簇。在天堂里没有冬天，也没有秋天，为了使那些上帝的信徒们感到快乐，鲜花常年不谢。上帝的身边有许多天使在翱翔，他们成群结队，多得就像纷纷扬扬的雪花，又像嘤嘤嗡嗡的蜜蜂。白鸽在天上、人间来回飞翔，把我们人世间所有的事情向上帝报告。【名师点睛：外祖母所描述的天堂是如此美好：树木一年四季枝繁叶茂，人们快乐地生活着，山清水秀、鸟语花香，这样和谐的氛围与家庭的现实形成鲜明的对比，表现出外祖母对美好生活的希冀，可见她对上帝是多么的虔诚。】那些天使当中，有你的，有我的，也有你外祖父的，每个人都有一个天使专管，上帝对所有的人都一视同仁。比方说，你的天使向上帝报告说：'阿廖沙朝着他外祖父吐舌头，出怪相！'上帝就下达命令：'嗯，那就让老头子揍他一顿吧！'天使们就是这样把一切事情，把每一个人的情况全都报告给上帝，上帝便赏给每个人应该得到的东西，但都是不一样的，有的得到快乐，有的得到不幸。上帝那儿的一切都是美好的，天使们快乐地嬉戏着，扇动着翅膀，不停地为上帝唱着赞歌。

【名师点睛：在祖母看来，天堂的一切都是平等的、美好的，没有纷争，

59

童年

没有矛盾，表现出外祖母拥有的美好愿望和豁达的心态。】上帝总是对他们微微一笑，好像在说：'行了，行了！'"

这时，外祖母自己也晃着头笑着。

"你都见过这些吗？"

"没有，可是我知道！"她沉思着回答道。

每次讲起上帝、天堂和天使们，她就变得又娇小又温顺，面孔也变得红润而青春焕发，一双泪汪汪的眼睛更加闪烁着温柔的光芒。【名师点睛：外祖母在祈祷上帝时变得温顺，容光焕发，通过这些神态描写，可以看出她内心很善良。她每次讲故事，都是一些关于"上帝""天堂""天使"的主题，正是这些美好的形象支撑着外祖母的精神世界。】我拿起她那沉甸甸的缎子般光滑的发辫，随意地缠在自己的脖子上，一动不动地听她讲那永远也讲不完的，也永远听不厌的故事。

"普通人是看不见上帝的，如果你一定要看，就会成瞎子。只有圣徒才能睁眼看他。

"天使嘛，我倒是经常看见。只要你心清气凝，他们就会出现。有一回我在教堂里做晨祷，看见祭坛上就有两个天使。他们像云雾，既模糊又透明，透过云雾，可以看见他们身后的一切。他们的翅膀长长的，垂到地上，像镶着花边的轻纱。天使们围着宝座走来走去，帮助衰老的伊力亚老神甫：他抬起手祈祷，他们就扶着他的胳膊。他太老了，瞎了，不久就死了。我看见了那两个天使，我太兴奋了，眼泪哗哗地往外流，噢，太美了！阿廖沙，我亲爱的宝贝，不论是天上还是人间，凡是上帝的，一切都是美好……"

"难道我们这儿的一切也都好吗？"

外祖母在胸前画了个十字，认真回答道：

"感谢最神圣的圣母，一切安好！"

这可让我纳闷了，很难说在这个家庭里什么都好，我倒觉得这个家里的日子过得越来越糟。【名师点睛：家里真实的生活场景越来越糟

糕，但是外祖母说一切都很好，这并不是说外祖母不了解家里的情况，只是说她希望一切都会变得好起来。】

有一次，我从米哈伊尔舅舅的房门前走过，看见穿着一身白的娜塔利娅舅妈双手按住胸口，在屋里乱喊乱叫：

"上帝啊，求你把我带走吧，让我去死……"

我知道她在喊什么，也明白了为什么格里高里总是说："瞎了眼去要饭，也比待在这儿强！"

我希望他赶紧瞎了，那样我就可以给他带路了，我们一起离开这儿，到外面去讨饭。

我把这个想法跟他说了，他笑着说：

"那好啊，到时咱们一块去要饭！我就到处吆喝：这是染房行会头子瓦西里·卡希林的外孙，行行好吧……那太有意思了！"

我注意到娜塔利娅舅妈的眼睛底下有几块青黑色的瘀血，嘴唇也老肿着，我问外祖母：

"是舅舅打的吗？"

外祖母吸了口气，答道：

"他常偷着打，这个该死的东西！外祖父不让他打，这样他就在夜里偷着打。这小子狠着呢，他媳妇又软得像个草包……"【名师点睛：描写娜塔利娅舅母的外貌，表现出米哈伊尔舅舅粗暴、残忍的形象，为后文中描写他的残暴手段做铺垫。】

她兴头上来了，接着讲了起来：

"如今不像从前那样打她了！现在只是朝嘴巴、耳朵打几下，从前他一打就是几个钟头啊！有一次你外祖父打我，从复活节的第一天做午祷的时候开始，一直打到晚上。打累了，歇一会儿再打。还用缰绳、木板打，什么东西都使过。"【写作借鉴：运用了对比的写作手法，外祖父连勤劳、善良的外祖母也暴打，各种手段都用尽了，这种残暴的形象与外祖母慈善的形象形成鲜明对比，让人物个性更加鲜明。】

61

▶ 童年

"他为什么要打你呢?"

"记不清了。有一次他把我打了个半死,五天五夜没给我一口吃喝,唉,我这条命是捡来的。有时还……"

这些话把我惊得目瞪口呆,外祖母的个头比外祖父大一倍,她难道真的打不过他?

"难道他有绝招吗?能打得过你!"

"他没有,可是他年纪大,再说,他是我的丈夫,是上帝让他来管我的,我命中注定该忍受……"

看着她拂去圣像上的灰尘,擦净圣像上的法衣,那些圣像都是富丽堂皇的,花冠上都镶金嵌银,饰有各种五颜六色的宝石。她两手敏捷地拿起圣像,笑容满面地望着它,感激地说:

"你瞧,这张小脸有多么可爱!"【名师点睛:外祖母在现实当中遭遇了暴力与苦难,不过作为一个虔诚信仰上帝的信徒,她乐观地打扫着圣像上的灰尘,因为这些圣像寄托着她的希望,能够使她开心起来。】

她一面画十字,一面吻圣像。

"你蒙上灰尘了,被烟熏黑了。唉,万能的上帝啊,你可是我生命中不可多得的欢乐啊!你瞧,阿廖沙,我可爱的孩子,你看这圣像上的文字笔道有多么细,人物画得多么妙啊,可是每一个都有自己的特点。这叫作'十二节',中间的那个就是至善圣母奥多罗夫斯卡娅。这一幅是《莫对站在棺材旁的圣母哭泣》。"

有时我觉得她是那么专心致志、严肃认真地摆弄圣像,就像受气的卡捷琳娜表姐摆弄布娃娃一样。

外祖母还常常看见鬼,有时看见一大群,有时只看见一个。

"有一次,在大斋期,夜间我从鲁道夫的家门口经过。那是一个月色像牛奶一样白的晚上,我忽然看见在屋顶的烟囱旁边蹲着一个黑鬼,它正低着它那长犄角的头闻烟囱的味儿呢。它一面闻,一面打着响鼻,这家伙个头老大,浑身毛茸茸的。它闻着,尾巴在房顶上摆来晃去，发出沙沙的响声。我赶紧画着十字诅咒它：'基督复活，小鬼驱散！'我这样一说，它就轻轻地尖叫一声，接着就一个跟头从屋顶栽到院子里，消失不见了！也许鲁道夫家那天炖肉，小鬼正高兴地闻味儿呢！"【写作借鉴：运用了铺陈蓄势的写作手法，"我"经常听外祖母讲故事，这段经历激发了"我"创作的激情，成为后来"我"创作的素材，为"我"走上文学创作之路做了铺垫。】

我一边笑，一边想象那小鬼一个跟头从房顶上翻滚下来的情景，外祖母也忍不住笑了，就接着说：

"那些小鬼很淘气，完全像小孩子！【名师点睛：外祖母将"鬼"比作淘气的孩子，这让一个恐怖的故事变得很有趣，"我"听了以后不觉得害怕。听外祖母讲故事的经历成了"我"一生中最美好的回忆，读者从中能深切感受到外祖母的慈爱。】有一回我在浴池里洗衣服，一直洗到深夜。突然炉门盖掉了下来，一群小鬼便从炉门里跑了出来，它们个头一个比一个小，有红的，有绿的，有的黑得像蟑螂。

"我快步奔向门口，可是它们挡住了路。我被它们围住了，整个厨房都被它们挤满了，连转回身去都不行。它们在我脚下乱钻，拉拉扯扯，弄得我连画十字都腾不出手来！它们全身都是毛，毛茸茸、热乎乎的，像小猫崽一样，只是都用后腿走路。它们转着圈子，乱跑乱跳，龇着耗子似的小牙，瞪着发绿的小眼睛，犄角刚冒牙儿，就像鼓出的包，尾巴长得像猪尾巴，哎哟，真是活见鬼了！【名师点睛：世界上原本没有鬼，可外祖母却把"鬼"描绘得活灵活现，可见她很善于讲故事。】可吓死我啦！我晕了过去！等我醒来一看，蜡烛快燃尽了，洗澡盆里的水早就凉了，洗过的东西丢得满地都是。唉，我的上帝啊，这可怎么办！"

我一闭上眼睛，就看见那些浑身是毛、花花绿绿的小东西，从炉子灰色鹅卵石的缝隙中，像一股浓稠的水似的流了出来，把一个小小的浴室挤得满当当、热烘烘的。它们吹蜡烛，调皮地伸出粉红色的小

▶ 童年

舌头，样子很可笑，但也令人感到可怕。外祖母摇晃着脑袋，沉吟了一会儿，又变得激动兴奋起来。【名师点睛：此处通过描写"我"听外祖母讲小鬼的故事后展开的想象，侧面烘托出外祖母的小鬼故事讲得绘声绘色，突出她是一个讲故事的高手。】

"我还看见过被诅咒的人，那也是在夜里。那天下着雪，还刮着大风，我正在久科夫山谷里走着。你还记得吗？我给你讲过，米哈伊尔和雅科夫在那儿的冰窟窿里想淹死你的父亲！我就是走到那儿的时候，突然听见了尖叫声。我猛一抬头，只见三匹黑马拉着雪橇向我飞奔而来。一个大个子鬼赶着车，它头戴红帽子，像个木桩子似的直挺挺地坐在车上。这个三匹马的雪橇径直冲了过来，立刻又消失在风雪之中了。车上的鬼们打着口哨，挥舞着帽子，后面还有七辆这样的雪橇呼啸而来，又都马上消失了。

"马都是黑色的，你知道吗？这些马都是被父母诅咒过的人，鬼驱赶着它们取乐，到了晚上就让它们拉着去参加宴会！那次我看见的，可能就是鬼在娶媳妇……"

外祖母的话讲得十分确凿，让我不得不信。

虽然她念圣诗讲童话更加优美动听，可我并不喜欢。比如有一首诗讲述圣母巡视人间的苦难，劝女强盗安加雷切娃"公爵夫人"不要殴打和抢劫俄罗斯人。还有些诗是讲天之骄子阿列克谢依和军人伊万的，还有关于绝顶聪明的瓦西莉萨[俄罗斯民间故事中的女主人公，具有绝顶聪明和意志坚强的形象]的，有关于三羊神甫和上帝教子的童话，还有关于女王玛尔法[玛尔法·波列茨卡娅，曾领导诺夫戈罗德的立陶宛人反对把俄罗斯土地归于莫斯科公国的斗争]的，关于绿林女首领乌斯达[伏尔加河一带传说中的英雄]的，还有讲述埃及女罪人玛丽娅[传说中六世纪埃及的玛丽娅改邪归正的故事]的，以及关于强盗的母亲所蒙受的悲痛的故事。从她嘴里说出的童话、故事和诗歌不计其数。

她既不怕外祖父，也不怕鬼，既不怕树妖，也不怕其他的妖怪，

64

只有黑蟑螂让她胆寒，隔老远她就能听到蟑螂的动静。【名师点睛："既……也……既……也……"和"只有"将外祖母害怕蟑螂与下文外祖母救火时的勇敢形成鲜明的对比，使得外祖母的形象更加鲜明、丰满。】她常常在夜里把我叫醒，对我低声耳语：

"亲爱的阿廖沙，有一只蟑螂在爬呢，看在上帝的分上，快去把它弄死！"

我迷迷糊糊地点上了蜡烛，在地板上寻找那只爬来爬去的蟑螂，但不是一下子就能找到，也不是每一次都能找到。

"这里什么也没有啊！"我说。她却把头蒙在被子里，躲在床上一动也不动，用低得几乎听不清的声音要求：

"咳，一定有的！你再去好好找找，求你了！它就在那里爬呢，我都听见它的声音了……"

她的听觉很神奇，我在离床老远的地方真就找到了那只蟑螂。

"踩死了吗，嗯？谢天谢地！也谢谢你，我的宝贝！"

于是她掀开被子露出头来，微笑着，这才算松了一口气。

如果我没找到那只小虫子，她可就没法睡觉了。我能感觉得出来，在死一般寂静的黑夜里，她的耳朵极其灵敏，只要有一点点声响，她就会浑身哆嗦起来，屏住呼吸轻轻地说：

"它又在爬了，就在门槛附近……在大箱子底下……"

"你干吗这么怕蟑螂？"

她看起来很有理由地讲出一套自己的理论来：

"我也不明白这些虫子有什么用处？这些黑东西总是不停地爬呀爬。上帝给每一种小虫子都布置有特定的任务。要是屋里有了潮虫，那就是屋里潮了；要是出现了臭虫，那就意味着墙壁脏了；要是虱子咬了人，那就是人要生病了，一切都顺理成章！可是只有这些蟑螂，谁知道它们身上有什么魔力，上帝派它们来干什么？"

有一天，外祖母正跪在那里同上帝亲切地交谈着，外祖父突然推

65

● 童年

开了房门,声音嘶哑地说:

"喂,老太婆,上帝来了,咱家着火啦!"【名师点睛:"突然"一词推动了故事情节的发展,激发了读者的阅读兴趣。】

"你说什么?"外祖母叫了一声,从地板上跳了起来,他俩便脚步沉沉地向黑暗的大厅里奔去。

"叶芙盖尼娅,快把圣像摘下来!娜塔利娅,给孩子们穿上衣服!"外祖母严厉而坚定地指挥着,外祖父却只是在那里低声地哭泣:

"呜……呜……"【写作借鉴:发生火灾之后,平时严厉的外祖父只能低声哭泣,而外祖母在那里镇定地指挥着,通过对比的写作手法,突出了外祖母的高大形象。】

我跑进了厨房。朝院子里开的那扇窗户,像镀上了一层金似的闪闪发光,一块块金黄色的斑点,在地板上飘动着。赤脚的雅科夫舅舅一面往脚上穿靴子,一面在那些黄色的斑点上乱跳着,好像他的脚掌被这些黄光烫伤了似的,他喊道:

"这是米什卡放的火,他早溜了,我看得清清楚楚,没错,就是他!"

"住口,你这个混蛋。"外祖母说完,把他往门口推,险些把他推摔了。透过玻璃窗上的霜花可以看得见,整个染房的屋顶上火光冲天。在寂静的黑夜里,火焰像一簇簇红色的花朵,跳跃着盛开了。在高高的空中飘浮着一片灰蒙蒙的云朵,但银白色的天河依然清晰可见。雪被火映照得闪着耀眼的红光,建筑物的墙壁颤动着,摇晃着,仿佛要向院子里烧热的那个角落扑过去。火焰正在那里快乐地嬉戏,染房宽宽的墙缝里溅满了红光。从那里露出的弯曲的钉子已被烧红了,一条条赤红金黄的火舌正在干燥的黑屋顶上旋转着,很快就把屋顶包围了起来。【名师点睛:"跳跃着盛开""颤动着""摇晃着""扑过去""旋转着""包围"生动形象地描绘出火势的凶猛,渲染了危险紧张的气氛。】

在火光的映照下,细细的陶瓷烟囱冒着黑烟,醒目地矗立在那里;轻微的碎裂声,丝绸摩擦般的沙沙声,在击打着玻璃窗。火势越来越大。染房被火焰装饰得像教堂里挂满圣像的墙壁，以不可抗拒的力量引诱着人们与它亲近。

我抓了一件笨重的短皮大衣，往脚上套了一双不知是谁的靴子，摇摇晃晃地穿过前屋，走到台阶上一看，门外的景象实在令人震惊：明晃晃蹿动的火焰照得人眼睛发花，外祖父、格里高里和舅舅的叫喊声以及大火燃烧的噼啪声，几乎要把人的耳朵都震聋了。外祖母的行动使我大为吃惊：她头上顶着一条空麻袋，身上裹着一条马被，直奔火海而去，一边喊道：

"你们这些傻子！硫酸盐要爆炸了……"

"格里高里，拽住她！"外祖父狂叫着，"啊呀，这下她完啦……"

但外祖母已经钻了出来，她浑身都冒着烟，直晃着脑袋，弓着腰，两只手紧捧着一个水桶般大小的硫酸盐罐。【名师点睛：外祖母不顾个人安危，勇敢地冲入火海中，抢出了一大桶硫酸盐，避免了一场更大的灾难。外祖母处乱不惊，表现出了胜过男人的非凡气度。】

"老头子，快把马牵走！"外祖母一边咳嗽，一边扯着嗓子叫喊，"快把我身上的东西拽下来，我都要烧着了，都瞎啦，没看见还是怎么的？"

格里高里从她的肩上拽下隐隐燃烧的马被，撕成两段，接着挥起铁锹铲着积雪往作坊门里扔。舅舅拿着一把斧头在他身边乱蹦乱跳。外祖父在外祖母身边跑来跑去，往她身上不断地撒着雪。外祖母把硫酸盐罐塞进雪堆里，然后奔向大门口，打开了大门，向那些跑进来的人们鞠躬道：

"街坊邻居们，求你们帮忙快抢救仓库吧！火就要烧到仓库，烧到干草棚了。我们家烧光了，你们也会遭殃的啊！快把仓库的顶盖扒掉，把干草都扔到花园里去！格里高里，把雪往上撒，干吗老是往地上撒？雅科夫，不要瞎忙，快把铁锹、斧头拿给大家！我的好邻居们，行行好吧，做做好事，上帝会保佑你们的！"

▶ 童年

　　外祖母的样子就像这场大火一样有趣：她被大火照得浑身通亮，大火像捉住了这个穿黑衣服的老太太似的，走到哪儿都能把她照得通亮。她在院子里到处乱跑，哪儿有情况，哪儿就能见到她的身影，所有的人都听从她的支配，什么情况都逃不过她那一双眼睛。【名师点睛："哪儿""所有的人""什么……都……"表现了外祖母能力极强，临危不乱。】

　　那匹叫沙拉普的枣红马也跑到院子里来了，它扬起前蹄，把外祖父甩到了一边。火光把它那双大眼睛照得红光闪闪，它嘶鸣不已，前蹄紧抵着地，躁动不安。外祖父松开了缰绳，跳到了一边，喊道：

　　"老太婆，抓住它！"

　　外祖母直奔腾空跃起的马跟前，伸开她的两只胳膊拦住了它。马发出一声悲哀的长鸣，眼睛斜视着熊熊的火焰，终于顺从地向她靠了过来。

　　"别怕别怕！"外祖母低声说，抓起了马缰绳，一边拍了拍它的脖子，"我哪能扔下你，让你担惊受怕啊？哎呀，你这个小老鼠……"【名师点睛：发生火灾时一片混乱，连马也变得躁动不安，可是外祖母临危不惧，凭借勇敢、机智成功驯服了这匹马，外祖母高大的形象深深地印在了"我"的脑海里。】

　　这个有她三倍大的"小老鼠"，便服服帖帖地跟着她向大门口走去，一边打着响鼻，一边瞅着她那红彤彤的脸。

　　保姆叶芙盖尼娅把几个裹得紧紧的、哇哇大哭的孩子从屋里领出来，喊道：

　　"瓦西里·瓦西里伊奇，阿廖沙找不着了……"

　　"好啦，走吧走吧！"外祖父一抬手回答道。我藏在门口台阶下面，不想让保姆把我领走。【名师点睛：对于这场大火，别的孩子非常惧怕，"我"却觉得有趣，不愿意躲起来，这表明"我"是一个胆大、好奇心强的孩子。】

染房的顶盖已经坍塌了，几根细细的梁柱冒着烟，耸向高空，像金色的木炭闪闪发光。在房屋里，绿色的、蓝色的、红色的火焰的旋风呼啸着，发出噼噼啪啪的响声，把一团团火焰喷射到院子里，喷射到那些正在用铁锹往火堆里撒雪的人们身上。几口大染锅发疯似的沸腾着，升起一股股浓云般的蒸汽和烟雾，院子里弥漫着呛人的气味，让人直流眼泪。我从台阶底下爬了出来，正好碰到了外祖母的脚。【名师点睛：从视觉、听觉、触觉等方面来描写火灾现场，突出了火势凶猛，危险重重。】

"滚开！"她大喊一声，"你会被踩死的，快滚到外边去……"

突然一个骑马的人闯进了院子，他头戴鸡冠似的铜盔，胯下的枣红马吐着白沫，他高高地举起手中的鞭子，大声喊道：

"快闪开！"

消防车的铃铛发出一阵欢乐、急促的响声，好像过节般的美好。外祖母把我往台阶上一推，说：

"我跟你说过没有？快点滚开！"

在这种时候是不能不听她的话的。我跑进了厨房，把脸紧贴在玻璃窗上往外看，但院子里一大片黑压压的人挡住了火场，只能看见在冬季的黑便帽和棉帽子中间，铜盔在闪闪发光。【名师点睛：从侧面描绘了火灾现场紧张、忙碌的气氛。】

火势很快就压住了，熄灭了。警察把围观的人都赶走了，外祖母也进了厨房。

"谁啊？是你吗？还没睡，害怕了吗？别怕，没事了……"

她又在我身旁坐了下来，一声不吭，身子微微地摇晃着。【名师点睛：为了救火而变得疲惫不堪的外祖母，在间隙还来安慰"我"，表现出外祖母对"我"很疼爱。】现在外面又恢复了寂静和黑暗，但再也看不到大火了，没什么意思了。

外祖父进来了，在门槛旁停下脚步："是老太婆吗？"

69

▶ 童年

"嗯。"

"烧伤没有？"

"没事。"

他划了根火柴，一点青光照亮了他那满是烟灰的黄鼠狼似的脸。他点燃桌子上的那支蜡烛，挨着外祖母坐了下来。

"你去洗洗吧！"外祖母这么说着，其实她自己的脸上也是烟熏火燎的。

外祖父叹了一口气：

"上帝大发慈悲，赐给你智慧，否则……"

他抚摸着外祖母的肩膀，咧着嘴笑了笑：

"上帝保佑！"

外祖母也笑了笑，她想说点什么，但外祖父却突然变脸：

"这事要跟格里高里算账，这个混蛋！由于他的粗心大意才造成了这般不幸！这老家伙活干够了，也活到头了！雅科夫正坐在台阶上抹眼泪呢，这个没用的东西……你去看看他吧……"

她站了起来，走了出去，一边把手放到脸上抹了抹。外祖父瞅也不瞅我一眼，轻声问道：

"看见着火了吧？你看你外祖母怎么样，啊？要知道，她已经是老太太了……吃苦受累，拼死拼活地挣扎了一辈子……身体还有病，可是你瞧她多么能干！【名师点睛：侧面描写，一向跟外祖母对着干的外祖父，此刻却夸赞了外祖母一番，这是对她勇敢的肯定，让外祖母的形象更高大。】唉，你们这些人啊……"

他弯下腰去，沉默了老半天，然后又站了起来，用手指掐掉了烛花，问我：

"你害怕了吧？"

"没有。"

"其实也没什么可怕的……"

70

他气哼哼地脱下了汗衫，走到角落去洗脸，在一片黑暗中，他把脚一跺，大声吼道：

"失火是一件蠢事！应该把导致火灾的人送到广场上去痛打一顿。因为他是一个混蛋，要不就是一个小偷！揍他一顿，以后就不会再发生火灾了……你怎么不去睡觉，老坐在这里干吗？"

我只好走了，但那一夜也没睡着。刚躺下，就被一声撕心裂肺的惨叫声从床铺上掀了下来，我又跑进了厨房。外祖父没穿衬衫，手拿着蜡烛，站在院子中间，双脚蹭着地板，发出沙沙的响声，原地不动，哑着嗓子问道：

"老太婆，雅科夫出什么事了？"

我爬到炕炉上静观屋子里的忙乱，家里又像失火一样响起了各种声音。有节奏的、越来越高的、过度紧张的哭喊声，一浪高过一浪地拍击着墙壁和天花板。外祖父和舅舅像无头苍蝇似的跑来跑去，外祖母喊叫着，把他们往什么地方赶。格里高里不断地往炕炉里添劈柴，往铁锅里倒水，也晃着个脑袋在厨房里走来走去，活像一头阿斯特拉罕的大骆驼。【名师点睛：对混乱局面的描写，没有具体说明发生了什么事情，让故事情节再生波澜，吸引读者情不自禁地读下去。】

"你先生上火，把炉子点着吧！"外祖母吩咐着。

他急忙去找松明子，不料却摸到了我的脚，便惊慌地喊了一声："啊，谁在这儿？哎呀，吓了我一跳……你这个小鬼……"

"出了什么事？"

"你娜塔利娅舅母生孩子了。"他跳到了地板上，面无表情地说。我记得我母亲生孩子的时候，并没有这样喊叫过。

格里高里把铁锅放到火上，又爬上炕炉，然后回到我身边。他从衣袋里掏出了一个陶制的烟袋给我看。

"为了保护眼睛，我要开始抽烟了！你外祖母劝我说，嗅嗅就可以了，不过我觉得还是抽更好……"

童年

他坐在炕炉边上，耷拉着两条腿，朝下望着微弱的烛光。他的一只耳朵上和一边的腮帮子上都沾满了烟灰，衬衫也被扯破了，可以看见他那宽得像铁箍似的一根根肋骨。眼镜上的一块镜片打碎了，半块镜片几乎要从圆圆的眼镜框里掉出来，从那个破洞里可以看见一只又红又湿的眼睛，像一处新添的伤口。【名师点睛：很生动地刻画了火灾后格里高里的肖像，展现出他狼狈不堪的样子。】

他一边把烟叶装进烟锅，一边倾听着产妇的呻吟，像个醉汉似的前言不搭后语地嘟囔着：

"看看，你外祖母让火烧成这个样子，还怎么接生啊？你听听，你舅母叫得多厉害啊！大家把她给忘了。火刚着起来的时候，她就抽筋了，恐怕是给吓的……你瞧生孩子有多难，就这样，人们还不尊重妇女呢！你要记住：应该尊敬女人，尊敬女人就是尊敬自己的母亲……"【名师点睛：格里高里的这番话从侧面反映了在当时的俄国社会，妇女的地位是非常低下的。从他的话中，能看出他对这一现象的不满。】

我坚持不住正在打瞌睡，但人的嘈杂声、开门关门声、喝醉酒的米哈伊尔舅舅的叫喊声，不断地把我吵醒，一些稀奇古怪的话，传进了我的耳朵：

"要把上帝的大门打开……"

"来来来，把甜酒和烟灰掺到长明灯的油里，让她喝下去，半杯油，半杯甜酒，再加上一勺厨房里的烟灰……"

米哈伊尔舅舅无力地请求说：

"让我去看看……"

舅舅叉开双腿瘫坐在地板上，用手掌无力地拍着地板，直往地板上吐口水。【名师点睛：一系列的动作描写形象地表现出米哈伊尔舅舅对妻子的困境无能为力。】炕炉热得叫人无法忍受，我爬了下来，但当我走过他身旁时，他忽然拽住了我的脚脖子使劲一拉，把我拉倒了，我的后脑勺撞到了地板上。

"混蛋。"我大骂。

他突然跳了起来，又抓住我，抡起拳头大吼道：

"我要把你摔死到炕炉上，你这个小崽子……"

我醒过来时，发现自己正在前厅墙角的圣像下，躺在外祖父的膝盖上。他两眼望着天花板，摇晃着我，念叨着：

"我们都是上帝的不肖子孙，谁也得不到宽恕，谁也得不到……"

他头上的长明灯燃烧着明亮的火焰，房厅中间的桌子上，点着一根蜡烛，窗外已经透出曙色。

外祖父向我俯下身来问道：

"怎么样了？你哪儿痛？"

我浑身都痛，头湿漉漉的，身子沉重得抬不起来，但我不想说，因为周围的一切都是那样不可思议，大厅里所有的椅子上都坐满了陌生的人。一个穿青紫色衣服的神甫，一个戴眼镜、穿军服、头发灰白的老头，还有其他叫不上名的人，他们都一动不动的木头人似的坐在那里等待着，好像在倾听着天外的声音。【名师点睛：侧面描写当时的场景，通过周围的人的描述，暗示了阿廖沙的舅妈娜塔利娅已死。】雅科夫舅舅倚着门框站着，挺着身子，背着双手。外祖父对他说：

"你带他睡觉去……"

舅舅用一个手指头招呼我出去，踮着脚向外祖母的房间门口走去，当我爬上床时，他便悄悄地对我说：

"你舅母娜塔利娅死了……"

这并没有让我感到很意外，因为我好久没见到她了，她既不进厨房，也不到餐桌上来吃饭。

"外祖母在哪里？"

"在那儿。"舅舅把手一挥，答道，说完，他就踮着脚走了。

我躺在床上东张西望。窗户上不知是些什么人的脸，他们的头

▶ 童年

发又长又白,都是盲人,正贴着玻璃窗往里面偷看。墙角大箱子上面,挂着外祖母的衣裳,可是现在我总觉得那里藏着一个活人,他在等待着什么。我把头埋到枕头底下,用一只眼瞅着门口。我真想从羽毛褥子上跳起来跑掉。空气令人窒息,污浊难闻的气味令人窒息,使人想起小茨冈死时的情景,地板上鲜血流成了小溪。【名师点睛:两次事件如此相像,前后呼应,使得文章结构更加完整,同时,渲染出一种恐怖、压抑的气氛。】有一种什么东西在我的脑袋里和心中膨胀了起来,我在这座房子里所看到的一切,就像冬天大街上的载重车队,一辆辆从我身上缓缓碾过,把我压得粉碎。【写作借鉴:通过比喻和想象,写出了"我"历经苦难的心境,将"我"的苦闷、恐惧、压抑淋漓尽致地展现出来。】

门慢慢地开了,外祖母几乎是爬了进来,她用肩膀轻轻地把门给掩上了,对着长明灯的蓝色火苗伸出两只手,像孩子似的痛苦地哀叫:"哎哟,我的手,我的手不行了……"

Z 知识考点

1. 平时,阿廖沙经常跟_____一起睡觉,因此,彼此之间的关系很亲密。有一次,她正在_____时,家里突然发生了_____,在她镇定自若的指挥下,家里控制住了局面。

2.(　　)爱给阿廖沙讲关于上帝、天堂和天使的故事。
　　A.外祖父　　　B.外祖母　　　C.母亲　　　D.格里高里

3.作者笔下的外祖母怕蟑螂,但是她在救火过程中却很勇敢,这运用了什么写作手法?有什么作用?

_____

_____

_____

阅读与思考

1.到底是谁引起的火灾？这个人为什么要这样做？

2.火灾发生后，外祖母是怎样做的？从中能看出她有什么性格特点？

3.当发生火灾时，不同的人有不同的表现，你从他们的表现中有没有对他们有更深入的了解？都有些什么了解呢？

童年

第五章

分家之后

M 名师导读

　　分家后的日子是阿廖沙童年中少有的温馨时光：外祖母的勤俭持家以及同邻里的交往感染着他；粗暴的外祖父也变得渐渐有了亲情，耐心地教他识字，把他引向启蒙之路……这段美好的日子，对阿廖沙的人生产生了深刻的影响。

　　冬去春来，两个舅舅终于分家了。雅科夫留在城里，米哈伊尔则搬到河对岸去了，而外祖父在田野街买了一栋很有意思的楼房。底层是石头结构的酒馆，顶楼有一个舒适的小房间，出了后花园便是山谷，山谷里的柳树林竖起浓密的光秃秃的细枝。【名师点睛：环境描写，表现出外祖父新家居住的环境很惬意。】

　　当我和外祖父走在雪融后松软的小路上欣赏花园的时候，他快活地向我眨了眨眼睛，说道："瞧，好多鞭子！我就要教你识字了，到时候这些鞭子就派上用场了……"

　　整栋楼都住满了房客。外祖父只在楼上留了一个大房间给自己居住和接待客人，外祖母和我住在阁楼上，阁楼的窗户面对大街。每逢晚上和节日，从窗台探出身子，就能看见醉鬼们从酒馆里东倒西歪地爬出来，在大街上又喊又叫，跌跌撞撞地走着。有时候，他们像口袋似的被人们扔到马路上，但他们硬爬起来，又往酒馆的大门里硬挤。

　　大门发出乒乒乓乓、哗啦哗啦的响声，接着滑轮吱吱扭扭地响着，一场斗殴就开始了。【名师点睛：通过对醉汉"叫""跌"和一群醉汉打架发出的声音的描摹，真实地再现了当时的社会环境，这幅"图画"正是当时俄罗斯小市民阶层生活的缩影——人生百无聊赖、精神贫穷、人性缺失。】从楼上看着这一切非常有趣。外祖父从清晨起就到儿子的染房协助他们安排活去了，晚上回来时，总是累得筋疲力尽。这让他变得郁郁不乐，动不动就发脾气。

外祖母在家做饭、缝衣服，在菜园和花园里挖土翻地，整天忙得就像一个大陀螺，被一根看不见的鞭子抽得天旋地转。【写作借鉴：运用了比喻的修辞手法，将外祖母描绘成不停转动的大陀螺，表现出外祖母的辛劳。】不过她似乎对这种状态很满足，闲时她总会嗅嗅鼻烟，美滋滋地打着喷嚏，一边擦着脸上的汗，一边说：

"好心的人们啊！上帝祝你们永远幸福、长寿！阿廖沙，我亲爱的孩子，看到没有？我们现在总算过上安静的日子了！感谢圣母，一切都变得这么美好！"【名师点睛：从外祖母的话中可以看出即使生活不如意，她依然感到满足，可见她的善良与乐观。】

但我并没有感到我们的日子过得有多么安静，从一大清早到深夜，房客们都在满屋满院慌里慌张地跑来跑去，女邻居也不时涌过来。他们都神色匆忙地要到什么地方去，常常因为怕晚了而唉声叹气。他们好像都准备干些什么事情，嘴里总在呼喊着：

"阿库琳娜·伊万诺夫娜！"

阿库琳娜·伊万诺夫娜像圣母一般，对所有的人都同样和蔼地微笑着，温柔地关怀着他们。她用大拇指把烟塞进鼻孔，并用红方格手帕仔细地擦着鼻子和手指，说道：

"我的太太，要想预防生虱子，就得经常去洗澡，洗薄荷水蒸气浴，要是得了癣疥[一种皮肤疾病]，就将一汤匙鹅油、三滴水银放到碟子里，再用一块碎瓷片研七下，抹到身上就可以药到病除！要是用木匙和骨头来研，水银就被糟蹋了，也不能用银器和铜器，那样会伤

▶ 童年

到皮肤。"

她时不时会思考一下，然后劝告人说：

"老太太，你到佩乔雷修道院找苦行僧阿萨夫去吧，我无法回答你这个问题。"

给人家接生，调解家庭纠纷，给孩子治病，熟读《圣母之梦》，她还说女人背会了这首诗就能"交好运"，还常常给人们家务方面的劝告：

"黄瓜什么时候该腌它自己会告诉你，它一旦没有土腥味和别的怪味的时候就可以腌了。制作葛瓦斯首先要发酵，这样才有味，才起泡沫。葛瓦斯不能放甜的配料，葡萄干也要少放一点，要是放糖，那一桶也只能放一点点。酸乳的做法可以根据自己的口味来调整，有多瑙河风味的，有西班牙风味的，还有高加索风味的……"【名师点睛：各种食物的制作方法对外祖母来说如数家珍，表现了她的能干与热心肠。】

我整天跟着她在院子里转来转去，跟着她到处串门。有时候她在别人家里一待就是好几个小时，喝着茶，讲各种各样的故事。我总跟着她，几乎成了她的尾巴。在这一段生活的记忆之中，除了这位成天忙个不停的老太太，我的脑子里什么也没留下。

这个时候，我母亲也不知从什么地方回来待了一阵儿。她高傲、严厉，总是用那双冷冰冰的灰色的眼睛观看着一切，这个时候的她就像是冬天的太阳，很快就消失了，没有留下一丝的温暖。有一次，我问外祖母：

"你会巫术吗？"

"我的宝贝，亏你想得出来！"她微微一笑，随后若有所思地补充道，"我哪儿行啊！巫术是一门很难的学问。我一个字母也不认识啊！看你外祖父多有学问，圣母却没有给我这方面的智慧。"【名师点睛：这里交代了外祖父很有学问，为下文外祖父教"我"学习知识做了铺垫。】

接着她又对我讲述了一段她自己过去的生活：

"我从小也是个孤儿，母亲是个贫农，还是个残疾人。她还曾受过地主的惊吓。一天夜里她由于害怕，从窗户跳了出去，结果摔伤了半边身子，臂膀也摔伤了，从那时起，她的右手，唯一一只健全的手也萎缩了。我母亲原来是一个出名的织花边能手，唉，这样一来，她对地主老爷来说，就成了一个没有用的人了，被人家赶了出来不说，还被骂道：'你爱怎样生活，就怎样生活吧。'可是少了一只手能怎样生活啊？于是她只好四处流浪，乞求人们给她一口饭吃，那时候人们过得还算富裕，并且阿拉罕地区的木匠和织花边的女人，心地也比现在慈善，全都是些好样的！每年秋冬季，我和母亲就在城里沿街乞讨，等到加甫利天使把宝剑一挥，就赶走了冬天，春天开始拥抱大地时，我们便继续开始过流浪的生活，走到哪儿就算哪儿吧。我们到过穆罗姆，也到过尤列维茨，顺着伏尔加河逆流而上，也曾沿着静静的奥卡河两岸徜徉。春天和夏天的时候，我们在大地上流浪可真好啊，大地暖融融的，青草像天鹅绒一般温柔。至圣的圣母给田野撒满了鲜花，自由自在呼吸着甜蜜而温暖的空气，这时候，你会感到由衷的快乐，心也会感到无比的宽广开阔。<u>母亲也常常闭上她那双蓝色的眼睛，提高嗓子唱起歌来，她的嗓子并不怎么好，但声音洪亮，四周的一切仿佛都在打盹儿，纹丝不动，都在听她歌唱。</u>【名师点睛：外祖母曾经和她的母亲一起乞讨，她们懂得苦中作乐。外祖母的母亲乐观的性格对外祖母的性格有着很深的影响，因此她也形成了乐观的性格。】

　　"流浪行乞的生活实在是好玩！可我逐渐长大，母亲觉着再领着我到处要饭，真是有点不好意思了。于是，我们就在巴拉罕纳城住了下来。每天她都到街上去，挨门挨户地去乞讨，碰到什么节日，就到教堂门口去等待人们的施舍。我呢，坐在家里学习织花边，我拼命地学，想学会了好帮助母亲，也常常因为织不好而掉眼泪。

　　"两年多的时间，我终于学好了，还在城里出了名。有需要的人

▶ 童年

都来找我干活了:'喂,阿库琳娜,给我织一件吧!'我特别高兴,像过年似的!

"这当然都是妈妈教得好了,尽管她只有一只手,自己不能做,可她很会指点,你要知道,一个好老师比什么都重要!可是当时我骄傲起来,就不由自主地对母亲说:'妈妈,你就别东奔西跑去讨饭了,现在我一个人就能养活你!'她对我说:'你给我闭嘴,你要知道,我这都是在给你攒钱办嫁妆。'不久,你外祖父出现了,那时他还是一个出色的小伙子,二十二岁就已经当上一艘大船的工长了!他母亲把我仔仔细细地打量了一番,看出来我是个能干活的人,又是一个残疾叫花子的女儿,将来会老老实实地过日子的……她是一个卖面包的妇人,很凶,别提这些了……我们为什么要去回忆那些坏人呢?上帝会亲眼看见他们的。上帝心里最清楚。"【名师点睛:外祖母的话意味深长,对于外祖父的母亲,她并不愿意提起,也不愿意去回忆,可见外祖母面对那么凶的女人,肯定吃了不少苦。】

说到这里,她由衷地笑了,鼻子可笑地颤动着,眼睛若有所思地闪闪发光,使我感到亲切,那目光所代表的一切,比语言更加明白易懂。

我记得在一个寂静的晚上,我和外祖母在外祖父的屋里喝茶。外祖父有点不舒服,坐在床上,身上没穿衬衣,肩上披着一条毛巾,隔一会儿就要不停地擦满头的大汗,呼吸急促,声音喑(yīn)哑[嗓子干涩,不能说话]。他那双绿眼睛有些浑浊,面孔浮肿得紫红紫红的,两只尖尖的耳朵红得既厉害又可怕。当他去拿茶杯时,那只手可怜地一个劲哆嗦。这种时候他就变得温顺起来,不像往常那样了。【名师点睛:描摹细致入微,将一个一生苦苦挣扎、年老潦倒的外祖父形象生动地刻画出来,与"抽"人时那个凶残的外祖父形成强烈的对比。】

"怎么不给我放点糖啊?"他像一个被惯坏了的孩子似的,用撒娇的声调问外祖母。外祖母温柔地但坚决地告诉他:

"喝蜂蜜对你的身体会更好！"

他咯咯地笑起来，上气不接下气，吸溜吸溜地喝起热茶来，说道："你要好好地照看我，可别让我死了！"

"行啦，我小心着呢！"

"这就好了！要是现在死了，好像根本就没活过似的，一切都化为灰烬了！"

"好啦，别说话了，安静地躺着吧！"【名师点睛：外祖母一边咒外祖父，一边安慰他，可以看出他们之间还是有感情的，并不是真正想要对方死去。】

他闭上了眼睛，咂着发黑的嘴唇，沉默了许久，突然间像被针扎了一下似的，浑身颤抖了起来，自言自语地说：

"让雅什卡和米什卡赶快结婚，也许老婆和新生的孩子，会使他们变得老实一些，你说对不对？"【名师点睛：虽然外祖父身上有诸多缺点，但一想到自己的两个儿子都失去了妻子，他就寝不安席。这个细节描写表现了父爱的伟大，这一点是这个人物身上的一个闪光点。】

于是他便开始琢磨城里谁家有合适的姑娘。外祖母一声不吭，只顾一杯接一杯地喝着红茶。我坐在窗旁边，看见城市上空的晚霞闪着一片红光，把房子的玻璃窗都照红了。那个时候我好像犯了点什么过失，外祖父禁止我到院子里和花园里去玩。

在花园里，甲壳虫围着白桦树嗡嗡地飞，隔壁院子里的桶匠正在干活，当当地响。附近有人在霍霍地磨刀。花园下边的山谷里，孩子们吵吵闹闹，在浓密的灌木丛中窜来窜去，我真想出去玩一会儿，黄昏的惆怅涌上了我的心头。【名师点睛：这段是外祖父不准"我"去玩时"我"的见闻，绘声绘色地渲染了一切那么美好，生动地刻画了一个孩子渴望自由玩耍的真实心理。】

突然，外祖父不知从哪里弄来一本崭新的小书，放在手掌上使劲地拍了一下，兴致勃勃地要教我认字：

▶ 童年

"喂，你这个捣蛋鬼，淘气包，你过来！坐下，你这个高颧骨的小家伙，过来看看这是什么字？你会念吗？告诉我这个念什么？"

我回答了他。

"对了！这个呢？"

我又回答了他。

"不对，就知道瞎胡说！这个呢？看着书，对了，这个呢？这个念什么？"

"嗯……"

"对了！这个呢？"

外祖母插嘴道：

"老头子，你就消停消停，给我老老实实地躺一会儿吧……"

"别管我，住嘴，现在正是干这个的时候，我教他认字才觉着舒服呢，不然我只会胡思乱想。念下去，阿廖沙！"

他用一双发烫的汗津津的手，勾着我的脖子，把书摆在我的面前。他越过我的肩膀，用指头点着字母，身上发出一股强烈的酸味、汗味和大葱味，憋得我几乎透不过气来，而他却冒起火来，哑着嗓子，冲着我的耳朵喊着词语。【名师点睛：描写了外祖父汗津津的手、嘶哑的嗓子，展现出他教"我"认字的热情和努力。】

他的狂热劲使我也受到了感染，我也来了劲头，头上冒着汗，扯着嗓子大声念了起来，这让他觉得很可笑。他拍着胸脯咳嗽着，揉搓着皱了的书本，嘶哑着嗓子说：

"老太婆，你听听这小子嗓门有多大，啊！你这个阿斯特拉罕打摆子的家伙，你瞎喊什么呀？"

我看看他和外祖母，觉得很快活。她胳膊肘支着桌子，拳头顶着腮帮子，瞧着我们俩，笑着说：

"好啦，你们俩就别亮嗓门了！"

外祖父温和地向我解释说：

"我喊是因为身体不舒服，你呢，为什么？"

他没等我回答，又摇晃着汗淋淋的头，对外祖母说：

"死了的娜塔利娅说他记性不好，谢天谢地，他像马似的记路！接着念下去，你这个翘鼻子！"

最后，他开玩笑似的把我从床上推了下去。

"行啦！把这本书拿走。明天你必须把所有的字母念给我听，不能有错，念对了，我给你五个戈比的奖励⋯⋯"【名师点睛：外祖父对"我"的教育很上心，这反映了他对"我"的关爱，他希望"我"成为一个有知识的人，一个不辜负他期望的有智慧的人。】

当我伸手拿书时，他又把我拉到他怀里，神色忧郁地说：

"孩子，你母亲把你撇在人世间受苦，唉⋯⋯"

外祖母浑身哆嗦了一下，说：

"嗨，老爷子，你提这个干吗啊？"

"我本不想说的，可是心里不好受⋯⋯唉，多好的一个姑娘啊，走错了路⋯⋯"

他突然一把把我推开，说：

"玩去吧，别上街，就在院子里、花园里⋯⋯"

我便飞也似的跑进花园里，爬到山上。一群野孩子从山谷里向我掷石子，我兴奋地回击他们。

"噢，那小子来啦，剥他的皮！"他们远远地看见我就喊了起来，迅速武装起来。

一个对一大群，尤其是能战胜那一大群，扔出去的石子百发百中，打得他们逃进了灌木丛，这太让人高兴了。这种战争大家都没有恶意，也不会留下什么仇隙。

我学认字并不感到吃力，外祖父对我也越来越关心，很少打我了。虽然以之前的标准，他应该比以前更经常地揍我才对。我一天天长大了，胆子也更大了，常常违背外祖父的规矩和训示，但他只不过

83

▶ 童年

骂我几句,或扬起手吓唬吓唬我罢了。

我想,大概他以前打我是没有道理的,有一次我把这个想法告诉了他。

他轻轻地把我的下巴往上一托,也托起了我的脑袋,然后眨巴着眼睛,拖着长音说:

"什——么?"

接着,他又咯咯地笑着说:

"嘿,你这个异教徒!你怎么能算出我打你多少次才是必要的?这个除了我,没有人能知道啊!滚开!"

但他立刻又抓住了我的肩膀,盯着我的眼睛,问道:

"我说小子,你到底是精还是傻,嗯?"

"我不知道⋯⋯"

"你不知道?那好,我来告诉你,人要学着精点,这对你更有好处。发傻,就是愚蠢,你懂吗?绵羊才傻乎乎地被狼吃,猴子就很精明。【名师点睛:外祖父的话中蕴含着他的处世哲学,我们从中也能看出他精明、自私的个性。】要记住!去吧,玩去吧⋯⋯"

很快,我就能拼着音节诵读诗篇了,通常都是在喝过晚茶以后才诵读,每次都由我来读圣歌。

我一边用指字棒在书页上移动着,一边念,感到实在枯燥乏味,于是便问道:

"圣人就是指雅科夫舅舅吧?"

"我给你一勺子,你就知道谁是圣人了!"外祖父气得鼻孔直呼哧,不过我觉得他生气只是由于习惯,做做样子而已。

我几乎从来没有弄错:过了不大一会儿,外祖父显然就把刚才的不愉快给忘了,他又嘟嘟囔囔地说:

"是啊,在游戏和唱歌上,他简直是大卫王,但是在做事方面,都像恶毒的押沙龙[大卫王的儿子,曾刺死其兄,并兴兵篡夺其父的王

84

位，后因兵败而身亡]！就会唱歌跳舞，花言巧语，逗乐子……嗨，你们这些人啊！'用两条腿快活地跳着玩'，你能跳多远？嗯，能跳多远？"

我不念了，望着他那阴沉忧郁的面孔，屏息凝神地听他讲话。他眯缝着眼睛，越过我的头顶，望着别处，两眼流露出忧郁却温和的光芒。这时我已经很清楚了，他平时的那种刚强劲正隐藏在他的心中。他用细长的手指轻轻地敲打着桌子，染了色的指甲闪闪发亮，金黄色的眉毛微微地颤动着。

"外祖父！"

"嗯？"

"给我讲个故事嘛。"

"这个懒鬼！你自己念吧！"他嘟囔着说，仿佛刚睡醒似的，用手指揉着眼睛。"你就喜欢听胡诌的故事，应当正经地念念圣诗……"

但我怀疑他更喜欢胡诌的故事，而不是什么圣诗。圣诗上所有的诗篇他几乎全能背下来，他立下誓言，每晚临睡前都要大声读上几节，就像教堂执事诵读日课经一样。

我诚恳地求他，老头子才渐渐地向我让了步。

"好吧！好吧！诗篇你会永远带在身边，而我呢，也快到上帝那里受审判去了……"

他把身子向后一仰，靠在那把古老的安乐椅的毛线绣花靠垫上，又缩了缩身子，靠得更紧点，仰起头望着天花板，就静静地若有所思地用低沉的声调，讲起那些陈年旧事，和外祖母一样，也讲起他的祖辈来。【名师点睛：对外祖父讲故事前的情态进行描写，说明他为给"我"讲故事认真做了准备。】

"有一天，一伙强盗来到巴拉罕纳抢劫商人扎耶夫，我祖父的父亲急忙跑到钟楼上去敲警钟。强盗们追上了他，用马刀砍死了他，把他扔在了大钟的下面。【名师点睛：外祖父对童年生活的这段追忆，反映了当时俄国和法国之间发生的战事，这就将作品置于一个更宏大的社会

▶ 童年

背景中，使读者获得了一个更为宽广的视野。】

"那时我还很小，没经历过这件事，所以不记得了。我最早记事，是从一些法国人开始的，那是 1812 年，那会儿我刚刚十二岁。那时我们巴拉罕纳有三十多个法国俘虏。他们都是精瘦的小个子，身上穿着破衣烂衫，还不如要饭的叫花子。他们浑身发抖，有些人甚至冻坏了，连站都站不住。一些庄稼汉围上去想打死他们，但押解兵不让，驻防军来了，把庄稼人赶回了各家的院子里。后来倒也没有什么，大家和这些法国人混熟了。这些法国人是些很精明强干、性格乐观开朗的人，他们时常唱歌。后来尼日尼城来了一些贵族老爷，坐着三套马车来看俘虏。他们到来以后，有些人破口大骂，伸出拳头吓唬那些法国人，态度很不好，甚至打他们。有一些则用法国话同俘虏亲切交谈，给他们钱和一些防寒的衣物。有一位老贵族竟用手捂着脸哭了起来，他说：'这些法国人真让拿破仑那个坏蛋给害苦了！嗬，你们瞧瞧，俄国人心眼儿多好啊，就连贵族老爷都怜悯别的民族……'"

他沉默了一会儿，闭上了眼睛，用手捋了捋头发，然后又努力追忆着过去的岁月，继续说了下去：

"那是一个冬天，大街上暴风雪怒吼，寒风横扫着这座城市，那些法国人时常跑到我们的窗下敲玻璃，又跳又叫，向我妈妈索要热面包。我妈妈是卖烤面包的，她把面包从窗口递出去，那些法国人一把抓过面包就往怀里塞，那可是刚出炉的东西啊，滚烫滚烫的，直接就贴到身上，放到心窝上。我真不明白，他们怎么受得了。【写作借鉴：非常烫的面包竟然被直接贴在胸口，这样的对比，从侧面表现出法国俘虏在俄罗斯的生活十分悲惨。】有很多法国人都活活冻死了，他们都是来自温暖地方的人，不习惯这么寒冷的天气。在我们菜园里有一个洗澡房，那里住着两个法国人，一个军官和他的勤务兵米郎。那个军官奇瘦无比，皮包骨头，穿着一件女人的外套，外衣只到他的膝盖。他为人和气，可是嗜酒如命。我母亲偷偷地卖给他私酿的啤酒，他买去后，就连喝带唱起来。他学会了几句俄国话，时常指着心脏的部位嘟囔道：'你们这个地方，不是白的，而是黑的、凶恶的！'他俄语说得很不好，但可以听得明白。他说咱们这儿上游地区不好，伏尔加河下游地区才比较暖和一些，一过黑海，一年四季都见不到雪了。这话是可以信得过的，因为不论是在《福音书》里，还是在《使徒行传》里，尤其是在圣诗里，都没有提到过雪，更没有提到过冬天，而耶稣就居住在那个地方……好了，等读完圣诗，我就教你念《福音书》。"

他又不吭声了，像在打盹或在沉思着什么，斜眼望着窗外，整个人显得更瘦小了。

"您继续啊！"我悄悄地提醒他。

"啊，好，"他哆嗦了一下，开始说，"我是说那些法国人！他们也是人啊，并不比我们少些什么。他们常常喊我妈妈'玛达姆，玛达姆'，意思是'太太，太太'。可是这位太太能把八十公斤的面粉袋子从粮店里背回家来。她浑身有着一股使不完的劲，简直不像个女人。在我二十岁的时候，她竟能揪住我的头发，毫不费力地提起来摇晃，我二十岁时也相当有力气了。那个勤务兵米郎很喜欢马，他常到各家的院子里去转，打着手势请求人家让他去洗马。起先，人们有些担心，怕这个敌人打着什么坏主意。而后来庄稼人都主动地喊他：'米郎，来给洗洗马！'他嘿嘿一笑，低着头就走了。他长着一头棕红色的头发，鼻头很大，嘴唇肥厚。管理马是他的拿手好戏，而且很会给马治病。后来，他就在尼日尼当了兽医，但不久后他疯了，被消防队给活活打死了。那个军官在春天也得了病，就在尼古拉节的那天，也悄悄地死了。他坐在洗澡房的窗口想心事，头伸向窗外，就这样不声不响地断了气。我很可怜他，甚至还偷偷地为他哭过一场。他对我很好，很温柔，常常揪着我的耳朵，亲切地说些法国话，虽然我听不懂，但觉得挺好！【名师点睛：外祖父可怜一个毫不相干的人，并为他哭泣，体现了当时的外祖父也很善良、纯真。】因为人的情意花钱是买不到的。他本

▶ 童年

来想教我学法国话，可我妈妈不让。她领我去见神甫，神甫吩咐别人揍了我一顿，并对那个军官提出了控告。宝贝啊，那时的日子很不好过，这些你都没赶上，而是别人替你经受了那份罪，你要记住这一点！就比如我吧，我就亲身经历过……"

在暮色中，外祖父奇怪地变得高大起来。他的眼睛像猫一样闪闪发光。他谈什么事情，总是声音很低，但语速却很快，一副小心翼翼、若有所思的样子，可是一说到自己，就讲得很激动，而且又有点吹嘘。我不喜欢他讲自己的事情，不喜欢他经常用命令的口气说："你要记住这个，要记住！"

<u>他讲的那些事，我根本就不想记住它们，但是这些事，即使没有外祖父的命令，也像让人疼痛得难以忍受的刺一样，刺进了我的记忆里。</u>【写作借鉴：米郎及军官的悲惨遭遇像硬刺进记忆里的刺，新奇的比喻展现了"我"的正直善良以及悲天悯人的情怀，让读者在黑暗、压抑的背景下欣慰地看到一丝微弱的人性美的光芒。】他一味地回忆过去，从来不讲童话，讲的全是陈年往事。我还发现他不喜欢别人向他提问题。有时我总是死缠着他问：

"外祖父，你说那到底谁更好些？法国人还是俄国人？"

"嗨，这我怎么知道啊？我又没见过法国人在自己的家里是怎样生活的。"

他生气地嘟囔了一句，接着又说，"连黄鼠狼在自己的洞里也都是可爱的……"

"那俄国人呢？他们好吗？"

"俄国人也有各种各样的，好的和坏的都有，在地主时代要好些，那时人们被束缚着，现在大家都自由了，可是却穷得连面包和盐都没有了！当然，地主老爷也并非有仁慈之心，但他们有精明的头脑。我不是说所有的地主老爷，不过，若是碰上一个好的地主老爷，那真是越看越叫人喜欢。有的地主老爷，就是个傻瓜，他像一个装不完的口袋，你往里装什么，他就兜走什么。我们这里的许多人就像一只只硬壳，你以为他是个人，但你一打听就知道，他只是硬壳，光有壳，没有仁，仁被狗给吃掉了。【写作借鉴:运用比喻的修辞手法,将没有良心的地主比喻成没有仁的硬壳,很形象地表现出地主剥削人民的丑恶形象。】我们应该接受点教训，磨炼磨炼自己的智力，但又没有真正好的磨刀石……"

"俄国人有力气吗？"

"有的是大力士，但问题不在于力气大小，而在于精明。因为光有力气是远远不够的，你力气再大，也大不过一匹马。"

"法国人为什么向我们进攻？"

"唉，打仗是皇帝的事情，我们可弄不懂这些！"

但当我问外祖父拿破仑是干什么的时，他的回答令我永生难忘：

"拿破仑是个刚毅勇猛的人，他有野心，想征服全世界，然后让所有的人都过一模一样的日子，既没有老爷先生，也没有达官贵人，更没有奴隶和下人，就这样，大家都过着平等的生活！人各有自己的名字，而权利和等级却没有，大家是平等的。

"信仰也只有一个。当然，这都是瞎胡闹，你就说海里的东西吧，只有龙虾，才不好区分，鱼就有各种各样的:鳢鱼和鲶鱼就不能合伙，鲟鱼和青鱼也不能成为朋友。【写作借鉴:外祖父借海里的鱼比喻世间的各类人,说明人与人是不同的,志趣、社会地位完全不同的人无法志同道合,用同一种方式生活。这种借物喻人的方法,可以使文章立意深远,还能增强文章的表现力和感染力。】我们俄国也曾有过拿破仑——拉辛·斯切潘·季莫非耶夫和普加奇·叶米里扬·伊万诺夫［俄国著名的农民起义领袖，并不是拿破仑派］，这些人以后我再告诉你……"

有时候，他久久地默默地注视着我，眼睛瞪得圆圆的，好像第一次见到我似的，让我感到很不舒服。

他从来没有和我谈起过我的父亲和母亲。

89

▶ 童年

  我们谈话的时候,外祖母常常走进来。她坐在角落里,许久许久也不吭一声,好像她不在似的。可是有时她会突然柔声柔语地插上一句:

  "老爷子,你还记不记得,咱们到穆罗姆山朝圣的事,多好啊!那是哪一年来着?"

  外祖父想了想,认真地回答:

  "大概是在霍乱大流行以前,就是在树林里抓奥洛涅茨人那一年吧?"

  "对了,对了!"

  "没错!"

  我又问:"奥洛涅茨人是干什么的?他们为什么要逃到树林里去?"

  外祖父有点不耐烦地说:

  "奥洛涅茨人都是普通农民,他们逃避官府,不愿意进工厂干活,就逃出去了。"

  "可是为什么要抓他们呢?"

  "为什么抓我也不明白,就像小孩子做游戏一样,一些人跑,一些人追,抓到了,就用树条子和鞭子往死里抽。还扎破鼻子,在脑门上打烙印,算是惩罚过的记号。"【名师点睛:将抓农奴与孩子们的捉迷藏相提并论,用冰冷的语气描绘奥洛涅茨人被抓并被毒打的情形,让我们看到了外祖父那颗冷酷的心。】

  "这是为什么呢?"

  "这种事弄不明白到底是谁有罪:是逃跑的人有罪呢,还是抓人的有罪,咱们搞不清楚……"

  "老爷子,你记得不,在大火发生以后……"外祖母又说。

  外祖父对什么事都很较真,他严肃地问道:

  "哪一次大火?"

  他们俩一回忆起过去,就把我给忘了。他们的声音不高,很和谐,和谐得使我有时觉得他们是在歌唱,唱的都是些忧郁、不愉快的歌，歌唱疾病、火灾、人们遭受毒打；歌唱暴病而亡、巧取豪夺；歌唱疯疯癫癫的乞丐、暴跳如雷的老爷。【名师点睛：外祖父和外祖母对往事的回忆，呈现出了当时俄国黑暗的社会状况。伴随这些痛苦的回忆，我们能看到当时的疫病与战争、革命与暴政。在这样的社会背景下，个人是很难获得幸福的。】

"活得越长，经历得越多啊！"外祖父低声地咕哝着。

"难道我们的日子过得不好吗？"外祖母说，"你想想看，在我生下瓦留莎后，那年的春天多美好啊！"

"那是1848年，正是讨伐匈牙利的那一年，圣诞节教父吉洪刚给孩子做完洗礼仪式，第二天就被拉壮丁派去打仗了……"

"他这一去就再也没有回来！"外祖母叹息了一声。

"是啊，就再也没有回来！不过从那一年起，上帝的恩惠像流水似的，不断光临我们家里。唉，这个不争气的瓦留莎啊……"

"行了，老爷子，你别说了……"

他生气了，皱着眉头。

"行什么行啊，不论从哪方面看，这些孩子都很不成器。我们的心血都白费了！我们本想把他们放到柳条筐里，可上帝却偏偏给了我们个破筛子……"

他大叫了起来，像被烫伤了似的，满屋乱跑，痛苦得哼哼呀呀的，咒骂自己的儿女，还不由自主地伸出又瘦又小的拳头威吓外祖母。

"都是你，他们都是被你给惯坏了，惯成了一群强盗！你这个臭老太婆！"

他干号起来，悲痛不已，激动万分，失声痛哭，跑到墙角圣像前，一边挥动着拳头捶着他那干瘦的胸脯，一边说：

"我的上帝啊，莫非我的罪孽比别人更深重？这是为什么啊？"他浑身发抖，泪汪汪的眼睛闪着委屈、凶恶的光。

▶ 童年

外祖母坐在黑暗里默默地画着十字，后来小心翼翼地走到他的身边，低声劝慰他说：

"算啦，老爷子，你干吗要这么伤心？上帝知道应该怎么办。比咱们家儿女好的人家可不多。老爷子，到处都是一样，打架斗殴，一团乱。所有当父母的，都得用自己的眼泪洗涤[清洗掉不干净的东西]罪恶，都在承受同样的痛苦，不光你一个人……"

有时这些话能使他得到些许安慰，也稳定了他的情绪。他沉默不语，疲惫地往床上一倒，我和外祖母便悄悄地走开了，回到自己的阁楼上。

但有时候说这些安慰话的时候，外祖父却猛然转过来，挥起拳头啪的一声朝外祖母的脸上打去。她急忙闪过，两条腿踉跄了一下，差点儿摔倒，她用手按住嘴唇，站稳了脚跟，安详地低声说：

"哎，你这个傻瓜……"

她朝外祖父脚下吐了一口血水，外祖父举起双手，长吼了两声："给我滚开，要不然我打死你！"

"你这个蠢货。"外祖母又说了一遍，便不慌不忙地朝门口走去。外祖父向她扑了过去，但她却迈过了门槛，将门随手一带，砰的一声把门关上了。

"你这个臭老太婆。"他气哼哼地低声说，脸涨得像火炭一样红，扶着门框，手使劲地抓挠着它。【写作借鉴：运用比喻的修辞手法，形象地刻画出外祖父生气时的样子。】

我吓得半死，坐在炕炉上，简直不敢相信自己看到的这一幕：这是第一次，他当着我的面打外祖母，这让人感到一种难以忍受的厌恶。他身上暴露了一种新的品性，一种令人无法容忍、仿佛压迫着我的品性。【名师点睛："我"感受到的一种新的品性，实际上是外祖父暴躁、凶残的本性。】他还是抓着门框站在那里，许久才痛苦地转了一下身子，人好像蒙上了一层灰，变得灰暗了，身子也蜷缩了起来。他突然走到屋子中间，双膝跪地，因为没有跪稳，身子向前倾了一下，一只手碰到了地板，随即又跪稳了，用手捶着胸脯，带着哭腔说道：

"噢，我的上帝啊……"

我像滑冰似的从热乎乎的炕炉瓷砖上滑了下来，撒腿跑了出去，外祖母正在顶楼上走来走去地漱着口。

"外祖母，你还疼吗？"

她走到屋角，把水吐到了污水洞里，静静地回答道：

"没事，就是嘴唇擦破了。"

"他为什么要这样对你？"

她往窗外大街上瞅了一眼，说：

"他总发脾气，因为心中很痛苦，事事不顺当……你躺下睡吧，别想这些了……"

我又问了她一句什么话，她一反常态严厉地喝道：

"我怎么说的来着，你给我躺下睡觉！怎么这么不听话啊……"

她坐在窗旁，吸溜着嘴唇，开始不停地往手帕上吐血。我边脱衣服，边望着她，在她那乌黑的头发上边，在蓝色的方格窗里，天空中的星辰在闪闪发光。大街上一点声音也没有，屋子里更是昏暗无光。

【名师点睛：环境描写，描写了夜晚寂静的场面，这种压抑、悲凉的氛围烘托出"我"忧郁的内心。】

当我躺下以后，她走过来，轻轻地抚摸着我的头，温和地说道：

"你安心地睡吧，我去看看他……你不要心疼我了，没事的，小宝贝，或许我自己也有过错……你睡吧！"

她亲了亲我，就走了。我心里非常难过，便从柔软、暖和的大床上跳了下来，走到窗口，往下望着外面清冷的街道，一股难以忍受的悲伤涌上心头，我愣在那里，像一块坚硬的石头。【名师点睛：外祖母解释了祖父暴戾的原因，幼小的"我"似乎明白了他们一直过得并不幸福，因此失落之情油然而生。】

▶ 童年

Z 知识考点

1.舅舅们和外祖父分家了,雅科夫留在_____,米哈伊尔则搬到_____去了,而外祖父自己买了一栋房子。阿廖沙经常和外祖母、外祖父相处,听他们讲故事。从他们的人生经历中可以得知,外祖母的母亲由于受到_____惊吓,摔伤了_____,成了一个_____人。外祖母和她的母亲为了生活,做过_____,后来,外祖母成了_____的能手,随着日子逐渐变好,她们在_____定居了下来。

2.当外祖母第一次碰到外祖父时,外祖父是一个(　　)。

　　A.船长　　　B.工长　　　C.副手　　　D.木匠

3.不难看出,阿廖沙的经历跟外祖父和外祖母的经历有几分相似之处,你认为阿廖沙当时的生活是怎样的?如果是你,你会怎样应对?

_____
_____
_____

Y 阅读与思考

1.从文章中可以看出,外祖父的性情反复无常,他为什么会这样呢?

2.外祖父和外祖母的成长经历有什么异同点?请简要概述。

3.外祖父是崇尚力气还是智慧?从什么地方可以看出来?

第六章
家庭斗争

> **M 名师导读**
>
> 分家之后,舅舅们搬了出去,没有了你争我斗的场面,生活似乎平静了很多,然而这样的生活并没有持续很久,又一场冲突即将来临。这到底是一出怎样的闹剧呢?阿廖沙又会有怎样的经历和感受呢?

又是一场噩梦。

一天晚上,喝过晚茶之后,外祖父坐下来给我念圣诗,外祖母在洗碗碟,这时,雅科夫舅舅忽然闯进屋来,他衣帽不整,头发乱得像一把破笤帚。他连问候都没有,直接把帽子往角落里一扔,抖动了一下身子,挥着两只手,便絮絮叨叨了起来:

"爸爸,米什卡疯了!他在我那里吃饭,多喝了两杯,就开始耍起酒疯来:摔破了碗碟,把一块已经染好了的准备做衣服的料子撕成了碎条,砸破了窗玻璃,欺负我和格里高里。他现在正往这边来,他还威吓道:'我要把老头子的胡子揪掉,我要打死他!'爸爸,您可要当心点儿……"

外祖父双手撑着桌子,慢慢地站了起来,他脸上的皱纹看上去活像一把斧子,一直皱到鼻尖上,令人感到可怕。【写作借鉴:运用夸张和比喻的修辞手法,突出了外祖父听到雅科夫的话后强烈的愤怒之情。】

"听见了吗,老太婆?"他尖叫了一声,"怎么样,嗯?报应那么快

95

▶ 童年

就来了，杀他父亲来了，还是亲生的儿子！到时候了，到时候了，孩子们……"

他端着肩膀在屋子里来回走着，突然一伸手把门关上了，带上了沉重的门钩，转身向着雅科夫：

"你不把瓦留莎的嫁妆弄到手不甘心是不是？那你拿去吧！"

他从食指和中指间伸出大拇指，握成拳头，伸到雅科夫舅舅的鼻尖底下，表示轻蔑。雅科夫表现出一副委屈的样子来：

"爸爸，这可不关我的事啊！"

"关不关你的事你自己最清楚，什么东西！"

外祖母什么也没说，只忙着把茶杯往柜子里收。

"我可是来保护您的……"

"好啊，来保护我？"外祖父以嘲讽的口气喊道，"那好极了！谢谢，好儿子！老太婆，你递给这个狐狸随便一件什么武器，炉钩子或者熨斗，都可以！你呢，雅科夫，等你哥哥一闯进来，你就把我当成他，照着我的脑袋上狠狠地打！"

"即使你不相信我……"舅舅退到角落里语无伦次。

"相信？"外祖父把脚一跺，大声喊道，"告诉你，不管什么野兽，狗啦，刺猬啦，我都相信，可就是对你，我还得等等看！【名师点睛：在外祖父的眼里，即使是牲畜也可以相信，但是对雅科夫就不能再相信，这表明外祖父对雅科夫的个性非常了解，一针见血地讽刺了他。】你要知道，是你把他灌醉的，是你教他这么干的！好吧，现在就让他过来吧！你可以动手打他或者打我，任你挑选……"

外祖母悄悄地对我说：

"快上阁楼去，从小窗户朝外望着，等你米哈伊尔舅舅在大街上一露面，你就跑下来告诉我们！快，快去……"

对于狂暴的舅舅即将挑起的这场可怕的战争，我虽然惊恐不安，但受此重任又使我感到很自豪。我探身到窗外，注视着大街。这条宽

96

阔的大街上此时蒙着一层厚厚的尘土，大块大块的鹅卵石从尘土中露了出来，好像肿起的脓包。这条街道远远地向左边伸展开去，穿过山沟，一直延伸到监狱广场。在黏土地的广场上，牢牢地矗立着一幢灰色的四角有四个岗楼的建筑，这是一座旧监狱。【名师点睛：描写了外祖父家周围的环境，作者将其描绘得就像是一座监狱，让人窒息，这样的描写营造了一种不祥的气氛，为下文写打斗事件做铺垫。】一座灰色的监狱，有一种庄严、忧郁的美。从我们这座楼往右再数三座房屋，就是宽阔的干草广场，广场的尽头是拘留所黄色的房舍和消防队铅灰色的瞭望塔，一个值班的消防队员像一只带着锁链的狗，忠诚地绕着塔顶的瞭望台来回走动。整个广场被山沟切成了好几段。有一条山沟里积着一汪绿水，靠右边是久科夫的一口臭水塘。我曾听外祖母讲过那口水塘，有一年冬天，两个舅舅曾把我父亲扔进那儿的冰窟窿里。【名师点睛：看似不经意的话，透出"我"对父亲的怀念，令人心酸。】差不多正对着我们的窗户，是一条巷子，巷子里全是些五颜六色的小房子。巷子的尽头是低矮臃肿的三圣教堂，要是一直朝前望去，你便可以看见一些矮矮的屋顶，就像一只只底朝上的小船，在花园的绿色波浪中无力地漂浮着。

经过漫长冬季的暴风雪的吹打和秋季连绵秋雨的冲洗，这条街道两边的房屋早已经又蒙上了厚厚的一层尘土。它们拥挤在一起，就像教堂门前的一群乞丐。那些房屋的窗户也都满怀疑虑地瞪着眼睛，大约和我一样在等待着什么似的。【写作借鉴：这里运用了拟人的修辞手法，将没有生命的窗户赋予了生命，展示出城市的穷困与残破，凸显出当时社会环境极其恶劣，给人一种无比压抑的感觉。】街上行人稀少，那些行人就像在炉门前沉思的蟑螂，也不挪动一下位置。一股闷人的热气向我扑来，我嗅到了一股浓烈的我所不喜欢的大葱胡萝卜馅饼的气味，这种气味总是使我觉得心情郁闷。

不知为什么，我不仅感到很烦闷，还有一种前所未有的压抑。我

▶ 童年

心中好像灌满了滚烫的铅水，那铅水从胸中往外挤，挤破了我的胸膛，撑破了我的肋骨，我觉得自己就像一个水沟一样膨胀了起来，在这个小屋里，在棺材盒子式的屋顶下，我闷得喘不过气来。【名师点睛：这句具体地描写"我"在当"火线侦察兵"时，周遭的环境给"我"带来的烦躁、压抑之感，突出"我"在"侦察"中的紧张、不安、厌倦的复杂心理。】

是他，米哈伊尔舅舅果然来了。他在胡同里一座灰色房屋的墙角张望着，把便帽拉到耳根上，压得两只耳朵向外张着，盖住了他的脸。他穿着棕黄色的外衣，齐膝盖高的长筒靴上落满了尘土，一只手插在方格裤的裤兜里，另一只手捏着胡子，看他那阵势，杀气腾腾的。【写作借鉴：运用了白描的写作手法，描写出了米哈伊尔的外貌，虽寥寥数语，但是很清楚地展现了他的不怀好意。】虽然看不清楚他的脸，但是他站的姿势好像准备一下子就跳过大街去，用他那毛茸茸的黑手一把将外祖父的房子抓住似的。我应该跑下去告诉他们，他已经来了，但我好像被钉在窗户旁，一步也动弹不了。我看见舅舅蹑手蹑脚地走过大街，似乎担心他那灰色的长筒靴会被尘土弄脏似的，我听见他推开酒馆门时发出的吱呀声和门玻璃的哗啦声。

我飞也似的跑到楼下，去敲外祖父的门。

"谁？"他没有开门，粗声粗气地问，"是你吗？嗯？他进酒馆了？好吧，你去吧！"

"我在那儿很害怕……"

"行了，你就凑合待一会儿吧！"

我只好又趴到窗口。天渐渐地黑了。大街上尘土飞扬，夜色就显得更加深了。家家户户的窗户上都亮起了灯光，那些黄色的灯光就像油脂似的蔓延开来，不知对面的房子里有谁在弹琴，繁多的琴弦发出忧郁而又悦耳的声音。酒馆里人们也在唱歌。酒馆的门一打开，那颓废的而又充满倦意的音乐便流淌到大街上。【写作借鉴：运用了通感的修辞手法，以具体的视觉来展现虚拟的听觉，给人更确切的感受。】我知道，这是独眼乞丐尼吉图什卡在唱歌,他是一个留着大胡子的老头,右眼像炭火一样红,左眼紧紧地闭着,永远也睁不开。门一关上,他的歌声也像被斧子砍断了似的戛然而止了。

外祖母很羡慕这个独眼乞丐,她常听他唱歌,一边听一边叹息道:"真是一副好嗓子,会唱这么多的歌,真是幸福啊!"

有时,外祖母把他叫到院子里,他坐在台阶上,拄着拐杖,又是唱,又是讲,外祖母就坐在他身旁:

"请等一等,我问你,在梁赞也有圣母吗?"

那乞丐声音低沉又十分有把握地答道:

"各省都有圣母,她无处不在……"

梦境般的疲倦,在大街上无形地流动着,袭击着人的心和眼睛。如果外祖母能来这里,那该有多好啊!即使外祖父来了也行。我父亲究竟是一个什么样的人?为什么外祖父和舅舅们都不喜欢他,而相反,外祖母、格里高里和叶芙盖尼娅都对他如此挂念?我母亲又上哪儿去了呢?【名师点睛:一连的问句表现了"我"对父亲满怀的思念,父亲在家人眼中是一个存在争议的人。这样写是在为下文做铺垫。】

我经常想起母亲,把她当成了外祖母讲的童话和历史故事中的主人公。母亲不愿在自己的家里住,这在我的想象中,更具有传奇色彩了。我仿佛觉得,她现在正同一些绿林好汉们住在阳光大道旁的客栈里,那些绿林好汉杀富济贫,抢劫过往的富商,然后把抢来的财物分给穷人。也许她住在森林里,住在山洞中,当然也是同那些善良的强盗们生活在一起,给他们做饭,为他们看守抢来的金银财宝。也许她就像安加雷切娃公爵夫人和圣母一样,还要周游天下,点数着大地上的宝藏,圣母也像劝告公爵夫人一样,劝告我母亲说:

贪婪的奴隶啊,

你何必为自己把天下的金银财宝收集;

贪得无厌的灵魂啊,

童年

大地上的所有的财富，

也遮不住你赤裸的躯体……

母亲也用女强盗公爵夫人的诗句来回答圣母：

请宽恕我吧，至圣的圣母。

原谅我这有罪的灵魂吧，

我不是为了自己才拦路抢劫，

而是为了我那孤苦的儿子！……

于是圣母，像外祖母一样慈祥和蔼的圣母，终于原谅了她，说道：

唉，玛留什卡，你这鞑靼血统的女人，

唉，你是基督的不肖之徒！

你就另走你自己的路吧——

路，是你自己的，

哪怕是摔倒了，眼泪也是你自己的！

你去森林里追击抢劫莫尔多瓦人，

你去草原上抓捕加尔梅克人，

但你可千万别去碰俄罗斯人！……

我回忆着这些童话故事，就像在做梦。楼下过道里和院子里的脚步声、吵闹声和吼叫声，把我给惊醒了。我探身到窗外，看见外祖父、雅科夫舅舅和酒馆堂倌麦里扬——一个模样滑稽可笑的车利米西人，这几个人正从侧门把米哈伊尔舅舅往大街上拖。他死撑着抓住门框不肯走，他们打他的胳膊、脊背和脖子，用脚踢他，把他飞快地丢到马路边，与尘埃做伴去了。侧门砰的一声关上了，响起了插门和上锁的声音。一顶被揉皱了的帽子，被隔着墙从大门顶上扔了出去。四周又恢复了寂静。

米哈伊尔舅舅在街上躺了一会儿，然后就慢慢站起来，身上的衣服全给撕成了布条，头发乱糟糟的就像鸡窝，他捡起一块大鹅卵石向大门走去，砸得大门发出一声巨响，就像打在木桶的底上。【名师点睛：

描写了米哈伊尔狼狈的外貌，揭示了当时社会人与人之间只有金钱关系，为了金钱，即便是血浓于水的父子也可能成为仇人。】这时，从酒馆里冒出一帮黑不溜秋的人，他们声音嘶哑地大吵大嚷着，挥舞着胳膊。家家的窗口都探出了人头，大街上又热闹了起来，充满了乱嚷嚷的笑声和喊叫声。所有这一切，像童话一样有趣，却又使人感到厌恶和恐惧。

但突然之间，一切又恢复了刚才无声无息的状态，静默着，动静消失了。

外祖母弯着腰坐在门槛旁边的大木箱上，屏息静气，一动不动。我走过去，抚摸着她那温暖的、柔软的、潮湿的脸颊，但她好像并没有意识到我的存在，愁眉苦脸地咕哝着：

"上帝啊，你就不能把你那聪颖的智慧分一些给我，给我的孩子们吗？上帝啊，宽恕我们吧……"

我依稀记得，外祖父在田野大街的那所房子里，总共住了还不到一年的光景——从头年春天到第二年春天，不过在这段时间里，我们却声名大噪，几乎每个星期天，都有一群小孩子跑到我们大门口，喜形于色地满大街欢呼：

"卡希林家又打架了！"

一到晚上，米哈伊尔舅舅就会来到宅子附近，他整夜地窥伺着我们的住宅，弄得整个院子里的人都提心吊胆。有时他还带来两三个帮凶，这些人都是库纳维诺街的不务正业的小流氓。他们从山沟里偷偷地溜进花园，在那里撒一阵酒疯，把草莓果和醋栗拔得一颗不剩。有一次，他们竟然把浴室也捣毁了。【名师点睛：场面描写，米哈伊尔舅舅带人来大闹院子的场景，深刻地表现出他自私、卑劣、为了达到目的不择手段的品性。】他们把浴室里一切能毁的东西都给毁坏了——蒸汽床、长板凳、盛水的锅，把炉子也给拆了，扔得到处都是，还掀掉了几块地板，甚至连门窗也没放过，给拆了下来。

外祖父脸色阴沉，一声不响，静听着人们毁坏他的财产。外祖母

▶ 童年

在院子里不停地跑来跑去,在黑暗中我看不清她,只听到她用恳求的声音叫喊道:

"你这是干什么啊,米沙?"

回答她的是从花园里传过来的一阵不堪入耳的纯俄罗斯式的咒骂。

【名师点睛:善良、宽容的外祖母竟然得到儿子这样的回报,可见米哈伊尔人性的泯灭。】

在这种时刻,我是不能跟着外祖母满院乱跑的,但没有她我又感到害怕。我跑到了外祖父的房间里,可他用嘶哑的嗓子冲着我大喊大叫:

"滚开,你这个该死的混蛋!"

我飞快地又跑回阁楼,从天窗望着花园和院子,目不转睛地紧盯着外祖母,我害怕她的行为会激怒人家,我大声地喊她,让她回来,可是她没有。醉醺醺的舅舅听到我的喊声,便用粗野、污秽的话来侮辱我的母亲。

有一回,也是这么一个令人不安的夜晚,外祖父病着,躺在床上,头上包着手巾,在床上翻过来转过去,粗声粗气地抱怨:

"辛苦一生,攒钱攒了一辈子,最后落到这个下场!如果不是害臊,早把警察叫来了!唉,丢人现眼啊,叫警察来管自己的孩子,无能的父母啊!"说完,他突然站了起来,摇摇晃晃地走到窗前。外祖母拉住了他:

"你这是干什么去?"

"点灯!"

外祖母点起了蜡烛。她像士兵拿枪一样端着烛台,冲着窗口大吼:"米什卡,你这个小偷儿、癞皮狗!"

话音未落,窗户上边的玻璃,就哗啦一声被打碎了,半块砖头破窗而入,落到了外祖母身旁的桌子上。

"没打着!"外祖父笑了一声,这笑声像哭,真不知到底是在笑还是在哭。【名师点睛:又哭又笑,外祖父内心的矛盾和凄凉令人心酸,也

102

表现了他对自己儿子束手无策的无奈与伤心。】外祖母把他抱了起来,就像抱我似的,把他放到了床上,神情惊慌地说:

"你这是干什么,咱们不能这样啊,上帝保佑你!你这样会把他送到西伯利亚去充军的!他只是一时糊涂才这么做的,他哪里知道这样会被发配到西伯利亚去啊!他只是一时糊涂……"

外祖父两腿乱蹬,哑着嗓子干号道:

"就让他把我打死好了……"

窗外传来一阵怒吼、跺脚和爬墙的声音。我从桌子上抓起那半块砖头,就朝窗户跑去。外祖母急忙拦住我,把我揉到了角落里,恶狠狠地说:

"浑小子,你干什么……"

还有一次,米哈伊尔舅舅手持一根一头很尖的粗木棍,从院子里向外屋冲来,站在黑黑的台阶上使劲砸门。门后等着他的是手持木棒的外祖父、两个手操尖头长木棍的房客和握着擀面杖的酒店老板的妻子——一个身材高大的女人。几个人各持武器。外祖母在他们身后急得转来转去,央求着说:

"你们先让我出去见见他!先让我和他谈谈……"

<u>外祖父站在那里,一条腿向前弓着,就像《猎熊图》上手持猎矛的猎人。当外祖母跑到他跟前时,他默默地用胳膊肘推她,用脚踢她。</u>【名师点睛:运用了"弓""推""踢"等动词,形象地描摹出外祖父当时准备"战斗"的状态。】四个人杀气腾腾地站在那里,严阵以待。在他们头顶上面的墙上,挂着一盏灯笼,灯光忽明忽暗的,模模糊糊地可以看见他们的脸。我站在阁楼的梯子上看着这一切,真想把外祖父拉到阁楼上来。

舅舅拼命地使劲砸门,很快,他得手了。房门开始晃动起来,就像地震一样,眼瞧着就要从上面的合页上掉下来,下面的合页已经脱落了,发出刺耳的吱嘎声,外祖父也用这种吱嘎声对他的战友们说:

▶ 童年

"你们就朝胳膊和腿上打，可不许打脑袋……"

在门旁边的墙上有一个小窗户，大小只能伸出一个头。舅舅已经把窗上的玻璃打碎了，只剩一些玻璃碴子，像一只被挖掉眼珠的眼睛。【名师点睛：恐怖的环境描写反映出人物内心的恐慌和气氛的紧张。】

外祖母奋不顾身地奔向窗口，伸出一只胳膊，一面向院子挥手，一面喊道：

"米沙，看在上帝的分上，快跑啊！他们会把你打残的，快走！"

舅舅在外面，朝着她胳膊就是一棍子。外祖母坐到了地上，仰脸倒了下去，但仍然还是不停地念叨着：

"米沙，我的孩子，快跑……"【名师点睛：激烈的家庭内斗终于爆发，外祖母在米哈伊尔的暴行中受到了极大的伤害，表现出米哈伊尔泯灭人性后丧心病狂的状态，嘲讽和批判了他穷凶极恶的行为。】

"哎呀，老太婆，你怎么啦？伤着没有？"外祖父发出一声可怕的号叫。

门哗的一下开了，舅舅冲进了漆黑的门洞，但马上就像铁锹铲垃圾似的被扔了出去。【写作借鉴：运用比喻的修辞手法，把米哈伊尔比作垃圾，表现了"我"对他的厌恶和鄙视。】

酒馆老板的妻子把外祖母搀进了外祖父的屋里，外祖父紧紧跟在后面，他脸色阴沉，神情忧郁：

"没伤着骨头吧？"

"哎哟，多半是折了，"外祖母说，但依旧闭着眼睛，"你们把他怎么样了？这个混蛋！"

"你安静一会儿吧！"外祖父严厉地喝道，"好啦，难道我是个畜生？把他捆起来了，现在正在板棚里躺着呢。我浇了他一身水……嘿，这小子那么凶，他到底像了谁？"

外祖母呻吟起来，声音低沉而无力。

"我已经叫人去找接骨医生了,你就稍微忍耐一会儿吧!"外祖父挨着她坐到了床上,说道,"他们会把咱们俩折磨死的,老太婆,财产给他们吧,省的过早地把咱们折磨死!"

"你把所有家当都分给他们?"

"那瓦留莎怎么办?她也是我的孩子啊!"

他们谈了很久,外祖母的声音又低沉又可怜,外祖父则大吵大嚷,怒气冲冲。

过了一会儿,来了一个驼背的小老太婆,嘴大得咧到了耳根子,她的下巴颏儿颤抖着,像鱼似的张着嘴,尖尖的鼻子仿佛正越过上嘴唇向嘴里窥探着。这样的人我并不喜欢,我也看不见她的眼睛,她用拐杖探着路,在地板上蹒(pán)跚(shān)[腿脚不灵便,形容走路摇晃的样子]地走着,手里提着一个哗啦作响的包袱。【名师点睛:塑造了一个小老太婆的形象,突出"我"内心对她的反感与厌恶,由此加深了对她的误会。】

我似乎觉得要带走外祖母的死神来了,便跳到那个老太婆跟前,使劲大声喊道:

"滚出去!"

外祖父漫不经心地揪住我,粗暴地把我拎到了阁楼上……

Z 知识考点

1.分家后,_____舅舅依然经常去找外祖父大吵大闹,他为了_____变得穷凶极恶。

2.阿廖沙的外祖父变得自私、残暴的原因是(   )。

 A.天生的性格

 B.生活所迫,想要赚钱

 C.跟父亲学到的

 D.童年的不幸

105

▶ 童年

3.从哪些地方可以看出外祖母被伤得很重？

_____
_____
_____

Y 阅读与思考

1.分家后，两个舅舅为什么和外祖父反目成仇？你是如何理解他们的行为的？

2.当阿廖沙在阁楼上监视米哈伊尔舅舅时，想到了些什么？他当时是怎样的心境呢？

3.阿廖沙对这一场家庭闹剧是什么心理？从哪里可以看出来？

第七章

两个上帝

M 名师导读

外祖母和外祖父都信仰上帝。然而,在阿廖沙看来,外祖母和外祖父信仰的并不是同一个上帝。外祖父信仰的上帝很威严,不可侵犯,他严厉地监视着一切;外祖母信仰的上帝很仁慈,可以保护苍生,对世界上的任何事物都一视同仁。面对外祖父和外祖母的祈祷,阿廖沙的成长会受到什么影响呢?

很久以前我就明白了,外祖父有一个上帝,外祖母另有一个上帝,他们不是同一个人。

外祖母每天醒来,就久久地坐在床上梳着她那一头令人羡慕的头发。歪着头,紧咬着牙,每一次都吃力地扯下一绺(liǔ)绺长长的丝一般的黑发,为了不惊醒我,她小声地咒骂着:

"唉,鬼头发,谁叫你长了这么多该死的头发……"

把头发梳顺溜之后,她赶紧把它们编成了粗辫子,随便洗了两下脸,气呼呼地哼哧着鼻子,还没等把怒气从睡得皱巴巴的大脸上洗净,就跪到了圣像前开始祈祷。只有这时才开始了早上真正的梳洗仪式,只有祈祷才能使她整个人立刻充满了朝气。【写作借鉴:把外祖母早晨的祈祷比作梳洗,并将祈祷前后外祖母的精神状态进行对比,突出了这种精神上的洗礼对外祖母的影响之大。】

她挺直微驼的脊背,抬起头,亲切地望着喀山圣母[著名的能显圣

107

▶ 童年

的女殉教徒]的圆脸,虔诚地画了一个很大的十字,热烈地嘟囔着,低声做起祷告来:

"最神圣的圣母啊,把你的恩惠施于未来的日子吧,圣母啊!"她跪在地上磕了一个响头,然后慢慢地挺直了腰杆,又更加热烈、激动地祷告了起来。

"最美丽圣洁的圣母啊,你是快乐的源泉,美得像花朵盛开的苹果树!"

每天她都能找到新的词句来赞美圣母,每次我都会全神贯注地听她祈祷。

"最纯洁的心灵啊,我的保佑者,我的恩人,我的圣母!你是金色的太阳,请扫荡掉大地上的毒瘤吧,不要让任何人受到欺凌,也不要让我无缘无故地遭受厄运。"

她那双黑眼睛流露着微笑,炯炯有神,好像变得年轻了,又抬起沉重的手,慢慢地画着十字。【名师点睛:好像"年轻",实则"沉重",两词形成强烈的反差,揭示了在沉重的生活重压下,外祖母只能将改变现状的希望寄托在对上帝的祈求上,反映了一部分小市民精神上的麻木。】

"耶稣基督,上帝的子嗣(sì)[指儿子],请看在圣母的分上,将恩泽施给我这个有罪的女人吧……"

她的祷告从来就是对圣母的赞美,从来都是真挚而诚恳的颂扬。

她早晨祷告的时间一般不太长,因为她要烧茶炊。外祖父已经不雇女佣人了,如果在外祖父规定的时间里,她没有把早茶准备好,他就会生气地骂半天。

有时,他比外祖母醒得早,就到阁楼上来,碰见她祈祷,偶尔听一会儿她小声的祷告,随之轻蔑地撇一下他那发黑的厚嘴唇,在喝茶的时候叨唠:

"你这个橡木脑袋,我教过你多少次应该怎样祷告,可你还是按照自己的老一套,你这个异教徒,上帝怎么能容忍你啊!"

"上帝会理解我的,"外祖母自信地回答,"不论对上帝说什么,他都会明白的……"

"你这个该死的楚瓦什人！嗨，你们这些人啊……"

外祖母的上帝永远与她相随，她甚至对畜生也常常念叨上帝。

我心里明白，一切生物——人、狗、小鸟、蜜蜂、青草都温顺地服从着她的上帝，一视同仁的上帝对人世间的一切都一样的慈善，一样的亲切。【名师点睛：在外祖母的眼里，上帝一视同仁，善待一切，因此上帝值得信赖。】

酒馆的女主人养了一只猫，它机灵又乖巧，很受宠爱。虽然又馋又懒，却很会讨好人，生就一身云雾般的毛，长着一双金黄色的眼睛，这让全院子的人都很喜欢它。有一天，它从花园里拖来一只受惊的八哥，外祖母把这只快被折磨死了的鸟儿从它嘴里夺了下来，开始责备它道：

"你就不怕上帝吗？你这个卑劣的凶手！"

酒馆女主人和打扫院子的人听了这话，一个个都忍不住笑了起来，但外祖母怒气冲冲地呵斥他们道：

"你们以为这些畜生就不懂得上帝吗？任何一种畜生都懂得上帝，而且懂得的并不比你们少，你们这些没心没肺的家伙……"【名师点睛：外祖母将畜生与人类做比较，认为畜生都懂得上帝，上帝在她心中是仁慈、善良的代表，通过对比凸显出人类的冷酷无情。】

她一边套着那匹因过分肥胖而无精打采的枣红马沙拉普，一边跟它说着话：

"别老是无精打采、闷闷不乐，上帝的劳力，嗯？你已经老了……"

那马喘息着，摇着头。

然而外祖母念叨上帝的名字，并不像外祖父念叨得那么勤。我觉得外祖母的上帝很好理解，也不可怕，你在他面前不能撒谎，因为撒谎是可耻的，因此对外祖母我从没有半句谎言。对这位仁慈的上帝隐瞒什么简直是不可能的，我似乎连隐瞒的念头都从未有过。

▶ 童年

　　有一天，酒馆女主人跟外祖父吵架，她捎带着把没参加吵架的外祖母也一块骂上了，骂得很凶，甚至还向她扔胡萝卜。

　　"哎哟，你真糊涂，我的太太。"外祖母心平气和地对她说。这可把我给气得不行，我暗下决心对这个恶婆子进行报复。

　　我琢磨了好长一阵子，用什么办法才能使这个双下巴、细眼睛、红头发的胖女人受到一次更大的打击。

　　根据我对邻居们闹纠纷的观察，知道他们互相采取报复的办法有这几种：割掉猫的尾巴、毒死狗、打死公鸡和母鸡，或者在深更半夜偷偷地溜进仇人的地窖，把煤油倒进腌白菜和黄瓜的木桶里，把桶里的葛瓦斯放出来，但这一系列的"办法"都不是我中意的，必须想出一个更惊人、更厉害的办法来。

　　我终于想出了一个办法：趁酒馆女主人下地窖的时候，我关了窖口的顶盖，上了锁，还在上面跳了一通复仇者之舞，然后把钥匙扔到房顶上，最后一溜烟地跑进了厨房里。外祖母正巧在那里做饭。【名师点睛：一系列动词，精彩地再现了"我"恶作剧式的复仇行动，将"我"对外祖母的热爱和对酒馆女主人的憎恶这鲜明的爱憎生动地表现了出来，读来让人忍俊不禁。】

　　她没有马上弄明白我为什么这样高兴，但当她弄明白之后，就狠狠地拍了我几巴掌，还朝我的屁股上踢了一脚，然后把我拖到了院子里，让我到房顶上去找钥匙。我对她的这种态度感到十分吃惊，但我还是照办了，默默地把钥匙找了回来，之后便跑到院子的角落里躲了起来，从那里观看她如何释放被关的酒馆女主人，看她俩怎样在院子里一边走一边说笑。

　　"好小子，我要叫你知道点厉害。"酒馆女主人挥着胖胖的拳头威吓我说，但她那看不清眼睛的圆脸上流露出的是和蔼的微笑。外祖母揪住我的领子，把我拉进厨房里，问道：

　　"你告诉我，为什么要这样做？"

"谁让她拿胡萝卜扔你……"

"这么说,你这么做全是为了我?居然是这样!我把你这个废物塞到炉子底下喂老鼠,你就能清醒过来了!你算个什么保护者啊——一个小气泡泡罢了,一捅就破!我这就去告诉你外祖父,他不扒掉你一层皮才怪呢!快,到阁楼上念书去吧……"

她一整天没理我,到了晚上,在祷告之前,她坐到床上,才对我庄重地说了几句令我永生难忘的话:

"听我说,阿廖沙,亲爱的孩子,你要记住,可别再干这种事了,不要去管大人的事!大人都学坏了,他们正在经受着上帝的考验,而你还没有,你就应该按着孩子的想法生活。你要等着上帝打开你的心灵,来指导你应该做什么,走上他为你安排的生活之路,明白吗?至于谁犯了什么过错,这些都不关你的事,让上帝来评判,来惩罚吧!这应该由他来管,而不是我们,明白吗?"【名师点睛:外祖母对"我"的教训流露出她对"我"的关爱、引导,是她人生观的体现,也让我们找到了外祖母逆来顺受、一味忍耐这一性格形成的思想根源。】

她沉默了一会儿,嗅嗅鼻烟,眯缝起右眼,又补充说:

"不过,谁犯了过失,是件很复杂的事情,有时就连上帝自己也不是总能搞清楚的。"

"难道上帝也不是什么都知道的吗?"我惊讶地问。

"他要是什么都能知道,那么有许多坏事,人们也就不敢这么明目张胆地干了。他老人家一直从天上俯视着人间,朝我们大家看了又看,有时他也会放声大哭起来,一边哭一边说:'你们,我的小民们,我的亲爱的小民们啊!噢,我是多么可怜你们啊!'"

说到这儿,她自己也哭,还没擦掉脸颊上的泪水,就到屋角祷告去了。【名师点睛:神态、动作描写,描写外祖母碰到伤心事时潸然泪下的样子,凸显出她对生活的无奈。】

从那时起,她的上帝对于我来说更加亲近了,也更好理解了。

▶ 童年

外祖父也是这般教导我的，他说上帝无所不在，无所不见，上帝不管在什么事情上都能给人以善意的帮助，不过他的祈祷却和外祖母的截然不同。

每天早晨，他总是洗了又洗，然后把衣服穿得整整齐齐的，仔细地梳着他那棕红色的头发，理理胡子，照照镜子，再把衬衫拉拉直，一定要把黑色的领巾塞进坎肩里，然后小心翼翼地走到圣像前。他总是先在那块有马眼睛一般圆节子的地板上默默地站上一会儿，低下头，像个士兵似的两只手垂直贴着身子，然后挺直细瘦的腰板，庄严地开口了：

"以圣父圣子和圣灵的名义！"

我老觉得，在他说过这句话之后，屋子里就似乎变得特别肃穆，就连嗡嗡飞着的苍蝇，也都飞得小心翼翼了。

他昂起头站在那里，眉毛微微扬起，头发竖立，金黄色的胡子向前平伸着。他准确地念着祈祷词，就像在念功课，声音清晰而严肃。

"即使审判官来了也枉然，每个人的行为都已经暴露，一切都必有应得……[正东教教徒早祷的起始祷词]"

他攥起拳头轻轻地抚着自己的胸脯，坚决地请求道："上帝啊，我只对你一个人有罪，请背过脸去，不要看我的罪恶吧……"

他一字一句地读着《圣经》，他的右腿哆嗦着，仿佛在无声地给他的祈祷打着拍子。他紧张地向圣像探着身子，仿佛长高了，变得越来越细，越来越瘦了。他浑身都是那样清洁、整齐，语调也是和以前一样充满号召力。【名师点睛:细节描写，用细腻的笔法描摹了外祖父祈祷时的神态，体现出他对上帝无比的崇敬。】

"诞生一个医师吧，请医治我心中多年的痛苦吧！我从内心不断发出痛苦的呻吟，也呼唤着你，发发慈悲吧，圣母！"

他大声诉说着，绿眼睛里满含着泪水：

"我的上帝啊，我的信仰可以对我的行为负责，请不要责怪我曾经做的事情，也不要为我辩护，那些事情绝对能证明我的无辜！"

他不停地在胸前画着十字，抽筋似的点着头，发出尖利的呜咽声。后来我去犹太教会，才发现他是跟犹太人一样祈祷的。

茶炊在桌上扑扑地响着，屋子里飘荡着奶渣煎黑面饼的热烘烘的味道。这逗起了我的食欲。外祖母阴着脸，垂着眼皮，叹着气。快乐的阳光从花园照进窗户，珍珠般的露水在树枝上闪耀着五彩的光。早晨的空气中散发着茴香、酸栗、熟苹果的香味儿。外祖父还在祈祷：

"上帝啊，请熄灭我们心中强烈的欲望之火吧，因为我又贫困又罪孽(niè)[指应当受到报应的恶行]深重啊！"

晨祷和晚祷的全部祷词我都记熟了，正因为如此，我每次都会全神贯注地听外祖父有没有念错的、漏掉字的地方。

这种事很少，但一旦发生，我便有点幸灾乐祸[指人缺乏善意，在别人遇到灾祸时感到高兴]。

外祖父做完祈祷，扭头对我和外祖母说：

"你们好啊！"

我们马上鞠躬，然后在餐桌旁坐下，我对外祖父说：

"你今天漏了'补偿'两个字！"

"胡说吧？"他神情紧张地问道，有点不大相信。

"真漏掉了！应该是'但是我的信仰补偿了一切'，你没念'补偿'这两个字。"

"真是这样！"他感叹道，抱歉地眨了眨眼睛。

过后他准会找碴儿对我多管闲事痛加报复，但这会儿看着他那副窘态，我有点得意。

有一次，外祖母半开玩笑地说：

"老爷子，上帝听你的祷告大概会感到很乏味的吧，你的祷告永远那么千篇一律。"

"你居然敢这么说？"他拉着长调恶狠狠地说，"你说什么？"

113

▶ 童年

"我是说,我听来听去,你从没对上帝把自己的心掏出来,你说过一句心里话吗?"

外祖父涨红了脸,羞愧难当,浑身颤抖起来,一下子跳到了椅子上,抓一个碟子就朝外祖母头上掷去,一边掷一边吱吱哇哇地尖声喊叫,像锯木头时锯齿碰上了木头节子似的。

"走开,你这个老妖婆子!"【名师点睛:描写外祖父的神态、动作和语言,展示出他并不是在虔诚地祈祷。他性格暴戾,是一个虚伪的信徒。】

他给我讲上帝威力无比时,总是先强调这种力量的残酷无情。他说,如果人们犯了罪就会被淹死,要是再犯罪,就会被烧死,他们的城市就会被毁灭,成为一片废墟。上帝总是用饥饿和瘟疫来惩罚人们,用宝剑统治人间,用皮鞭惩罚罪人。

"不听从或违反上帝法律的人,都要遭到灾难和毁灭的惩罚!与上帝作对必然灭亡!"他用细细的手指关节敲着桌子,教训道。

我不相信上帝如此残酷无情,我怀疑这一切都是外祖父故意臆想出来的,为了让我在他面前而不是在上帝面前感到恐惧。于是我直截了当地问他:

"你说这个,目的是吓吓我,让我听你的话吧?"

他也直率地回答我说:

"嗯,那当然是啦,你还敢不听话吗?"

"那外祖母为什么不这么说呢?"

"小子,你不要去相信那个老糊涂虫的话!"他严厉地教训我说,"她从小就很愚蠢,既不识字,又没有头脑,这种人,以后我不允许她再给你讲这些重大的事情!你回答我,天使共分多少级别[按基督教的教义,天使共分九级]?"

我作了回答,接着问道:"这些当官的都是些什么人啊?"

"瞎扯,瞧你扯到哪儿去了!"他嘿嘿一笑,避开了我的目光,咬着嘴唇,不大高兴地解释说,"这跟上帝没关系,上帝不做官,当官,

114

这是人间的事情！当官的是吃法律的人[在俄语里，"法律家"和"吃法律的人"只有一个字母之差，外祖父把前者误读为后者]，他们把法律都吃掉了。"

"那什么是法律？"

"法律？法律就是习惯。"老头子说到这儿来了精神，他那双聪明的善于讥讽人的眼睛闪闪发亮，"人们在一起生活，互相商定，认为哪个办法最好，我们就把它当作习惯，立下规矩，于是就有了法律！比如：小孩子在一起玩耍，得先说好怎么个玩法，按什么规矩玩，嘀，这个规定就是法律！"

"那这些官是干什么的？"

"官，就像最淘气的小孩子，他们一来，就把一切法律都破坏了。"

"为什么呢？"

"得了，这事你弄不明白！"他严肃地皱起眉头说，接着又教训了起来：

"上帝管着人间的一切事务！人们要这样干，他偏偏要那样干。人们的事情都是不可靠的。只要上帝吹一口气，一切都会化为尘土灰飞烟灭。"【名师点睛：外祖父的上帝无所不能、专横残暴，实际上是他自身粗暴、冷酷、自私性格的一个写照。】

有很多原因使我对官员发生兴趣，我不停地追问他：

"可是雅科夫舅舅总是这样唱：

上帝的官，你们是光明的天使，

人间的官，你们是撒旦的奴隶！"

外祖父用手把胡子微微托起，把它塞进嘴里咬住，闭上了眼睛，腮帮子颤抖着。我明白，这个时候他正在暗自发笑呢。

"真应该把你和雅科夫捆在一起，扔到河里去！这些歌不该让他唱，你也不该听。这都是那些分裂派教徒开的玩笑，是异教徒瞎想出来的！"

▶ 童年

他一副若有所思的样子,目光越过我的头顶,望着远方,轻轻地拉着腔调说:

"唉,你们这些人啊……"

不过,虽然他把上帝说得高不可攀,但他也像外祖母一样,请上帝参与他的事情——不仅请上帝,而且还请众多的圣徒来参与。外祖母对这些圣徒一无所知,她只知道尼古拉、尤里、弗洛尔和拉夫尔,虽然这些圣徒也非常仁慈,对人们也格外友善——他们走遍了乡村和城镇,走进千家万户,干预人们的生活,具有人们的一切属性。外祖父的圣徒几乎都是一些受难者,因为他们踢倒了神像,同罗马教皇进行争论,并为此受拷打、烧死、剥皮等酷刑。

外祖父有时还会幻想,他时常这样讲:

"上帝啊,帮我把这座房子卖掉就好了,哪怕赚五百个卢布也行,我情愿为圣徒尼古拉做一次感恩祈祷!"

外祖母用嘲笑的口吻对我说:

"你瞧,尼古拉居然替这个老糊涂卖起房子来了,真好像他老人家没有什么别的更要紧的事可做似的!"

外祖父教我认字的一本教历我保存了好久,那上面有他亲笔写的各种各样的字,比如在圣徒约阿基姆节和安娜节的背面,他用红墨水写着直体字:

"慈悲的圣母,拯救我免于灾难吧!我的恩人啊!"

我记得他所说的那场"灾难":外祖父为了帮助不争气的儿子们,开始放高利贷,秘密地接收典当。有人告发了他。一天夜里,警察突然冲到家里来搜查,大闹了好一阵子,结果却平安无事地过去了。外祖父一直祷告到太阳出来,早晨他当着我的面把这句话记在了教历本子上。

晚饭前,他和我一起念诗篇、祷词或叶夫列姆·西林[公元四世纪时期俄国的一位神甫,教会著作家]的那本艰深的著作。吃过晚饭,他又站在那里祈祷,在傍晚的寂静中,他那凄婉的忏悔祷词在屋子里回荡:

"我该如何地供奉你,报答你啊,伟大而不朽的上帝……请保佑我从此不要受任何诱惑……上帝啊,请保佑我不受别人的欺负……让人们为我流泪,在我死后记住我吧……"

不过,外祖母却常常说:"哎哟,今天我可累坏了!看样子不做晚祷就得躺下睡了……"

外祖父经常领我到教堂去,每周六都去做晚祷,假期则去做晚弥撒。在教堂里,我也把人们对上帝的祈祷加以区别:神甫和助祭所念的一切,是对外祖父的上帝祈祷,而唱诗班所赞颂的则是外祖母的上帝。我讲的只不过是孩子眼中两个上帝的区别,然而这种区别曾经痛苦地撕裂着我的心灵。

外祖父的上帝总是使我感到恐惧和产生敌意,因为他谁也不爱,总是用严厉的目光注视着一切,他首先在人们的身上寻找和发现坏的、恶的、有罪的一面。他永远严厉地注视着一切,显而易见,他是不相信人的,总是在等着人们的忏悔,热衷于惩罚人们。【名师点睛:"我"对外祖父的上帝的恐惧,其实也是"我"对外祖父的恐惧。】

在那些日子里,对上帝的思索和感情成了我的主要精神食粮,是我生活中最美好的东西,对其他一切的印象都是残酷无情、污秽不堪的,只能让我生气,引起我的反感和沮丧。如果我头脑中还有任何一点特别的印象的话,上帝是我周身一切事物中最美好最光辉的东西。外祖母的上帝是一切生物的可爱的朋友,我沉浸在爱的光辉中。当然,有个问题也让我始终不明白:为什么外祖父就看不见这个仁慈的上帝?【写作借鉴:运用反问鲜明传达出"我"对"两个上帝"的爱憎倾向,强烈地表达了"我"对充满仁慈关爱之心的上帝的热爱,语气强烈,引人深思。】

家里人从不让我上街去玩,因为我一上街就特别兴奋,简直就像喝醉了酒似的,几乎每次出去都会闯祸。

我没有什么朋友,街上的孩子们对我抱有敌意,他们发现我不喜欢大家叫我卡希林,就越发故意地叫得厉害:

▶ 童年

"嗨，瘦鬼卡希林家的外孙出来了，你们瞧啊！"

"揍他！"

于是，一场恶战无可避免地开始了。

虽然我比他们的岁数小，但我力气大，打起架来灵巧得很，所以我的对手们总是合起伙来对付我。我经常寡不敌众，被整条街的孩子们毒打。每次回家的时候，总是鼻青脸肿的，衣服被扯得稀烂，浑身都是泥。

外祖母见到我这副模样，总被吓一跳，关切地说：

"哎呀！怎么啦？小萝卜头，又打架啦？怎么弄成这个样子，啊！我可怎么给你收拾呀⋯⋯"【名师点睛：通过生动的语言描写，表现出外祖母对"我"的调皮捣蛋很无奈，另一方面又很心疼"我"。】

她给我洗了洗脸，在被打青的地方敷上湿海绵，抹上醋酸铅水，或贴上一枚铜钱，还劝我说：

"你干吗老打架，嗯？在家里倒是挺老实的，一到大街上就不是那么回事了！你这个没有羞耻的。我这就去告诉你外祖父，他非把你关起来不可⋯⋯"

外祖父看见我脸上的伤，从来不骂我，只是咂咂嘴，发出像牛一样含混不清的声音："又挂上奖章了？你这个小英雄，看你以后还敢不敢往街上跑，听见了吗？"

我对安安静静的大街没什么兴趣，但一听到孩子们欢快的吵闹声，我就抑制不住了，不顾外祖父的禁令，撒腿就从院子里跑出去了。被打得鼻青脸肿倒并不可气，但大街上的那些恶作剧和残暴的行为，却不能不叫人气愤。那些我所熟悉的残暴行为，有时竟达到了疯狂的程度。我看见小孩子唆使狗或公鸡斗架，虐待猫，追赶犹太人的羊，嘲弄喝醉酒的乞丐和外号叫"衣袋里的死鬼"的孩子伊戈沙，就忍无可忍。

这个伊戈沙又高又瘦，浑身黑得像被烟熏过一般，穿一件破旧而沉重的羊皮统子，铁锈一般皮包骨的脸上长满了硬毛。他弯着腰在大

118

街上行走，奇怪地晃动着身子，一声不吭，死死盯着地皮。他那张有一对细小而忧郁的眼睛的铁灰色的面孔，使我敬畏，我觉得这个人好像正在做一件了不起的事情。他正在寻找什么东西，一点也不在乎，继续向前走。

小孩子们跟在他的身后乱跑，往他的驼背上扔石子，他似乎没觉察到他们，也不觉得疼。他突然站住了，伸直身子，仰起头，用哆哆嗦嗦的手整一整头发上的皮帽子，往四下里看看，仿佛刚刚醒过来似的。

"伊戈沙，'衣袋里的死鬼'，你上哪儿去呀？小心点儿，你衣袋里装着一个死鬼！"小孩子们冲着他叫喊着。

他用力捂住衣袋，赶忙弯了腰，从地上抓起石子、短木块和干泥团，一边笨拙地扬起长胳膊回击，一边咕咕哝哝地骂着。他总是骂那一两句脏话，永远也变不出花样来。小孩子们骂人的脏话，可比他丰富多了。有时他一瘸一拐地去追赶他们，身上那件很长的羊皮筒子总是妨碍他跑。他不幸被绊倒了，双膝跪在地上，用两只干树枝似的手支撑着地面。孩子们趁机用石子变本加厉地猛打他的腰和脊背，胆子大的孩子跑到他的跟前，往他头上撒一把土，又飞也似的跑开了。【名师点睛：场面描写，描写了小孩子们用各种方法殴打、侮辱伊戈沙，表现出"我"对他的同情和怜悯。】

更令人难过的是，身材高大、品行端正、沉默寡言的老师傅格里高里·伊万诺维奇，他完全瞎了，开始沿街乞讨。他木然地迈着步子，一个脸色灰乎乎的矮个子老太婆牵着他的手，牵引着他站在人家的窗下。她眼睛朝一边望着，拉着尖细的长腔喊道：

"大家行行好吧，看在上帝的分上，可怜可怜这个又穷又瞎的人吧……"

格里高里·伊万诺维奇一声不响。他那黑色的眼睛直直地瞅着一切，房屋的墙壁、窗户或迎面而来的人们的面孔。他那只被染料染透了的手，轻轻地捋着大胡子，双唇紧紧地闭着。

▶ 童年

　　我常常看见他,但从未听见过从他那紧闭的嘴唇里发出一点声音。老人的沉默,使我感到胸口压抑得难受极了。我不能到他跟前去,从来也不敢走近他,相反,我一看见他,就跑回家告诉外祖母说:

　　"格里高里师傅在大街上要饭呢!"

　　"啊,是吗?"她不安地、怜悯地叫了一声,"拿着,快给他送去!"

【名师点睛:从外祖母的神态和语言中可以看出,外祖母依然将当初对他们家有恩的格里高里记在心里,表现出她慈善的一面。】

　　我说什么也不肯接受这个差使,她只好亲自走出大门,站在人行道上,同格里高里谈了好长好长时间。他微笑着,晃动着大胡子,像个散步的老者一样,但很少说话,即使说,也不外乎三两句。

　　有时外祖母把他请到厨房里来,请他喝茶、吃东西。有一次他问我在哪里,外祖母喊我,但我跑了,在柴火堆里躲了起来。我不能到他跟前去,因为在他面前,我觉得非常难堪,有一种难以忍受的羞愧感。我知道,外祖母也很难为情,我们对格里高里都绝口不提。有一天,外祖母把他送出大门后,悄悄地在院子里走着,低着头,哭了。我走到她跟前,拉着她的手。

　　"你干吗老躲着他?"她小声问我,"他很喜欢你,他可是个好人,你为什么躲着他……"

　　"外祖父为什么不养活他了?"我问。

　　"外祖父吗?"

　　她止住了脚步,没回答我的问题,只是把我搂进了怀里,用几乎是耳语的低声说:

　　"记住我的话:上帝为了这个人,一定会狠狠地惩罚我们的。一定会的……"

　　果然,十年后,惩罚终于到了。那时外祖母已经永远地安息了,外祖父沦为乞丐,疯疯癫癫地沿街乞讨,站在人家窗口下低声哀求着:

　　"我的好厨师们啊,给我个面包吧,一小块就行!唉,你们这些人啊……"

从前的那个他，现在只剩下心酸的枯燥单调的一句话了：

"唉，你们这些人啊……"

除了伊戈沙和格里高里让我一看见就感到别扭外，还有一个我一看见就赶快躲的人，就是那个放荡的女人沃罗尼哈了。

这个女人一到节假日就露面了。她身材高大，头发乱蓬蓬的，总是喝得烂醉。她走起路来姿势也很特别，仿佛不是用脚在走动，像是一朵乌云在飘浮。她一边走，一边哼着猥亵的曲子，所有碰见她的人都躲着她，躲在自家的大门后边、墙角下、店铺里。她一走过就好像在清扫大街似的。她的脸总是铁青铁青的，脸蛋胀得像个尿泡，一双大灰眼睛既可怕又可笑地瞪着，有时她满眼含泪，放声哭泣：

"上帝啊，我的孩子们，你们在哪里啊？"

我问外祖母：

"这是怎么回事？"

"这你不该知道！"她阴沉着脸回答，但她仍然简短地告诉了我，"这个女人原来有个丈夫，叫沃罗诺夫，是个当官的，他想谋求到一个更高的官职。为了往上爬，便把自己的老婆卖给了他的上司，而这个上司把她带到别的地方去了，她已经有两年时间不在这里了。

"当她回来时，她的两个孩子——一个男孩和一个女孩全死了。丈夫也因为赌钱输掉了公款，进了监狱。这个女人也伤心透了，便开始酗酒、闲荡、胡闹起来，每逢节日的夜晚，她就被警察抓走了……"

总之，家里还是比大街上好。特别是吃完午饭以后的那一段时光更好。这时，外祖父到雅科夫舅舅的染房去了，外祖母坐在窗户旁，给我讲各种有趣的童话故事，还有以前从不提及的我父亲的事。

<u>她从猫嘴里夺下来一只八哥</u>，把它折断了的翅膀剪掉，在它腿上被咬伤的地方巧妙地绑上了一个小木片，把它的伤治好了以后，还教它说话。她倚着窗框，<u>整小时地站在鸟笼子的前面</u>，活像一只善

121

▶ 童年

良的大野兽，用低沉的声音对那只善于模仿的黑得像木炭似的小鸟没完没了地重复说：【名师点睛：一系列动作描写，表现了外祖母的善良和富有爱心。】

"喂，你快说：给俺小八哥开饭！"

八哥用它那幽默家似的活泼的圆眼睛斜视着她，用木片做的腿敲打着薄薄的鸟笼子底儿，伸着脖子学黄鹂鸟，滑稽地模仿松鸦和杜鹃的啼鸣，又卖力地学猫狗喵喵汪汪叫，可就是学不会人话。

"你别淘气！"外祖母一本正经地对它说，"你说：'我是小八哥，给我开饭！'"

于是这只长满羽毛的黑猴子，便用震耳的声音喊出了像外祖母教给它的话。老太太被逗乐了，用手指把粟米饭递给了这只鸟，并说：

"我就知道你这个小滑头，我说你行，你就什么都行，还故意装相，你什么都能学会！"

她果然把八哥教会了。过了一些时候，它已能发音相当清楚地要饭吃了。远远地见到了外祖母，便扯着嗓子喊出像"你——好——哇……"之类的声音。

这只鸟最初挂在外祖父的屋里，可时间不长，外祖父就把它赶到我们阁楼上来了，因为它总戏弄我外祖父。当外祖父发音清晰地念出祷词时，它就从笼子里伸出蜡黄的鼻子，像打口哨似的尖叫：

"啾，啾，啾——一二，秃——一二，踢——一二，球啊！"

外祖父觉得这是对他的一种侮辱。有一次，他停下了祈祷，把脚一跺，狂怒地喊道：

"我要杀了它，快把这个魔鬼拿走！"

家里还有许多有趣和值得回忆的事，但有时，一种无法排遣的苦恼压抑着我，我整个的身心就像被注满了一种沉重的东西，我好像长久地生活在一个不见天日的深渊里，失去了视觉、听觉和其他的感觉，如同一个瞎子，聋子，一个半死不活的人……【名师点睛：通过细

腻的心理描写，表现出对于年幼的"我"来说，生活的不幸遭遇让心灵遭受了不小的创伤。】

Z 知识考点

1.有一次，酒馆女主人和_____吵架，本来跟外祖母没有关系，但是她依然骂外祖母，而且还向外祖母扔_____，于是，阿廖沙决定报复。他想到的办法很滑稽，比如_____、_____、_____，或是半夜溜进_____，破坏主人家腌制的_____和_____，但是他自己对这样的主意很不中意。

2."当官的是吃法律的人"这句话是（　　）说的。

　　A.外祖父　　　B.外祖母　　　C.雅科夫　　　D.米哈伊尔

3.外祖母向上帝祈祷，并且将生活中难以实现的愿望寄托给上帝，希望上帝帮忙，请你用自己的话把相关情节概括出来。

_____
_____
_____

Y 阅读与思考

1.外祖母和外祖父信仰的上帝有什么不同？从中可以看出两个人什么样的性格差异？

2.本章中又出现了老师傅格里高里，阿廖沙对他怀有什么样的态度？

3.从本章中可以看出阿廖沙是一个什么样的孩子？请举例说明。

▶ 童年

第八章
奇怪的房客

M 名师导读

　　外祖父在毫无征兆的情况下变卖了房产,买了一栋新房,这里住满了形形色色的房客,其中有一位叫"好事"的房客。他沉默寡言,跟周围的人格格不入,但是阿廖沙和他成了好朋友。阿廖沙眼中的这位"好事"到底是个什么样的人呢?他们之间又有着怎样的友谊呢?他又为什么被撵走了呢?

　　外祖父很突然地把房子卖了,卖给了酒馆的老板,然后又在缆索大街上买了一栋新房子。这条大街由于还没有铺路面,长满了青草,但整洁而安静,一直通向田野。两排色彩斑驳的小房子默默地矗立在大街的两旁。

　　这栋新房子看起来比原来的那栋更漂亮,更招人喜欢。深红色的墙面,给人以温暖舒适的感觉,三扇天蓝色的窗户和装有护栏板的阁楼单扇小窗,干净而明亮。左面的房顶自在地享受着榆树和菩提树慷慨的浓荫。【名师点睛:搬家之后,"我"对外祖父的新家充满了好奇与新鲜感,新的环境带来了新的气息,同时也带来了新的希望。】院子里,花园里,有很多僻静的角落,既舒适又隐蔽,最适合捉迷藏了。最漂亮的是花园,园子不大,但花木茂盛,这令人感到愉快。花园的一角是个矮小的澡堂,看上去像一个玩具小屋;另一个角上是个杂草丛生的大坑,里面有一根粗黑的木头,这是原来被烧毁的澡堂留下的痕迹。花园挨着奥夫相尼科夫上校马厩的围墙，右边是贝特林格家的房屋，前面连着开牛奶铺的彼得罗夫娜的宅子。彼得罗夫娜是个红皮肤的胖女人，说起话来像爆豆，吵吵嚷嚷的。她的小屋在地平线之下，矮小而破旧，上面长着一层青苔，两个小窗户默默地注视着远方覆盖着森林的原野。田野里整天有士兵在操练，刺刀在秋阳的余晖下闪着银光。

整个的宅院里的人是我以前从未接触过的：前院住着一个鞑靼军人，他的妻子是个矮个子，身体又圆又胖。她每天嘻嘻哈哈，常常弹着一把装饰精美的吉他，嗓门洪亮，反复唱着一支欢快热情的歌：

光有爱情不快乐，

还要再找一找！

要想方设法找到它。

沿着这条正道走，

你一定能得到应有的回报！

噢，多甜蜜的奖励呀！

那个鞑靼军人也是胖乎乎的，像个皮球。他每天坐在窗户旁，鼓着发青的脸，瞪着一双棕黄色的眼睛，不停地抽着烟斗，像狗叫似的咳嗽着：

"呜汪，呜汪，呜汪——汪——"

地窖和马厩上面，是一间温暖的小屋，里面住着两个运货物的马车夫。一个是长着满头灰发的小个子——彼得大伯；一个是他的哑巴侄子斯捷帕，是个胖胖的、身强力壮的小伙子，他的脸就像一个红铜托盘。还有一个总是闷闷不乐的细高个子——勤务兵瓦列伊。这都是一些新奇的人物，他们身上有许多我不熟悉的东西。

唯一一个能吸引我，引起我特别注意的，是一个外号叫"好事"的包伙房客。他租下了后院紧挨着厨房的一间房子，这间房子很大，有两扇窗户，一面朝着花园，一面对着院子。

这个人很清瘦，还有点驼背，脸色白净，留着两撇小黑胡子，眼

▶ 童年

镜后边闪烁着一对有神的黑眼睛。他平时沉默寡言，一向不被人注意，每当叫他吃饭、喝茶的时候，他总是回答：

"好事。"【写作借鉴：运用了铺垫的写作手法，描写了"我"对"好事"的第一印象——和善和沉默寡言。正因为对"好事"不了解，所以增添了"我"的好奇心，为后文介绍两人的友谊做了铺垫。】

不论当面还是背后，外祖母都总是这样说：

"去叫'好事'来喝茶。""你怎么吃得这么少啊，'好事'？"

他的屋子里有很多小箱子，还有用我不认识的民用字体[即现在的通用字体。"我"学的是教会斯拉夫体，所以说不认识这种字体]刊印的厚本书，另外还有盛着各种颜色的液体的小瓶子、铜块、铁块和铅条。他每天穿着一件棕红色的布上衣，一条浅灰色的方格裤子，身上不知沾满了什么色的颜料，散发出一股难闻的气味。他头发蓬乱，动作笨拙，老是在那儿熔化铅，焊接什么铜器，或者在小天平上称着什么，嘴里嘟嘟囔囔地自言自语。有时烧伤了手指，他就急忙用嘴往上吹气，然后又跌跌撞撞地走到挂在墙上的图纸前，擦擦眼镜，瞅着图纸。他那又细又直的鼻子，几乎碰到了图纸，感觉他不是在看图纸，像是在那里闻它似的。【名师点睛：通过一系列的动作、表情等描写，刻画出"好事"喜欢科学研究、一丝不苟、善于思考的特点。他从事的神秘事业，也深深地吸引着读者，使读者想一窥究竟。】有时他会突然在屋子中间或窗户旁停下来，闭上眼，仰着头，一声不响，呆呆地站上老半天。

我爬上棚顶，隔着院子透过窗户偷偷地看着他——我看到桌子上酒精灯的蓝色火苗和一个黑色的人影。他在一个破笔记本上写着什么，眼睛上那副眼镜像两片薄冰，闪着寒冷的青光。

这个人变魔术般的工作引起了我强烈的好奇心，使我在棚顶上一待就是几个钟头。有时，他站在床前，一动不动，就像站在木框里似的，倒背着手，直望着板棚的屋顶，突然，他又跑到桌子跟前，弯下腰，仔细地在桌子上寻找着什么东西。

我想他如果是一个有钱人，穿得得体，我会很怕他的，但是他好像并不富裕：上衣的领子里露出皱皱巴巴的衬衣领子，污迹斑斑的裤子又添了几块补丁，光脚穿着一双走了形的破鞋子。穷人一点也不可怕，也没有什么危险，外祖母对他们的同情和外祖父对他们的鄙视，使我不知不觉相信了这一点。

全宅院里的人都不喜欢这位"好事"，大家都以嘲笑的口吻谈论着他：军人性格活泼的妻子管他叫"白鼻儿"，彼得大伯管他叫"药剂师"和"巫术师"，外祖父管他叫"魔术师""危险分子"。【名师点睛："好事"并不被在院里生活的人们接受，因为他穿着不得体，又脏又破，行为古怪，神神秘秘，与身边的人格格不入，那么注定他在这里很难长久地待下去。】

"他到底在干什么？"我问外祖母。

她大声地喝道："这不关你的事，别多管闲事，听见了吗？"

终于有一天，我鼓足了勇气，走到他的窗前，强压着内心的紧张，小心地问道："你在干什么？"

他好像被吓了一跳，从眼镜上边打量了我半天，然后伸出一只满是溃疡和伤疤的手，温柔地说道："爬进来吧……"

他不叫我从门口进去，而是让我跳窗户，这让我更觉得他很了不起。他平静地坐在一只箱子上，让我站在他的跟前，他把我一会儿推开，一会儿拉近，最后，他小声问我："你是从哪儿来的？"

这太奇怪了，我每天在厨房里吃饭、喝茶，一天有四次都是和他坐在一起的呀！

我回答道："我是房东的外孙子……"

"哦，这就对了。"他一边说一边看着自己的手指，说完就又不说话了。

这时，我认为有必要向他解释一下：

"我不姓卡希林，我姓别什科夫……"

"别什科夫？"他不相信地重复了一句，"好事。"

127

▶ 童年

他推开我，站了起来，一边向桌子走去，一边说：

"好吧，那你就乖乖坐着吧……"

<u>然后他又开始了他那奇怪的工作。我安静地坐在那里，好奇地看他怎样用老虎钳子夹那块铜。老虎钳子下的底板上撒满了金光闪闪的铜末。接着他把铜末撮成一把，撒到一个厚玻璃杯里，又从一个罐罐里倒出了些食盐似的白糖，然后往一个黑瓶子里倒了点东西，于是杯子里便发出了咝咝的声音，还冒出了烟，一股呛人的气味直扑我的鼻孔，我忍不住咳嗽起来，可这位魔术师却自豪地问道</u>：【名师点睛：一系列动作描写表现了"好事"工作的认真与严谨。】

"挺难闻吧？"

"是啊！"

"这就对了，小兄弟，这好极了！"

"有什么好的！"我心里想，于是便严肃地说：

"既然难闻，那就不怎么样……"

"是吗？"他瞟了我一眼，大声说，"小兄弟，那可不一定！喂，你喜欢玩打拐子吗？"

"你是说玩打洋拐子吗？"

"对，玩打洋拐子，喜欢玩吗？"

"喜欢！"

"你想不想让我给你做个灌铅的洋拐子？用它来打，准极了！"

"好啊！"

"那你就做个洋拐子吧。"

他慢慢地朝我走过来，一边走一边用一只眼睛瞧着手里冒烟的杯子，走到我跟前后，说道：

"我给你做个灌铅的洋拐子，你以后就别到我这儿来了，好吗？"

<u>这可把我给气坏了。</u>

"你就是不做，我以后也不会再来了……"【名师点睛：为了能够结交

128

一位朋友,"我"主动与"好事"接触,却吃了闭门羹,"我"顿时气坏了。"好事"到底在做什么呢?悬念层层推进。】

我气冲冲地离开他的房间,走到花园里去了。外祖父正忙着把厩肥堆到苹果树根上。已经是秋天了,果树早已开始落叶了。

"快过来,把草莓的枝蔓剪齐。"外祖父把剪刀递给了我,说道。

我问祖父:"'好事'究竟在干什么?"

"他在破坏屋子,"他气愤地回答,"把地板给烧坏了,把墙纸给撕破了。我这就要告诉他,叫他马上搬走!"【名师点睛:外祖父的狭隘,以及他对"好事"的不理解,从侧面反映出"好事"所从事的科学研究在当时的社会环境中并不被人们所认可。】

"就该这么办!"我附和着,并得意地开始剪草莓的枯蔓。

但我这话好像说得有点太早了。

秋雨连绵的晚上,若是外祖父恰巧不在家,外祖母就会在厨房里举办好玩的晚会。她会邀请所有的房客——马车夫、勤务兵——都过来喝茶,那个泼辣的彼得罗夫娜常来,有时连那个活泼的女房客也来。"好事"来了以后,就靠墙角坐着,守着炉子,一动不动,一句话也不说。哑巴斯捷帕和鞑靼勤务兵瓦列伊在那里玩纸牌。瓦列伊一边用底牌戳了一下鞑靼人的大鼻子,一边说:

"你这个魔鬼!"

彼得大伯拿出一大块面包和一大瓦罐"种子"果酱,他把面包切成片,然后抹上一层厚厚的果酱。他手托着这些涂上草莓酱的香甜可口的面包片,弓着身子,彬彬有礼地分送给大家。

"各位,请赏光吃一片吧!"他诚恳地请求道。当人们从他的手里拿走面包后,他便仔细地检查一遍他漆黑的手掌,若是发现上面有一滴果酱,他就要用舌头把它舔掉。

彼得罗夫娜带来了一瓶甜樱桃酒,那个活泼的女人拿来了核桃和糖果。一场热闹的晚宴开始了,这是外祖母最喜欢的娱乐。

129

▶ 童年

　　"好事"以羊拐子为借口让我不要再去找他之后，外祖母又举办了一次这样的晚会。外面淅淅沥沥的秋雨连绵不断，树叶伴着飒飒秋风簌簌作响，树枝拍打着墙壁，咔吧咔吧地直响。可厨房里既暖和又温馨，大家紧紧地围坐在一起，说着笑着，个个都显得特别亲切。外祖母很少像今天这样滔滔不绝地讲起童话故事来，而且讲得一个比一个精彩。

　　外祖母得意地坐在炕沿上，双脚稳稳地踏在炕炉的台阶上，俯下身来慈祥地望着那些被小洋铁灯的灯光照亮的人们。每当外祖母在兴头上时，她总是爬到炕炉上，并且解释说：

　　"我要坐在高的地方讲，在高的地方能讲得更好！"

　　我安静地坐在她的脚旁边，在宽宽的炉台阶上，几乎坐在"好事"的头上。外祖母讲了一个关于勇士伊万和隐士米龙的故事。那些生动形象的语句，好像提前组织好一样，有节奏地、源源不断地，从祖母的口里流淌出来：

　　从前有个凶恶的将军高尔京，

　　他生来就有肮脏的灵魂，铁石般的心肠；

　　他扼杀真理，摧残百姓，

　　<u>他像树洞里的枭鸟，成天生活在阴险残暴中，</u>【名师点睛：善良的隐士米龙和凶恶的督军高尔京形成鲜明的对比，让善良的更加善良，让凶恶的更加凶恶，突出了人物的个性。】

　　他最憎恨的是哪一个？

　　就是那个独居的老修士米龙，

　　老修士在暗暗地维护着真理，

　　把无畏的美德献给了全世界。

　　将军叫来了忠实的奴仆——

　　勇敢的武士伊万奴什库：

　　"伊万啊，你去杀了那个老头子，

杀死那个骄傲的老修士米龙!
你去砍掉他的头,
提着他花白的胡须来见我,
我要把他的头拿去喂狗!"
伊万领了命令就出发,
一路上伊万苦苦地思索:
"我可不是自愿行凶,而是受人指使,
看来,上帝给我安排了这样的命运。"
一把锋利的宝剑在衣襟里藏着,
他一来到,就向老修士跪倒叩拜:
"正直的老人啊,你身体一向可好?
上帝可保佑你一切顺利?"
这个未卜先知的老修士微微一笑,
用具有智慧的口才对他说:
"你算了吧,伊万奴什库,别隐瞒真情了!
上帝什么事情都知晓,
善与恶全都掌握在他手中!
我知道你为什么来找我!"
伊万在老修士面前羞愧万分,
但将军的命令他又不敢不听。
他从皮鞘里抽出了那把宝剑,
在宽大的衣襟上蹭了蹭。
"米龙,我本不想让你看见这把剑。
打算冷不防就结果你的性命。
唉,你现在就向上帝祷告吧,最后一次向他祷告吧,
为了你,为了我,为了全人类!
然后我把你的头砍掉!……"

▶ 童年

老人米龙双膝跪地，
安然地跪在一株年轻的小橡树下，
小橡树也向他低下了头。
老人微笑着说道：
"噢，伊万呀，请注意，你得久等！
为全人类祷告是桩大事情！
你最好马上就结果我的性命，
免得你过多地受折磨！"
伊万听罢，立刻怒眉横竖，
但马上又愚蠢地夸下海口：
"不，我说得到做得到，
你就祷告吧，我情愿等上它一百年！"
老隐士祷告到傍晚，
又从傍晚祷告到黎明，
又从黎明祷告到半夜三更，
从夏天又一直祷告到春天。
米龙年复一年地祷告不停，
小橡树已经长得直冲云霄，
橡树籽已变成了大森林，郁郁葱葱，
而那位圣者还是祷告不停。
他们至今依然保持原来的姿态：
老修士还是默默地向上帝祷告哭泣，
祈求上帝给人们以帮助，
祈求光辉的圣母把欢乐带给人间，
勇士伊万就站在他的身边，
他的宝剑早已化为尘土，【写作借鉴：运用了夸张的修辞手法，凸显出上帝拥有强大的能力。】

身上的甲胄也都锈迹斑斑，

如意的盘算也完全腐烂，

伊万无论冬夏都赤裸裸地站在那里，

酷暑炎热也不能把他晒干，

蚊虻吸他的鲜血也吸不尽，

豺狼和狗熊也不能把他唤醒，

风雪和严寒也不能把他惊动。

他已无力从原地挪开一步，

手举不起来，嘴也说不出一声。

你们瞧，对他的惩罚多么沉重：

他不该听从恶人的命令，

他不该代人受罚！

但那老修士为我们罪人的祈祷，

直到如今仍在向上帝那儿流涌，

就像清澈透明的河水向海洋奔腾。

在外祖母刚开始讲故事的时候，我就发现"好事"有点心神不安：他不停地抖动着，眼镜一会儿摘下，一会儿戴上，恰好和故事中音调和谐的语句相合拍。他不住地点点头，揉揉眼睛，用手指头使劲地按按它们，还不停地用手擦着脑门和腮帮子，好像刚出了满头大汗，若是听众中有人动弹一下，咳嗽一声，或用脚蹬一下地，他就不客气地发出严厉的嘘声：

"嘘！"【名师点睛：大家在听外祖母讲故事时，"好事"的行动怪异又滑稽，一会儿抖动，一会儿点头，一会儿揉眼，表现得与其他人很不一样。】

当外祖母讲完故事，他霍地一下站了起来，挥动着两手，在屋子里不自然地打起转来，嘴里嘟嘟囔囔地重复道："要知道，应该把它给记下来，记下来就太好了。必须把它记下来！这个故事真实极了，我们……"

133

▶ 童年

　　我清清楚楚地看到他哭了，眼睛里噙满了泪水，泪水不由自主地从眼圈的四周流了出来，整个眼睛都泡在泪水之中。这叫人很是奇怪，也让人感到可怜。

　　他可爱地、笨手笨脚地在厨房里跳来蹦去，手里还拿着眼镜在鼻子跟前晃动着，想把它戴上，可眼镜腿儿怎么也挂不到耳朵上，可笑极了。彼得大伯望着他发笑，大家都不知所措地沉默着，外祖母赶忙说：

　　"你想写，那就写下来吧，这也不是什么坏事。我还知道不少这样的故事呢……"

　　"不，我只要这个！这个才是地地道道的俄罗斯故事！"这位房客兴奋地喊出了这句话。可突然，他又呆若木鸡地站在厨房中间不动了，一会儿又大喊起来，不停地重复着那句话：

　　"绝不能让别人牵着鼻子走，是的，就是这样！"他的右手在空中比画着，左手拎着眼镜直发抖。他讲了好一会儿，声音尖细，特别激动，还跺着脚。

　　后来不知怎的，声音突然断了，厨房里又恢复了安静，他不好意思地看了看大伙儿，悄悄地低着头走了。人们笑了笑，意味深长地交换了一下眼色，外祖母挪到炕炉上边的暗影里，长长地叹了一口气。彼得罗夫娜用手掌擦了擦又红又厚的嘴唇，问道：

　　"他不会是生气了吧？"

　　"不是，"彼得大伯答道，"他这个人就是这样……"

　　外祖母从炕炉上爬了下来，默默地把茶炊煨热，彼得大伯不慌不忙地说：

　　"他们这样的人全是这个德行——喜怒无常！"

　　瓦列伊阴沉地嘟囔了一句：

　　"单身汉都有怪脾气！"

　　大家都笑了起来，彼得大伯慢条斯理地说：

134

"连眼泪都流了出来。过去啊，上钩的都是大鱼，现在连小鱼都不上钩啦……"

空气沉闷，一种忧郁的情绪压着我。"好事"的举动使我惊异，我开始可怜他，因为我清楚地记得他那双热泪盈眶的眼睛。【名师点睛：在人们都对"好事"无动于衷时，细心的"我"却发现"好事"哭了，而且心生怜悯，可见年幼的"我"很有同情心。】

那天，他没有回家过夜，第二天吃过午饭才回来，无精打采的，一副局促不安的狼狈相。

"昨天我让您失望了，"他像个孩子似的抱歉地对外祖母说，"您没生气吧？"

"生什么气呀？"

"我太多嘴了，乱说话！"

"你没得罪什么人……"

我觉得外祖母怕他，说话不直接望着他的脸，声音也变得跟平常不一样。

他径直走到外祖母跟前，直截了当地说：

"您看到了吧，我孤身一人，一个亲人也没有！也没有人跟我说话。我一向逆来顺受，忍气吞声，可是昨天心里突然沸腾了，最后决定了……哪怕是对一块石头、一棵树，我也要说说心里话……"

外祖母往后退了一步，离他远了一点。

"那你就结婚好了……"

"唉！"他满脸忧郁地叹了一口气，把手一挥就走了。

外祖母皱紧了眉头，望着他的背影，闻了一下鼻烟，然后严厉地嘱咐我说："你要当心，不要老围着他转，天知道他是个什么人……"

【名师点睛：通过语言描写，表现出即便是慈善的外祖母也不太愿意接受"好事"，可见这个人多么怪异。】

可是我却被他吸引住了。

▶ 童年

　　我看得出来，当他说"我孤身一人"这句话的时候，他的头往后仰着，脸色都变了。这句话，有一种我所能理解的又让我深受感动的含义，于是我又找他去了。

　　我在院子里偷偷朝他房子的窗户望去，房里空空的，就像一个储藏室，里头随便堆放着各种各样乱七八糟的废品。我走进了花园，在花园的土坑里看见了他。他正弯着腰，臂肘支着膝盖，两手抱头，坐在一根烧焦了的梁木上，很痛苦的样子。梁木上全是土，从一片枯萎的蓬蒿、荨麻和牛蒡丛中露了出来。梁木烧焦的一头闪着木炭的光泽。看得出来他坐得挺不舒服，这让人更加同情他。

　　他好一会儿都没发觉我在看他，正在用一双猫头鹰似的不大好使的眼睛，往一旁的地方眺望着，然后他好像有点恼火似的问道："是来找我吗？"

　　"不是。"

　　"那你来干什么？"

　　"随便走走。"

　　他摘下眼镜，用一块沾有红黑污迹的手帕擦着它，说道：

　　"唉，那就爬过来吧！"

　　等我在他的身边坐下来后，他便紧紧地抱住了我。

　　"坐坐吧，我们就这样坐着，别吱声，好吗？这样最好……你脾气挺倔吧？"

　　"是倔。"

　　"这很好！"

　　我们沉默了好久。那是一个寂静而又温和的傍晚，是初秋季节常有的令人忧郁的傍晚。那时，四周的花草树木五彩缤纷，艳丽夺目，但可以觉察到，万物的颜色正在悄悄地消退，一点一点地变得苍白，大地也已经耗尽了它那火热的夏天的气息，正在散发寒冷的潮气。空气出奇的清新，在粉红色的苍穹里，时而有几只寒鸦匆匆掠过，搅得

136

人心绪不宁。【名师点睛：环境描写，描写了寂静而又温和的傍晚，似乎一切都静止了，烘托出人物内心的平静和淡然。】白天的热闹此刻都悄然无声了，鸟雀的拍翅、树叶的飘落都传出了很大的声响，使人不禁打个寒噤。寒噤过后，又在寂静中凝神不动了。寂静拥抱了整个大地，充满了心胸，凝固了思维。

每当这种时候，我就会产生一种轻松而愉快的思想，那些思想，就像蛛丝一样的纤细而透明，难以用语言表达。那些思想产生了，可又像流星一样转瞬即逝。它们会在心里激起对某种事物忧伤的情绪，使人感到惊慌不安，然后又愉快而轻松，而后你的心灵沸腾了、融化了，开始铸成一种终生不变的形式，而心灵的图案也就在这时被勾勒出来了。

我静静地依偎在这位古怪房客温暖的身旁，正好透过苹果树黑色的枝杈，眺望着粉红色的天空，注视着忙碌的株顶鸟飞翔，看见几只金翅雀撕开了干枯的牛蒡花的果实，啄食里面苦涩的种子。从田野上飘来镶有紫红色花的毛茸茸的灰色云朵，在云朵的下面，有几只乌鸦正姗姗地向坟场的巢穴飞去。一切都是那么美好，但又有点特别，令人感到亲切。【名师点睛：恬静优美的环境，让"我"感觉到生命的美好，而这些感动却是跟大家都不接受的怪人在一起才产生的，这种忘年之交的默契引人深思。】

这时，他突然深深地叹了一口气，问道：

"挺好吧，小兄弟？挺美的！你觉得有点潮湿吗？冷不冷？"

当天空渐渐变黑，四周的一切都安静下来，沉浸在灰暗的朦胧之中时，他说：

"好啦，坐够了！咱们走吧……"

在花园的角门旁，他停了下来，小声说：

"你外祖母真好——啊，多么美好的大地啊！"他闭上眼睛，微笑着，声音低沉，但十分清楚地念道：

▶ 童年

对他的惩罚多么沉重：

他不该听从恶人的命令，

他不该代人受罚！

"小兄弟，你要记住这些话，好好地记住！"

他把我推到前面，又问：

"你会写字吗？"

"不会。"

"要学会。学会了，就把你外祖母的故事都记下来，小兄弟，这非常有用……"

从那天开始，我们成了朋友，我随时都可以到"好事"那儿去。我坐在一个盛破烂的箱子上，毫不受限制地观看他熔化铁块、烧铜。他把铁块烧红后，拿一把红把小锤在铁砧上敲打，用木锉、锉刀、砂纸和一把细绳般的小锯干活。不论什么东西，他都要放到那个极灵敏的铜做的小天平上先称一称。他往厚厚的白玻璃杯里倒各种溶液，看它们冒烟，整个房间里都弥漫着呛人的气味。【名师点睛：侧面描写，描写了"我"可以在"好事"那里看到很多有趣的事情，他给人的感觉还是那么神秘，但"我们"之间已经能融洽地相处。】

他皱着眉头，查看着一本厚书，咬着红嘴唇哼哼着，或拉着长腔低声唱：

"噢，沙朗[巴勒斯坦的一个山谷，以植物茂盛著称]的玫瑰哟……"

"你这是在做什么？"

"做一个小玩意儿，小兄弟……"

"什么东西？"

"噢，你看到了，怎么说呢？我无法给你说明白……"

"外祖父说，你可能是在造假钱……"

"外祖父？嗯……他尽胡说八道！小兄弟，钱，算不了什么……"

"那用什么买面包呢？"

"小兄弟，买面包是得用钱，你说得不错……"

"我说得对吧？买牛肉也得……"

"买牛肉也得用钱……"

他轻轻地一笑，非常可亲，像揪小狗一样揪我的耳朵，使我感到痒酥酥的。他说：

"我怎么也说不过你，小兄弟，你算把我给问住了，咱们还是安静一会儿吧……"

有时他停下手里的活，然后坐在我的身边，久久地望着窗外，望着细雨飘洒在房顶，洒落在长满青草的院子里，望着那苹果树上叶子一片一片地凋零。"好事"很少说话，但他说出来的都是一些必要的话。为了引起我对某种东西的注意，他常常轻轻地碰碰我，向我眨眨眼，丢个眼色。【名师点睛：只要一个眼色就明白对方说什么，表明"我们"彼此心有灵犀。】

我在院子里并没有看到什么特别的东西，可是经他这么轻轻一碰以及他那简单的三言两语，我所看到的一切，就仿佛具有了特别重要的意义。比如说，一只猫在院子里跑着，突然在清亮的水洼前停了下来，瞅着水洼里自己的影子，抬起软绵绵的爪子，似乎想要朝它的影子扑去。这时"好事"便小声说："猫又骄傲又多疑……"

那只金光闪闪的红冠子大公鸡玛玛依，飞到花园篱笆上站住以后，拍了拍翅膀，险些摔下来，它大为恼火，于是伸长了脖子，怒气冲冲地叫着。

"这位将军真够神气的，可就是不怎么聪明……"

笨手笨脚的瓦列伊像一匹老马，在泥泞的院子里费劲地走着。他颧骨凸出，腮帮子鼓鼓的，眯缝着眼睛望着天空。明晃晃的阳光，一直射到他的胸脯上，上衣的铜扣子被照得闪闪发亮，于是他停下脚步，用手指抚摸着铜扣。

"像获得了一枚奖章，他正在欣赏着它……"

▶ 童年

我很快就对"好事"产生了一种牢固的情感，不论是在遭受屈辱的日子，还是在享受欢乐的时刻，他都成了我不可缺少的人了。他沉默寡言，但从不阻止我讲我头脑中想到的一切。【名师点睛："我"和"好事"成了很要好的朋友，他把"我"引到求知的路上。"我们"彼此产生了依赖感，这种亲密关系与前面所讲到的人们对他的不理解形成了鲜明的对比。】而外祖父却总是严厉地打断我的话：

"别多嘴，像鬼推磨似的！"

外祖母总是心事重重，她已顾不得听别人说话和管别人的事了。

"好事"总是聚精会神地听我东扯西拉，然后微笑着对我说："喂，小兄弟，这不大对头，这是你自己瞎编的……"

他简短的评论，总是恰到好处，而且很必要。他好像能看到我心里想说的许多废话和不真实的话，还没等我说出口，就被他识破了，只用三言两语便和颜悦色地把我顶回去了：

"你胡说，小兄弟！"

我时常故意试验一下他这种魔术似的本领，于是胡编乱造一通，讲得像真事一样，可是他没听几句，就摇头说：

"你又瞎扯啦，小兄弟……"

"你怎么知道的。"

"我呀，小兄弟，我看得出来……"【名师点睛："好事"肯用心倾听"我"诉说一切，而且他聪明机智，"我"编的故事很快就被他识破了，这让"我"更加佩服他。】

外祖母常带我到干草广场去挑水。有一次在路上，我们看见几个小市民在殴打一个乡下人。他们把这个乡下人按倒在地，就像一群疯狗似的毒打他。外祖母撂(liào)［放；搁］下水桶，挥着扁担，对我大喊一声："快跑开！"然后，她向那几个小市民冲了过去。

虽然我吓坏了，但我还是跟着她跑了过去，捡起圆石子和石块朝小市民的身上扔。外祖母勇敢地用扁担往他们的身上捅，敲他们的肩膀和脑袋。后来又来了一些人，于是小市民们都逃跑了，乡下人被打得鼻青脸肿，直到现在，我一想起来就感到恶心。他用肮脏的手指，按着被撕破了的鼻孔，又是号叫，又是咳嗽，手指上的鲜血溅在外祖母脸上、胸脯上。外祖母也气得浑身直颤抖。

<u>我一回到家，就跑去找那个房客，想快点把这件事讲给他听。</u>【名师点睛：碰到一件事，"我"总想着第一时间告诉"好事"，表明"我们"已经成为无所不谈的好朋友。】他放下了工作，站在我面前，举着一把长锉刀，就像一把马刀，从眼镜后边严厉地注视着我。过了一会儿，他突然打断我的话，非常严肃地说：

"好，就该这么办！太好了！"

刚才的场面深深地震慑了我，来不及对他的话表示吃惊，我就又迫不及待地想接着讲下去，但他把我抱了起来，跌跌撞撞地在屋子里走来走去，边走边说：

"够了，不必多说了！小兄弟，你把该说的都说了，懂吗？都说了！"

我委屈地闭上了嘴，但想了想，又终于明白了过来，他叫我不要再说下去时，我确实已经把话说完了。

"你呀，小兄弟，不要把这种事总记在心上，去回忆这种事，对大人没有什么好处！"他说。

有时，他突然对我说出了一句什么话，那句话就会伴随我终生，让我刻骨铭心。有时，我向他讲起我的死对头克留什尼科夫，这个大脑袋的胖男孩，是新开路上的打架能手，我怎么也打不过他，他也打不赢我。"好事"认真地听完了我的不幸遭遇后告诉我：

"这是小事。你这样用劲是使不出劲来的！真正的用劲在于动作快，越快就越有劲，懂吗？"

下个星期天，我试着把拳头出得快了一点，果然不费吹灰之力就把克留什尼科夫给打败了。这使我更加佩服这位房客了。

"任何东西都得会拿，知道吗？要学会拿，这不是一件容易的事！"

141

▶ 童年

　　我当时一点也不明白,但我还是牢牢地记住了这样的一些话,因为在这些简单朴实的话里,有一种神秘、不可理解的东西。要知道,拿石头、面包、茶碗、锤子,并不需要什么技巧啊!

　　家里的人越来越不喜欢"好事"了,就连快活的女房客的那只猫,也不往他的膝盖上跳了。当他亲切地召唤它时,它也不过去。我为此揍它,揪过它的耳朵,我几乎噙(qín)[含在里面]着眼泪劝它不要怕这个人。【名师点睛:细节描写,猫也不喜欢"好事",更突出了家里人对他的反感,但是天真的"我"很喜欢他,强烈的对比让人心酸。】

　　"我身上有一股硫酸味,所以猫不敢走近我。"他解释道。然而我知道,所有的人,包括外祖母在内,对此却另有一种解释,这种解释对"好事"含有敌视的意味,不公平,不公正。

　　"你为什么总去他那儿混?"外祖母气呼呼地问我,"你要当心,他会让你学坏的……"

　　我常到"好事"那里去的事,渐渐被外祖父这个红毛黄鼠狼知道了,我每去一次,他都狠狠地揍我一顿。我当然没把家里人不让我接近他的事告诉他,但坦率地说出了家里人对他的态度。

　　"外祖母怕你,她说你净玩邪门歪道;外祖父也怕你,说你是上帝的敌人,说你对人们是有危险的……"

　　他像撵苍蝇似的把头一甩,他那粉白的微笑着的脸蛋上顿时泛起一片红润,使我的心缩紧起来,眼前一阵发黑。

　　"我呀,小兄弟,早就看出来了!"他静静地说,"小兄弟,这事真够伤脑筋的,对吧?"

　　"是的!"

　　"伤脑筋啊,小兄弟……"

　　他终于被撵走了。

　　有一天,我喝过早茶以后,到了他那里,见他坐在地板上,正往箱子里收拾东西,一边低低地哼唱着:"哦,沙朗的玫瑰哟……"

"小兄弟，别了，我这就要走了……"

"为什么？"

他凝神打量了我一下，说：

"难道你真的不知道？这间屋子要倒出来给你的母亲……"

"这是谁说的？"

"你外祖父说的……"

"他撒谎！"

"好事"抓住我的手，把我拉到他的身旁，等我在地板上坐下来，他便悄声地对我说道：

"不要生气！小兄弟，我还以为你知道不告诉我呢。真对不住，错怪你了……"

不知为什么，我既为他感到难过，又为他感到遗憾。

"你听我说，"他微笑着，几乎耳语般地说，"你还记得我曾对你说过'不要来找我'这句话吗？"

我点了点头。

"你当时生我的气了，是吧？"

"是的……"

"<u>小兄弟，我是不想惹你生气的。你看到了吧，我知道，要是我们俩成了朋友，你家里人准会骂你——果然是这样吧？你这会儿该明白我为什么要对你说那番话了吧？</u>"【名师点睛：从推心置腹的语言中，能看出"好事"对"我"的坦诚和友爱，他的言行教"我"认识到做事情要讲究技巧。】

他跟我说话的口气，就像我的同龄人一样，说到我的心坎上去了，使我高兴得不得了。我甚至觉得，我老早就明白他的意思了，于是我这样对他说：

"这我早就明白了！"

"噢，原来如此！这就对了，小兄弟，正应该这样，亲爱的……"

▶ 童年

我心里感到十分难过。

"为什么他们都不喜欢你呢?"

他抱住我,让我紧紧地靠在他的身上,意味深长地回答道:

"我是个外人,明白吗?就是因为这个。我不是那种人……"【名师点睛:沉默寡言的"好事"临走时向"我"说明了原因。在那种小市民心态严重、人性极度扭曲的社会中,他的行为和思想不被人们接受,反而成了另类,这是一种时代的悲哀。】

我拉着他的袖子,不知说什么好,也不知怎么说好。

"别生气,别生气,别生气……"他重复道,接着又凑近我的耳朵,喃喃地补充道,"也用不着流泪……"

可他自己却哭了,眼泪从他灰蒙蒙的眼镜下边直往下滚。

后来,我们就像往常一样,默默无言地坐了很久,只是偶尔简单地聊一两句。

当晚他就走了。临行前,他亲切地和大家告别,紧紧地拥抱了我。我走出大门外,看见他坐在一辆大车上,车轮在结了冰的泥泞中艰难地滚动着,震得他身子左摇右晃。他刚走,外祖母就动手打扫那间脏屋子,我从一个墙角走到另一个墙角,故意打搅她干活。

"走开!"她嚷道,因为我总撞着她。

"你们为什么把他赶走?"

"你管不着!"

"你们全都是坏蛋!"我说。

她用湿抹布打我,一边喊道:"你疯了,淘气鬼!"

"不是说你,除了你,全是坏蛋。"我纠正道,但这也没能平息她的怒气。

吃晚饭时,外祖父说:

"哎,谢天谢地!不然的话,我一看见他,就像有一把刀子捅在心窝里似的。哼,就应该把他撵走!"

144

我一气之下弄断了一把羹匙，于是又挨了一顿揍。

我同我祖国的许许多多优秀人物中的第一个人物的友谊，就这样结束了……【名师点睛：这句话是本章收尾的点睛之笔，"我"的过激反应恰恰反映了"好事"对"我"的影响之深，对外祖母的冲撞直接表现出"我"对"好事"被赶走的不满甚至是愤恨。】

Z 知识考点

1. 外祖父在_____大街购买了一栋房子，这里环境优美，宁静整洁。宅子里住着很多人，阿廖沙结识了一位好朋友，绰号叫"_____"，两人后来建立了深厚的友谊。但是外祖父、外祖母和房客们都不喜欢他，他最终_____。

2. (　　)将"好事"称为"魔术师"和"危险分子"。
　　A. 军人的妻子　　B. 彼得大伯　　C. 外祖父　　D. 外祖母

3. 为什么人们都排斥"好事"？这反映了一个什么样的社会现实？

Y 阅读与思考

1. 文中提到的"好事"到底代表什么？为什么很多人都不喜欢"好事"呢？

2. 文中哪些地方体现了阿廖沙与"好事"之间的心灵默契？请举例说明。

3. 阿廖沙从"好事"那里学到了些什么？你从中得到了什么启发？

145

▶ 童年

第九章

建立新友谊

M 名师导读

"好事"走后,阿廖沙心情郁闷,不过还好,他又结交了一些好朋友,比如彼得大伯以及奥夫相尼科夫家的三兄弟。然而,后来阿廖沙和彼得大伯的关系发生了变化,这其中又有什么蹊跷呢?结果又如何呢?

小时候,我常把自己想象成一个蜂窝,各式各样的普通而又平凡的人就是蜜蜂,他们把自己的蜜——生活的知识与思想,送进蜂窝里去。他们尽其所能,慷慨大度地丰富了我的心灵。这种蜜往往既肮脏又苦涩,但只要是知识,就是蜜。【写作借鉴:运用了比喻的修辞手法,将知识比作蜂蜜,把自己比喻成贮藏蜂蜜的蜂窝,将身边平凡的人比作蜜蜂,富有哲理。这些看似不起眼的人,让"我"学到了很多知识,这充分表现出"我"对知识的重视与渴求,对身边各种各样的人的赞美和颂扬。】

"好事"走了以后,彼得大伯同我成了好朋友。他长得很像外祖父,那么干瘦利索,那么干净整洁,只是个头没有外祖父高,就像一个为逗笑取乐而装扮成小孩的老头。他的脸皱纹纵横,就像一个筛子。皱纹中间,两只滑稽又机灵的小黄眼睛,就像笼子里的小黄雀似的骨碌碌地转来转去。他那浅灰色的头发卷曲着,胡子也拧成了圈圈儿。他抽烟斗,喷出来跟他的头发一样卷的烟雾,袅袅上升。他说起话来妙语连珠，满口的俏皮话，幽默风趣。他的声音像蜜蜂一样嗡嗡作响，听起来挺亲切，但我总觉得他是在嘲笑所有的人。

"头几年，伯爵夫人塔季扬·列克谢夫娜吩咐我说：'你去当铁匠吧！'过了些时候，她又吩咐我说：'你去帮帮园丁吧！'怎么样都行啊！又有一次，她对我说：'彼得鲁什卡，你去捕鱼吧！'对我来说，干什么活都一样，于是我就去捕鱼了……可是我刚刚爱上这行，又和鱼分手了——分手就分手吧！【名师点睛：通过语言对话，"我"了解到彼得大伯的生活：过去他作为一个被压迫的农奴，生活得很悲惨，但他性格开朗，也很乐观。】后来又叫我到城里去赶马车，收租子。好吧，赶马车就赶马车吧，不然还能干什么？后来，伯爵夫人还没来得及叫我再改行，农奴就解放了，我身边只剩下了这匹白马，现在这匹白马就成了伯爵夫人了。"

这是一匹老马，好像它原来是白色的，曾被一个喝醉了的油漆工用各种颜料涂抹过似的——可是只是刚刚开了头，还没有涂完。它的腿已经脱臼，全身像用破布片缝缀而成，两只眼睛已经混浊不清，瘦骨嶙(lín)峋(xún)[形容人瘦得好像要露出骨头]的头可怜地低垂着，暴突的青筋和磨破了的老皮松弛地包在身子上。彼得大伯对这匹老马十分疼爱，从来不打它，给它取名为塔尼卡。

外祖父有一回对他说：

"你干吗用基督教的名字称呼牲口？"

"不是的，瓦西里·瓦西里耶夫，绝对不是的，尊敬的先生！基督教里没有塔尼卡这样的名字，只有塔季扬娜！"

彼得大伯认识字，把《圣经》读得烂熟，他经常和外祖父争论圣人里谁更神圣，把那些触犯教规的古人一个个痛加斥责。

彼得大伯十分爱整洁，喜欢一切都井然有序。他从院子里走过时，总是用脚把碎石块、碎瓦片、骨头踢到一旁去，一边踢一边骂道：

"无用的废物，碍事！"

▶ 童年

他很爱说话，看上去乐观又快活，但有时他的眼睛布满血丝，显得混浊不清，像死人一样停滞不动。他常常随意地坐在昏暗的角落里，蜷缩着身子，阴沉着脸，像他的哑巴侄儿一样傻坐着，一言不发。

"彼得大伯，你这是怎么啦？"

"一边待着去。"他闷声闷气地说。

我们街上搬来了一位地主老爷，他头上长着个肉瘤，有一个特别奇怪的习惯：每逢节日，他就坐在窗口用鸟枪射击狗、猫、鸡和乌鸦，甚至射击他看不惯的行人。有一次，他用霰(xiàn)弹射中了"好事"的腰部。霰弹没穿透皮上衣，有几颗落进了皮上衣的口袋里。我记得，那位房客还透过眼镜仔细地察看发蓝光的霰弹。外祖父劝"好事"去告状，但他把那几颗霰弹往厨房的墙角里一扔，说：

"不值得。"【写作借鉴：运用了插叙的写作手法，表现出"好事"的宽容大度。外祖父的不依不饶跟"好事"的反应形成强烈对比，突出了人物个性。】

又有一回，这个射手用几颗霰弹打中了外祖父的腿。外祖父气坏了，向调解法官提交了状子，把街上所有的受害者和见证人，都召集了起来，可没想到那位地主老爷却突然悄悄地溜掉了。

每次只要听见枪声，彼得大伯——只要他在家，就赶忙把他那顶只有节日才戴的褪了色的宽檐灰帽，戴在花白的头发上，急忙地跑出大门。他将两手藏在背后的长袍下，把长袍撑得像个公鸡尾巴似的，挺着个肚子，大模大样地从射手窗户下面的人行道上走过来走过去。我们全家人都站在大门口，那个军人也从窗口露出发青的面孔往外看，在他脸的上边，是他妻子长着金发的脑袋。贝特林格家的院子里，也出来一些人，只有奥夫相尼科夫上校的那座死气沉沉的灰色屋子里没人出来。

有时，彼得大伯逛来逛去，毫无结果，大概那位猎手并不认为他是一个值得射击的野味，不过有时他那双筒猎枪也会连响两下：

"嘣——嘣！"

彼得大伯从从容容地走到我们面前，得意扬扬地说：

"打在前襟上了！"

有一次，霰弹打中了他的肩膀和脖子。外祖母一边用针往外拨霰弹，一边数落彼得大伯说：

"你干吗要去逗那个野种？当心点儿，他会打瞎你的眼睛的！"

"不，不会的，阿库琳娜·伊万娜，"彼得大伯拉着长声鄙视地说，"他算什么射手……"

"你干吗要惯着他？"

"我哪里是惯他，我只是想逗逗这位老爷罢了……"

他把拨出来的霰弹放在手掌上，一边细心地观察，一边说：

"他算不得一个什么射手！伯爵夫人塔季扬·列克谢夫娜身边有一位军官，名字叫马蒙特·伊里奇，嚄，他的枪法才叫准呢！他呀，老妈妈，只用单个的子弹打，不用别的！他叫傻子伊格纳什卡站得远远的，大约四十步开外，傻子的腰上系一个瓶子，那个瓶子正好悬在他两条腿中间，伊格纳什卡叉开双腿，傻笑着。马蒙特·伊里奇举起手枪，砰的一声！瓶子碎了。只有那么一次，不知是牛虻，还是别的什么虫子，咬了伊格纳什卡一口，他动弹了一下，子弹正好击中了他的膝盖，把膝盖骨给打碎了！医生当即就把那条腿锯掉了。"

"那傻子呢？"

"他没事。傻子有没有手脚都无关紧要，他光凭那副蠢相就能吃饱饭。傻瓜人人爱，愚蠢不会惹人生气。俗话说：只要当上个小官，就会管人，只要是个傻子，就不会欺负人……"

这种故事，并不会使外祖母感到惊奇，她知道一大堆这类故事，可我听了有些害怕，我问彼得大伯：

"那个老爷会打死人吗？"

"会呀！怎么不会？会的。他们甚至也会互相残杀的。塔季扬·列

▶ 童年

克谢夫娜那里来了一位枪骑兵，他和马蒙特吵了起来，马上就掏出了手枪，他们到了花园里，就在池塘旁边的小道上，那位枪骑兵就向马蒙特开了一枪，正好打中了他的肝脏。马蒙特被送到了墓地，枪骑兵被送到了高加索，就这么完事了！这是他们自己打死自己人！若是他们打死农民或其他人，那就更没有什么可说的了。【名师点睛：从这句话中可以看出，官兵非常残忍，为非作歹，什么事都做得出来，揭示了当时俄国社会的黑暗。】现在他们更不怜惜人命了，那些农民不是他们的农奴了。从前，他们总还怜惜一点，毕竟是自己的财产嘛！"

"就是从前也不怎么怜惜！"外祖母说。

彼得大伯表示同意："这话不错，自己的财产嘛，可也不值几个钱……"

他对我挺亲热的，跟我说话时比跟成年人说话和气多了，也不回避我的目光，但他身上有一种我不喜欢的东西。【名师点睛：彼得大伯对"我"很和气，挺亲热，但是他身上有种东西是"我"很不喜欢的，那么究竟是什么让"我"厌恶？这让读者有了更多遐想的空间。】他请大家吃他心爱的果酱时，给我那块面包片上抹的果酱特别厚，还经常从城里给我带回麦芽糖饼和罂粟[罂粟科植物，是制取鸦片的主要原料]油饼，跟我说话时，总是态度严肃，声音低沉。

"小老爷，将来干什么？当兵，还是当官？"

"当兵。"

"这很好。如今当兵也不那么苦了。当神甫也好，自言自语地念叨几句'上帝宽恕吧'——就完事大吉！当神甫比当兵还容易，不过我觉得最容易的是当渔夫。当渔夫什么学问也不需要，只要习惯了就行！"

他滑稽地模仿着鱼儿在诱饵的四周游来游去和上钩后拼命挣扎的样子，既可笑又好玩。

"外祖父打你的时候，你一定很生气吧？"他用安慰的口气说，"小老爷，生气大可不必，打你是为了教育你，这种方法是管教孩子的方法！就拿我那位塔季扬·列克谢夫娜女士来说吧，嚄，她打起

150

人来可凶啦，在这方面是出了名的！她雇了一个专门打人的家伙，叫赫里斯托福尔，他打人，可算上一把好手了，邻近的地主常从伯爵夫人那里借他去打人：'塔季扬·列克谢夫娜，你把赫里斯托福尔借给我去打农奴吧！'她就会把人借给他。"

他心平气和而详细地讲起了那位伯爵夫人：她如何穿白细纱裙，头上蒙着天蓝色轻盈的头巾，在圆柱的廊檐下，坐在一把红圈椅上，赫里斯托福尔就当着她的面鞭打那些农妇和农奴。

"小老爷，那个赫里斯托福尔虽然是个梁赞人，但他很像茨冈人和乌克兰人，他上唇的胡子一直长到耳根子上，脸色铁青，下巴上的胡子全剃了。也不知他是真傻，还是为了躲避不必要的麻烦故意装出来的，他有时在厨房，往杯子里倒水、抓苍蝇，再不然就是抓蟑螂和甲壳虫什么的，抓到后就用树枝按到水里淹死，每次都淹老半天。有时他从领子里摸出个虱子，也拿到水里淹死……"

这样的故事吸引不了我，因为我从外祖母和外祖父的口中听到过许多许多。这类故事虽然是各式各样的，但它们相互之间又有相似之处：每一个故事里总有些折磨人、欺负人、压迫人的事情。【名师点睛：大家所讲的故事都很"雷同"，正说明了当时社会的悲惨和黑暗，人们都在遭遇不幸，没有人能幸免。而"我"的厌烦情绪也体现了"我"内心深处对这类事情的抵触和反感。】我听烦了这类故事，都是老一套，不愿再听了，于是我求救于马车夫：

"请给我讲点别的吧！"

他把满脸的皱纹都聚拢到嘴角上，随后又挤到眼角上，表示同意：

"好吧，就讲点别的吧。我们那儿有个厨师……"

"到底是谁那儿啊？"

"就是塔季扬·列克谢夫娜那儿呗！"

"你干吗叫她塔季扬？难道她是男人吗？"

他大声笑了起来。

▶ 童年

"她当然是女人喽,不过她长了一撮小胡子,漆黑漆黑的小胡子,她的祖先是黄皮肤的德国种,这个民族很像阿拉伯人。我还是来讲那个厨师,小伙子,这个故事才有趣呢……"

这个可爱的故事是这样的:厨师弄坏了一张大馅饼,主人就逼着他把饼吃下去,可他吃了以后就得了一场病。

我生气了。

"这一点也不可笑!"

"什么才可笑?你说说!"

"我不知道……"

"那你就别吭声!"

于是他又胡诌[信口瞎编;随意乱说]了一个无聊的故事。

有时候赶到了过节,两位表哥来做客,一个是米哈伊尔舅舅那个愁眉苦脸、懒惰成性的儿子萨沙,另一个是雅科夫舅舅的那个爱整洁而且懂事的萨沙。有一天,我们三个人在屋顶上跑着玩,看见贝特林格家院子里,有一位穿绿皮毛衣的老爷,他坐在墙根下的劈柴堆上,正在逗一群小狗玩,他那又小又黄的秃头上没戴帽子。有一个表哥提议偷他一条小狗。于是,我们就马上制订了一个机智的偷狗方案:两个表哥立即到大街上贝特林格家的大门口去,由我来吓唬这位老爷,等把他吓跑以后,他们就闯进院子里去抱小狗。

"怎么吓唬呢?"

一个表哥建议道:"你往他的秃脑袋瓜蛋上吐唾沫!"

往一个人的头上啐唾沫,这不算什么罪过。我曾多次亲眼看见过比这更坏的行为,不用说,最后我出色地完成了任务。【名师点睛:"我"此番出格行为是受到整个社会大环境影响的,这也从侧面反映了当时俄国社会风气之恶劣。】

这下可惹出大乱子了。贝特林格家一大群男男女女、老老少少都到我们的院子里来了,挑头的是一位年轻英俊的军官。由于我的两位表哥在出事的时候正在大街上乖乖地玩耍，对我的恶作剧一无所知，所以外祖父只把我一个人狠揍了一顿，充分地满足了贝特林格家人的要求。我被痛打以后在厨房的吊床上躺着，这时快乐的彼得大伯过节似的穿得整整齐齐，爬上了我的床。

"小老爷，这个主意，你想得可真妙！"他耳语道，"对他就该这么办。这头老东西，就该这样对付他，就该啐他！啐了他以后，就该用石子砸他快要发霉的脑袋！"【名师点睛：从彼得大伯给"我"支的招可以看出他内心很阴暗。】

我眼前还不停地晃着地主老爷那颗又圆又秃、小孩子般的脑袋。他像狗崽子般，声音又小又可怜，吭哧吭哧地呻吟着，样子十分狼狈，还一边用小手擦拭发黄的秃头。我一想到这些就感到惭愧，我憎恨两位表哥，可是，当我瞅了瞅这个马车夫皱纹纵横的脸，就将一切都忘掉了。他的那副面孔古怪地哆嗦着，跟外祖父揍我时脸上的表情一模一样。

"走开！"我喊了起来，用手和脚把彼得推开。

他笑嘻嘻地眨巴着眼，爬下了吊床。

从那以后，我就失去了同他谈话的兴趣了。我开始处处躲着他，同时用怀疑的眼光注视着这个马车夫，隐隐地感到会有什么事情发生。

在得罪了那位地主老爷以后，没过多久又出了一件事。

奥夫相尼科夫的那座寂静的庭院早就引起我的注意了。我觉得在这座灰房子里的人肯定过着令人向往的童话般的生活。

贝特林格家总是过着喧闹而快活的生活，他们家里有许多漂亮的小姐，军官和大学生也常到他们家，那里什么时候都能听到笑声、喊叫声、歌声和弹琴声。那座房屋的外观也很赏心悦目，玻璃窗亮光闪闪的，玻璃窗后面盆花的绿影鲜艳夺目。可是外祖父不喜欢这一家人。

"他们都是异教徒，不信上帝的人。"提起这家人，他就这样说。当提起这家女人时，他竟用了一个肮脏的字眼，彼得大伯在向我解释这

▶ 童年

个字眼时，他的话也同样叫人恶心，而且带着幸灾乐祸的味道。

朴素又雅致、威严而静谧的奥夫相尼科夫的房舍，却使外祖父产生了敬意。

这所高大的平房径直伸进了院子，院子深处是一块密密匝匝的草坪，远望去显得荒凉而僻静。院子中间有一口井，井台上用两根柱子支着井盖。里边的那座房屋就好像要远远躲开大街似的缩了回去。三扇细长的拱形窗户，离地面老高，窗玻璃也朦朦胧胧的，在阳光的照射下，折射出彩虹般的光芒。走进大门，另一边有一座库房，库房的正面同正房几乎一样，也有三个窗户，不过这三个窗户都是假的。窗框嵌在灰色的墙上，窗格子上涂着白色的漆。这几扇望不进去的窗子，给人一种神秘的感觉，这家人似乎想过一种不被人注意的生活。<u>整个园地里空荡荡、冷清清的，马厩里和那个开有一扇大门的板棚里，都给人以静谧或安详或高傲的感觉。</u>【写作借鉴：运用了拟人的修辞手法，静谧、雅致的大院，就连马厩的大门都那么高傲，更不用说住在里面的人了，极其形象生动，引发读者探求的兴趣。】

有时候，有一个老头在院子里来回走动。他个子高高的，腿有点瘸，剃着光头，雪白的小胡子像一根根针似的向上翘着。另一个留着络腮胡子、鼻孔有点歪斜的老头从马厩里牵出一匹白马，这匹肚子干瘪、腿细长的马，一走进院里，就像一个谦敬的修女一般，冲着周围的一切点头行礼。那个瘸腿老头吹着口哨，走上前去，用巴掌响亮地拍打几下马背。可没过一会儿，那马又被牵回阴暗的马厩里去了。我总觉得，那老头的心里一定想骑上这消瘦的马离开这座房子，可是办不到，好像被什么东西给捆住了。

在那个院子里，几乎每天都可以看见三个小男孩，从中午一直玩到晚上。他们长得那么相像，都是圆脸灰眼睛，穿着一样的灰色上衣裤子，戴着一样的帽子，我只能根据他们的高矮胖瘦来区分他们。

我从篱笆墙缝里偷看着他们，他们没发现我，但我很希望他们能发现我。我很希望像他们那样，友好地玩着各种我不熟悉的游戏，那么开心快活地；我也很喜欢他们的衣服，喜欢他们彼此善意的关心。特别是两个哥哥对那个小弟弟——一个长得很可爱的小胖子。【名师点睛：当"我"看到三兄弟时，产生了一种归属感，因为"我们"是同龄伙伴，写出了"我"对友谊的期盼。】他若是摔倒了，哥哥们虽然也像平常人那样大笑，但绝不是幸灾乐祸的笑。他们会马上把他扶起来，他若是弄脏了手和膝盖，他们就用牛蒡叶子，用手帕擦他的手指和裤子，并和蔼地说：

"瞧你弄的！"

他们从不打架对骂，也从不互相欺骗。三个人思维敏捷，充满活力。

有一次，我故意爬到一棵树顶上，向他们吹口哨，他们听到口哨声后看了看我，然后不慌不忙地聚到一块，一边瞅着我，一边商量着什么。我以为他们是想向我扔石块，和我打架，于是我飞快地从树上爬下来，往口袋和怀里塞满了石块，然后又爬到了树上。可是他们却远远地离开我，跑到院子的一个角落玩去了，好像刚才没看见我似的。这真叫人有点惆怅，但我又不想主动向他们开战，在我正为这苦恼时，突然听到有人从窗口喊他们：

"孩子们，该回家啦！"

他们就很听话地乖乖地走了，活像三只小公鹅。

有好几次，我又爬到围墙外面的树上，就想等着他们叫我一起玩，可是他们却一直没有理我。其实我心里已经跟他们玩上了，把他们当成了玩伴，有时竟玩得入了迷，甚至大笑大叫起来。【名师点睛："我"渴望友谊，早已将自己融入这个集体中，想象着跟他们快乐地玩耍。】于是，他们三个同时抬起头来看着我，还悄声嘀咕着什么，我觉得怪难为情的，就从树上爬了下来。

有一次，我看到他们三个在玩捉迷藏，轮到老二找的时候，他站在仓库拐角的地方，诚实地用手捂着眼，严严实实的，一点缝儿也没

▶ 童年

有。他的两个兄弟各自跑去找地方躲藏。哥哥迅速地爬进仓库廊檐下一套宽大的雪橇里,小弟弟却有点不知所措了,着急地绕着水井乱跑,不知道躲到哪儿才好。

"一、二、三……"哥哥大声地喊道。

听到哥哥的喊声,小弟弟慌张地跑到了井台上,两手抓住了绳子,把脚放进了空水桶里,只听那个水桶砰砰地碰着井栏的墙壁,掉下去了。

我看见那个原本缠得紧紧的<u>辘(lù)轳(lu)[利用轮轴原理制成的,在井上汲水的起重装置]飞快地旋转着,我一下子愣住了,但马上就反应过来了,于是我一纵身,就跳到了他们的院子里,大声喊道</u>:

"快来人呀,有人掉到井里去了……"【名师点睛:这里通过神态、动作与语言描写,反映了"我"的机警敏锐与见义勇为,这为下面"我"与三兄弟开始交往做了铺垫。】

老二和我飞快地跑到井台上,我们两个用手抓住井绳,拼命地想往上拉。他的那只手摩擦得像被火烧一样,而我也已使满了劲,这时大哥急匆匆地跑来了,和我们一起往上拉水桶,一边拉一边说:

"请你轻轻地拉!"

<u>我们三个人齐心协力,很快就把小孩给拉上来了。小孩也吓坏了,脸色发白,他右手手指上被划破了,流着鲜血,腮帮子也给弄得乌黑乌黑的,腰部以下全给弄湿了,浑身打着哆嗦,不过他却一边微笑,一边拉着长音说</u>:

"我——怎么——就——掉下——去了……"【名师点睛:这里细致描绘了小弟弟被救后又惊又喜的神态。小弟弟不慎掉到井里了,可以看出伤得比较重,但是为了不让哥哥们担心,他微笑着装作不严重的样子,很可爱,也很坚强。】

"你发疯了,是不是?"老二一边说,一边搂着他,用手帕擦他脸上的血。老大皱着眉头说:"咱们赶快回去吧,肯定瞒不住……"

"你们会挨打吗?"我关心地问。

156

他点点头，然后又向我伸过手来说："你跑得真快！"

听到他的夸奖，我觉得挺高兴的，但我还没有来得及握住他的手，他又转过头去，对老二说："咱们现在走吧，要不他会着凉的！回家就说他摔了一跤，掉到井里的事可别提了。"

"对，千万别提。"小弟弟浑身战栗着，表示同意，"就说我掉到水洼里了，对吧？"

他们就这样走了。

这一切来得太突然了，我回头望了一下那根我蹬着跳下来的树枝，它还在摇晃呢，一片黄叶从那上边落了下来。【写作借鉴：运用夸张的修辞手法形容三兄弟的离开，离开的速度之快令人惊奇，而此时的"我"只能独处，感到无比寂寞和孤独。这里实际上还暗示了"我"跟三兄弟之间有着一道无形的鸿沟。】

差不多有一个星期，三兄弟没有到院子里来，后来他们终于又露面了。那个大的看见我坐在树上，便亲切地喊道：

"到我们这里来玩吧！"我二话没说，飞快地爬下树。

我们爬到仓库廊檐下那个破旧的雪橇里，彼此端详着，谈了很久很久。

"你们挨打了吗？"我迫切地问。

"挨了。"大的低声回答。

很难相信，这些孩子也会像我一样挨打，真叫人为他们难过。

"你干吗要捉小鸟？"小弟弟问。

"小鸟叫得好听。"

"不，你以后不要捉它们，最好让它们自由地飞……"

"好吧，我以后就不捉了！"

"不过你得先捉一只送给我。"

"好呀，你要什么样的？"

"要叫得好听的。我要装在笼子里。"小弟弟说。

▶ 童年

"那你是要黄雀了。"

"可是猫会吃掉的,"二哥哥说,"再说,爸爸不会让你养的。"

小孩子沉默了,表示同意。

"爸爸不让养……"

"你们有妈妈吗?"

"有,不过——是另外一个,不是亲的,亲的已经死了。"

"不是亲的叫后妈。"我说。

大孩子点点头:"是的。"

三兄弟都沉默着,神色黯淡。

我从外祖母讲的童话里知道了后妈是怎么一回事。这种沉默我是明白的。他们三个人依偎在一起,活像三只可怜的小雏鸟。这让我想起了童话故事中的巫婆继母,她们经常用欺骗的方法占据了亲妈的位置,于是我对孩子们说:

"亲妈还会来的,你们等着吧!"

大孩子耸耸肩,说道:

"既然死了,就永远不会回来了……"

"不会?死人复活的事也有很多啊!就连那些被剁成肉块的人,只要往他们身上洒些圣水就复活了,这种情况多着呢。【名师点睛:"我"在三兄弟面前装作一个小大人,像外祖母一样安慰对方,表现出"我"拥有丰富的想象力。然而,现实又是如此的残酷,与理想形成鲜明的对比。】有时候,人看起来死了,但不是真的死了,因为这不是上帝的意思,他的生命还没有到尽头,只是受了巫师、巫婆的妖法!"

于是,我开始兴致勃勃地给他们讲外祖母曾经讲过的故事。大孩子起初只是含着笑,轻轻地说道:

"这些我们都知道,这是童话……"

他的两个弟弟都聚精会神地听着,小弟弟紧抿着嘴唇,绷着个脸,二弟弟将胳膊支在膝盖上,向我探过身子,伸出另一只胳膊勾着小弟弟的脖子。他们听得是那么入神。

天色渐渐晚了，红色的晚霞在天上悠闲地散步。【名师点睛：用夕阳染红的云彩的温暖情调，反衬当时孩子们心中的忧郁伤感。】库房的上空飘着几块红色的云朵，这时出现了一个白胡子老头，走到我们身边——他穿一身神甫穿的棕色袍子，头上戴着一顶毛茸茸的皮帽子。

"这是谁？"他指着我问道。

大孩子站了起来，向我外祖父的房子指指。

"他是那一家的……"

"谁把他叫来的？"

三个孩子立刻从雪橇里爬下来，回家去了，我又觉得他们三个就像三只听话的小公鹅。

那老头用一只手紧紧地抓住我的肩膀，领着我向院子的大门口走去。我吓得要哭，但他步子迈得又快又大，我还没来得及哭出来，就已经到街上了，他站在门旁，指着我，凶狠地说：

"以后不许再到我这儿来！"【名师点睛："我"和三兄弟的正常交往竟然被阻挠，这一现象反映了当时俄国社会各阶层之间壁垒森严的状况，这样不仅不利于孩子们之间友谊的正常发展，而且还会伤害孩子幼小纯真的心灵。】

我生气地对他说：

"我压根儿不是来找你的，老鬼！"

他那长长的手臂又把我抓住，拽着我在人行道上走着，一边走，一边问我："你外祖父在家吗？"这句话就像一把锤子敲打着我的脑袋。

真该我倒霉，外祖父正好在家。那位威严的老头仰着头，胡子向前伸着，那双圆眼睛像瓜子似的向前瞪着，急急忙忙地说：

"他母亲不在家，我很忙，没人管他，请你原谅，上校！"

那位上校像鸭子似的干咳了几声，笨拙地转过身去，像个木柱子似的走了。过了一会儿，我就被扔到彼得大伯的马车里了。

▶ 童年

"又闯祸了吧,小少爷?"他一边卸车,一边问我,"为什么挨打呀?"

当我向他说了挨打的原因,他一听就火了,恶狠狠地说:

"你干什么要和他们一块玩?他们是少爷,是毒蛇!瞧你,为了他们被打成这样!你现在就去揍他们一顿,怕什么!"【名师点睛:从彼得大伯的话可以看出,他一直对上层社会存在强烈不满,他的这种态度为下文"我"与他的矛盾加深做了铺垫。】

他一人在那儿咆哮了老半天。可我因为挨打憋了一肚子气,起先怀着同情听他来讲,但他那皱巴巴的小脸蛋不停抖动,越来越令人讨厌。我不由得回想起来,那三个孩子也会挨打,他们并没有什么对不起我的地方。

"揍他们——没必要,他们都是好人,你净撒谎。"我说。

他吃惊地看了看我,突然大声喊道:

"从马车上滚下去!"

"你这傻瓜!"我跳到地上,喊了一声。

他满院子追我,但又追不上,他一边跑,一边声调很不自然地喊道:

"我是傻瓜?我是坏蛋?我要叫你知道我的厉害……"

这时外祖母正好走到厨房的台阶上,我藏在她身后,他开始诉起苦来:"这小家伙弄得我活不下去了!我岁数比他大五倍,可以当他的祖父了,可他居然骂起我母亲来了,什么都骂……还骂我是骗子……"

【名师点睛:彼得大伯当着"我"的面诬陷"我",他轻车熟路地编织谎言,足见他内心的阴险和恶毒。】

我一听到他当着我的面撒谎,惊讶得目瞪口呆,简直不知所措了,但外祖母却坚决地说:

"哎,彼得,这就是你在撒谎了,他是不会骂你那种难听的话的!"

要是外祖父,他就会相信马车夫。

打那天开始,我们之间就结下了仇。他极力装得无意的样子,推我一下,或者拿缰绳抽我一下子,或者放走我的小鸟。有一次,他还

160

将我的小鸟拿去喂猫，找各种借口向外祖父去告我的状，而且总是添油加醋地胡诌一气，我总觉得他和我是一样的顽童，只不过装成个老头子罢了。我拆开他的草鞋，拆散他的草帽，不露痕迹地弄松草帽带。当彼得穿它们的时候，它们就会断掉。有一次，我撒了他一帽子胡椒，使他打了个把钟头的喷嚏。总之，我使了全部力气和智慧去报复他。每逢节假日，他一整天都在机警地监视着我，不止一次地抓住我和小少爷们的来往，抓到我后他就马上向外祖父告密。

可我还是继续同小少爷们来往，同他们在一起玩的时候，我感到越来越快活。在外祖父的院墙和奥夫相尼科夫上校的院墙之间，长着一片树木，是菩提树和接骨木丛林。我在树丛下面挖了一个半圆的小洞，三兄弟或者每次两个人会轮流到小洞前边来，然后我们就蹲下来或者是跪着悄悄地谈话，说着我们各自听到、看到的好玩的或不好玩的事情。他们当中，每次总有一个人在外面站岗，以防那位上校突然闯到这儿来。【名师点睛：儿童之间做游戏，原本是很正常的事情，然而，"我"跟三兄弟一起玩耍时，只能偷偷摸摸，还需要有一个人在外面站岗。其实，"我"与三兄弟之间友谊的阻碍不仅仅是上校，还有等级森严的社会阶级。】

他们讲自己苦闷的生活，连我听了也感到枯燥乏味。他们讲被我捉来的小鸟怎样生活，还讲好多童年的事情，但从来没有提到过后妈和父亲的事，至少我不记得他们有讲过这样的话了。只是他们常常让我讲童话，我就诚恳地把外祖母讲过的再讲一遍，如果讲到什么地方想不起来了，就劝他们等一会儿，我便跑到外祖母那里去问。我问她这样的问题，她总是很高兴。

我还跟他们讲了许多关于我外祖母的事，大孩子有一次深深地感叹道："看来，所有的外祖母都是很好的——我们也有过一个很好的外祖母……"

大孩子常常一脸忧愁地说：他遇见过各种各样的人和事，在这个世

▶ 童年

界上，他仿佛已经活过了一百年了，而不是只活了十年似的。他手掌很窄，手指头细长，身子那样瘦弱，眼睛却很亮，像教堂里长明灯的火光一样，散发着温和的光。【名师点睛：肖像描写，细腻地描写了大哥的手掌、手指、身躯、眼睛，展现出"我"对他的喜爱之情，跟下文的情节形成呼应。】他的两个弟弟也很讨人喜欢，让人忍不住想做点什么让他们愉快的事情，不过我更喜欢老大。

有时我正在全身心地同他们讲童话，彼得大叔冷不防地突然出现在我们身旁，一听到他那刺耳的喊声：

"又——凑到——一起——了？"我撒腿就跑了。

我看得出，彼得大伯的忧郁痴呆症越来越严重了，我甚至能在他开门的时候预先想到他干完活回来后，心情是怎样的。如果这个马车夫心情好，门上的环儿会发出漫长而懒散的吱吱声；如果这个马车夫心情不好，开门的声音就很短促，就像一个人由于疼痛禁不住"啊呀"地叫了一声似的。【名师点睛：通过门枢发出的不同声音，"我"就可以判断彼得大伯当天的心情。透过这个细节，能看出"我"细致的观察力，同时也表现了彼得大伯的神秘莫测。】

他那个哑巴侄儿到乡下结婚去了。于是彼得大伯一个人住在一个低矮的窝棚里，开着一扇小窗，里面有一股臭皮子、焦油、汗和烟草混合的气味。由于这种气味太难闻，我从来不到他住的地方去。他现在晚上睡觉也不熄灯了，这使外祖父很不高兴。

"当心！彼得，别烧了我的房子！"

"绝不会，你就放心吧！我把夜灯放在一个水碗里。"他回答说，眼睛却注视着别处。

不知为什么，他现在遇见人总不敢正眼去看，而且很长时间不来参加外祖母的晚会了，也不再请人来吃果酱了。他的脸干枯了，皱纹更深了，走起路来也晃晃荡荡的，一点也不稳当，像个病人似的。【名师点睛：这里描写了彼得大伯怪异的行为，这种病态的模样和生活，似乎

是一种不祥的预兆。】

　　那是一个平常的工作日,一大清早,我就和外祖父在院子里打扫积雪,耳门的门闩突然哐当地响了一下,声音跟平时不一样。这时有个警察走到院子里了,他把门关上,钩了钩肥大的灰色的手指头,招呼外祖父过去。外祖父莫名其妙地走了过去,那个警察向他俯下长着大鼻子的脸,挨得那么近,好像要啄食外祖父的鼻子似的,开始嘀咕着什么事,外祖父急忙地回答道:

　　"就在这儿!什么时候?让我想一想……"

　　突然,他滑稽可笑地往上一抬头,大声喊道:

　　"上帝保佑,难道这是真的?"

　　"小声点。"警察严厉地说。

　　外祖父向四周环视了一下,看见了我。

　　"收起铁锹,回家去!"

　　我躲到了一个拐角的后边,他们朝马车夫的窝棚走去。警察将右手上的手套脱了下来,把它拿在左手上拍打着,说:

　　"也许他自己心里有数,扔掉了马,自己藏了起来……"

　　我连忙跑进厨房,把我所听见和看到的一切都告诉了外祖母,她当时正在面盆里和面,准备烤面包。她不停地摇着沾满面粉的脑袋,听了我的这番话,神色安详地说:

　　"大概是谁偷了什么东西了……玩去吧,少管闲事!"

　　当我又跑回院子里时,我看到外祖父正在篱笆门儿那站着,他摘下帽子,仰望天空,正在画十字。他看到我后,满脸怒气,毛发耸起,一只腿直打哆嗦。

　　"我不是叫你给我滚回家去吗?"他把脚一跺,冲着我喊道。

　　接着他也跟着我回来了,一进屋,就叫外祖母:"到这儿来,老太婆!"

　　他们两个走进隔壁的房间,嘀咕了老半天。当外祖母又到厨房来的时候,我知道发生了一件可怕的事。

▶ 童年

"你为什么惊慌啊？"

"住嘴，听见没有？"她压低了声音回答。

一整天一家人都提心吊胆，坐立不安。外祖父和外祖母时时惊恐不安地向外张望着。说话时，声音也特别低，让人听不清，这就更加重了恐怖的气氛。

"老太婆，快点上长明灯。"外祖父一边咳嗽着，一边吩咐道。

大家也没心思吃午饭，匆匆忙忙地吃完了，像是都在等待着什么事似的。外祖父疲倦地鼓着腮帮子，清了清嗓子，嘟嘟囔囔地说：

"魔鬼比人有力量！表面上看像个虔诚的教徒，可是你看！"

外祖母听了直叹气。

雾茫茫昏沉沉的冬季慢慢地逝去，家里人变得越来越不安和焦虑。

傍晚的时候，来了一个红头发的胖警察，已经不是原先的那一个。他坐在厨房的长凳子上打盹，低声打着呼噜。当外祖母小心翼翼地问他："这是怎么查出来的？"那个胖警察没有马上回答。过了一会儿，他用低沉有力的声音说："我们什么都能查出来，您就放心吧！"

当时，我坐在窗旁，把一枚古老的铜币放到了嘴里哈热气，竭力想把那个战胜毒蛇的将军格奥尔吉［相传是基督教中一位英雄和殉教者］的全身像印在冻得结冰的玻璃上。

门洞里突然响起吵吵嚷嚷的声音，门猛地打开了，彼得罗夫娜站在门口，用震耳欲聋的声音喊道：

"赶快去看看，你们的后院是怎么一回事！"

可当她一见到警察，就想往过道里跑，但是警察抓住了她的裙子，也惊慌地大叫道：

"站住，你是什么人？去看什么？"

她在门槛上绊了一跤，跌倒在地上，含着眼泪抽抽噎噎地说："我去挤奶，看见卡希林家花园里有个像长筒靴子的东西。"

这时，外祖父跺着脚，狂暴地喊道：

"瞎说，糊涂东西，你根本看不到花园里的东西，围墙那么高，墙上又没有缝儿，我们后院什么也没有！你胡说！"

"哎哟，我的老天哪！"彼得罗夫娜号啕大哭起来，她的一只手指着外祖父，另一只手捂着自己的头，"这是真的，老爷子，绝不是我撒谎！我走着走着，忽然见到一串脚印通到你们的围墙里，有一片雪地也明显被人踏过，我往围墙那边一看，就看见一个人躺在那儿……"

"谁——躺——着？"

这一声喊叫阴森可怕，根本听不清说的是什么。突然间，大家都像发了疯似的，推推搡搡地出了厨房，飞快地向花园里跑去。跑到花园后，只见彼得在那铺满了一层层松软的厚雪的土坑里躺着，他背靠着烧焦的木头，脑袋低垂在胸前。在他右耳的下边有一条深深的裂口，通红，像一张嘴，有几块发青的，像牙齿一样的东西从裂口里露出来。我吓得闭上了眼睛，不过我还是透过睫毛的缝隙，看见彼得膝盖旁边放着一把我所熟悉的马具刀，他那发黑的弯曲的右手，紧紧握着马具刀的刀把，左胳膊向外甩开，埋在雪里。【名师点睛：外貌和场景描写，"像一张嘴"写出了伤口之大之恐怖，可以看出彼得大伯已经死了。】车夫身下的雪已经融化了，他那矮小的身体已经沉陷在松软发亮的雪里，看着越发像个孩子。他右边的雪地上，有一片泛着红的奇怪花纹，看着像一只鸟。他左边的雪，看来没有被人踩过，表面平平的，没有任何痕迹，静静地闪耀着刺眼的光亮。他的头一动不动地低垂着，下巴颏抵在胸脯上，弄乱了浓密卷曲的胡子，裸露的胸口上有几道鲜红凝固的血迹，胸脯上还有一个很大的铜十字架。【名师点睛：沾着血的铜十字架是作者刻意强调的细节，表明上帝最终并没有保佑彼得，颇具讽刺意味。彼得大伯因生活所迫走上了犯罪道路，其罪行让人憎恶，其命运又令人感到辛酸。在那样一个人吃人、令人窒息的社会，底层人民的命运往往无法掌握在自己手里。】

嘈吵的声音使人的脑袋晕得厉害，彼得罗夫娜不停地喊叫，警察

▶ 童年

也在喊叫着,他把瓦列伊不知打发到什么地方去了,外祖父大声喊道:

"你们不要把痕迹踩掉!小心脚下!"

不过,他忽然又想起了什么似的,皱起眉头,眼睛望着自己脚下的雪地,严肃地对警察说:

"你瞎叫喊什么呀,老总!这是上帝的事情,上帝的法庭,而你净说些废话——嗨,你们这些人啊!"

这时大家都不吭声了,沉默下来,把目光都集中到死者身上,又是叹息,又是画十字。

这时,不知是些什么人,从院子里跑进了花园里,只听他们翻过彼得罗夫娜的院墙,跌跌撞撞地发出咕噜咕噜的声音,不过一切总还是安静的。这时外祖父往四周一看,突然绝望地喊叫了一声,这才打破四周的寂静:

"街坊们,你们把林浆果都给踩坏了,你们怎么好意思这么做呢!"

【名师点睛:人死了,对于外祖父来说不算什么,而人们把他的林浆果踩坏了才是大事,展现了人情的冷漠与淡薄,表现出外祖父的自私自利、冷漠无情。】

外祖母拉着我的手,抽抽搭搭地哭着,领着我回家去了。

"他干了什么事啦?"我好奇地问。

她回答说:

"你不是都看见了吗?"

直到深夜,厨房里和隔壁的房间里都挤满了陌生人。他们大喊大叫,警察指挥着,一个像助祭的人,在写着什么。他一边写,一边像鸭子似的嘎嘎地叫着:

"什么?什么?"

外祖母在厨房里给大家准备了茶,桌子旁坐着一个又胖又圆的人,满脸麻子,留着小胡子,用沙哑的声音叙述道:

"此人真实姓名不详,仅查出他是耶拉吉马镇人,那个哑巴——

其实一点也不哑，他已经全部招了。参加作案的还有一个人，最后也招了，他们一共是三个人。他们很早以前就开始抢劫教堂，这是他们的主要本领……"

彼得罗夫娜叹息着："哦，我的天哪！"她通红的脸早已浸满了泪水。我躺在吊床上往下望去，仿佛所有的人都变得又矮又胖又可怕……一切是那么的陌生。【写作借鉴：这里运用了联想的手法。彼得大伯竟然是一个抢劫犯，这样的现实令天真的"我"难以接受。而彼得大伯的遭遇正是当时俄罗斯黑暗、邪恶社会的缩影。】

Z 知识考点

1."好事"走后，阿廖沙和_____走得很近。人们后来才得知他是一个_____，最后，他在一个冬天_____了。

2.玩捉迷藏游戏时，(　　)掉进了井里。

　　A.阿廖沙　　B.老大　　C.老二　　D.小弟弟

3.新搬来的长着肉瘤的地主老爷喜欢射击，"好事"和外祖父都曾被他射过，他们的反应分别是什么样的？

_____

_____

_____

Y 阅读与思考

1.彼得大伯是个什么样的人？你认为是什么造成了他的悲剧？

2.阿廖沙是怎样和三兄弟结下友谊的？大人们为什么会反对他们交往？

▶ 童年

第十章

母亲归来

M 名师导读

在一个寒冷的冬天,消失许久的母亲终于回来了。阿廖沙既高兴又激动,母亲对他的关怀,他对母亲的依恋,曾一度让他体会到母爱的温暖。可是生活并没有就这样安宁地度过。那么,接下来又会发生什么样的故事呢?

一个星期六的大早上,我到彼得罗夫娜的菜园子里去抓灰雀。抓了很久,可是那些大模大样的红肚子灰雀十分聪明,就是不上当。它们总是在卖俏,在镀银似的冰上蹦来蹦去,或者飞到穿着厚厚的霜的灌木树枝上,像一朵朵充满生机的鲜花,摇晃不停。银灰色的雪花亮光闪闪的,散落了下来。【名师点睛:浓墨重彩地描写了冬天银装素裹的环境,在"我"的眼里,大自然永远是那么美,那么可爱,孩子心中也没有烦恼,天真而烂漫。】这一切是那么好看,就算打不到小鸟,也不会使人感到懊恼。我并不是一个热衷于打猎的人,相对于打猎的结果,我更享受打猎的过程。我喜欢看小鸟是怎么生活的,而且经常会想起它们。

我喜欢在寂静的严冬独自一人坐在雪地的边缘,倾听着四周雪地里小鸟啾啾的鸣叫声,远方过往的三套马车的铃声,俄罗斯冬季忧郁的云雀发出的悦耳动听的叮当声——它们像唱着歌一样飞向了远方。

我在雪地里待了很长时间,冻得直打哆嗦,耳朵也冻僵了,于是我就收起鸟网和鸟笼,翻过外祖父家的围墙,回家去了。外祖父家朝街的那扇大门敞开着，一个身材高大的农夫从院子里牵出一辆用三匹马拉着的带篷的大雪橇，雪橇上冒着热气。农夫吹着口哨，好像很开心的样子。我看到雪橇，心不由地颤抖了一下。

"你送谁来了？"

他听见我的问话，就转过身来，把手搭在脑门上，看了我一眼，然后跳到驾驶台上，说道：

"一位神甫！"

送神甫与我无关。既然来的是神甫，他大概是找房客的。

"哎，我的马儿，赶快跑起来吧！"那个农夫喊叫着，他用缰绳赶着马儿，吆喝了一声，又吹起了口哨，寂静的空气中顿时充满了欢乐的气氛。三匹马步调一致地向田野飞奔而去，我看着它们的背影，掩上了大门。当我走进空荡荡的厨房时，忽然听见从隔壁的房间里传来了母亲的声音，每个字都非常清晰：

"现在怎么办？难道要杀死我吗？"

<u>我扔掉鸟笼子，连衣服也没脱，就往过道跑去，正好同外祖父撞了个正着。</u>【名师点睛：一系列动作描写写出了"我"急于见母亲的迫切心情。】他抓住我的胳膊，看了看我的脸，费劲地咽了一口不知什么东西，嗓子沙哑地说：

"你母亲来了，去吧！等等……"他使劲地摇晃了我一下，我差点儿摔倒，然后他又把我冲房门一推，"去吧，去吧……"

我一头撞在房门上，那上面钉着毡子和漆布。因为我又冷又激动，手一直在打战，在门上摸了很久才找到门把手。我轻轻地推开了房门，目光缭乱地站在了门槛上。

"他来了，"母亲说，"天哪，都长这么高了！怎么都不认识我了？瞧，你们给他穿的这一身衣服，实在是不像话……他的耳朵冻红了！妈妈，快把鹅油拿来……"【名师点睛：虽然平时有外祖母的陪伴，但是"我"对母亲的思念一直有增无减。因此，母子久别重逢，二人都无比激动。】

169

▶ 童年

　　她站在房屋中间，朝我俯下身来，把我身上的衣服脱了，把我当成个球似的转来转去，怎么看也看不够。【写作借鉴：有趣的比喻，精确传达出久别重逢后母亲对"我"仔细端详的情景，体现出母亲对"我"的爱。】她那庞大的躯体上，裹着一件像乡下人穿的宽大的长袍，穿着一件又暖和又温柔的红色的连衣裙，一排又黑又大的扣子从肩膀斜着一直钉到下襟上，我以前从来没有见过这样的衣服。

　　我觉得她的脸比以前白了，也小了些，眼睛却比以前更大、更深地陷了下去，而头发显得更加黄了。她将我的衣服扔到门槛上，厌恶地撇着紫红的嘴唇，不停地命令着：

　　"你怎么不说话？见到我高兴吗？瞧，这衣服多脏……"

　　她用鹅油给我擦了擦耳朵，我感觉有点疼。但她身上散发的一种香味挺好闻，减轻了点我的疼痛。我依偎着她，久久说不出话来。外祖母倒有点不高兴地说：

　　"他变成一匹野马了，谁的话都不听，连外祖父也不怕……哎，瓦留莎，瓦留莎……"

　　"得了吧，妈妈，不要总诉苦，慢慢会好的！"

　　我觉得周围的一切同母亲比起来，都显得渺小、可怜，而且很衰老，我也觉得自己变得和外祖父一样衰老了。她用腿紧紧地夹住我，用她那沉重而又温暖的手，抚摸着我的头发，说：

　　"你该剪头发了。该上学了。你愿意念书吗？"

　　"我已经会念了。"

　　"还不够，要再念一点，唉，你长得多结实，啊？"

　　她在逗着我玩，她的笑声低沉而温暖人心。

　　外祖父进来了，他面色苍白，头发直立着，两只眼睛通红，看起来很生气。母亲将我推到一旁，大声问道：

　　"怎么，爸爸？让我走吗？"

　　外祖父站在窗口，用指甲抠着玻璃窗上结的冰，半天也没说话，周围的气氛变得紧张起来，使人觉得可怕。就像平常一样，一旦情况到了这种地步，我全身就像长出了耳朵和眼睛，胸膛仿佛也奇怪地长大了。我非常不舒服，真想大喊一声。【名师点睛：描写了紧张的氛围和"我"内心紧张的感受，大家沉浸在令人窒息的沉默氛围当中，暗示着激烈的争吵即将爆发。】

"阿廖沙，滚出去！"外祖父声音低沉地说。

"为什么？"母亲问道，然后又把我拉到了她的身边。

"你哪儿也别去，我不准你再出来……"

母亲站起来，朝外祖父走了过去，她像云雾一样在房间里飘着，然后在外祖父的背后停了下来。

"爸爸，您听着……"

外祖父转过脸面对着她，严厉地喊叫了一声：

"住嘴！"

"好吧，但我不允许你对我大喊大叫。"母亲低声说。

外祖母一下子从沙发上站了起来，伸出手指头吓唬她："瓦留莎！"

外祖父坐到椅子上，咕咕哝哝地说："等一等，我是谁？这还了得？"

忽然，他又用完全不像是他自己的声音，吼叫了起来："你丢了我的脸，瓦留莎！"

"你出去！"外祖母对我说。我闷闷不乐地走到了厨房里，爬到炕炉上，听他们谈话。在隔壁房间里，有时大家会一起说起来，互相打断对方的话。有时，大家又一声也不吭，仿佛都睡着了，他们在谈论母亲生的一个小男孩，她把孩子送给了人家。但我不明白的是，外祖父为什么会生气，是因为母亲没告诉他就生孩子了呢，还是因为她没把那个孩子给他带来？

后来，外祖父到厨房里来了，他面红耳赤，头发也乱蓬蓬的，显得疲惫不堪。接着，外祖母也来了，用上衣的衣襟擦脸上的眼泪。外祖父坐在板凳上，用两只胳膊支着板凳，咬着苍白的嘴唇，弯着腰，

171

▶ 童年

浑身直打哆嗦。外祖母在他的面前跪了下来，轻轻地而又热烈地对他说：

"老爷子，看在上帝的分上，你就饶恕她吧！"【名师点睛：描写了外祖父与外祖母各自的神态特征，刻画了母亲归来后他们各自的表现：外祖父恼羞成怒，外祖母宽容、善良、慈爱。】又不是只有咱们家发生过这种事。那些地主老爷、商人家不也同样发生这种事吗？她是一个女人，再说又长得那么漂亮！饶了她吧，不管怎么说，谁都有罪……"

听了外祖母的话，外祖父往墙上一靠，瞅着她的脸，冷笑着，抽咽着咕哝道：

"哎，是啊，当然是啊！那可不是？你什么人没饶恕过，你谁都饶恕过，唉，你们这些人啊……"

说着，他朝外祖母俯下身来，抓住她的肩膀，一边摇晃，一边低声说：

"可是，上帝却什么都不饶恕，对不对？我们眼看就要入土了，上帝还是要惩罚我们，让我们到老了也不得安宁，也过不上好日子！唉，你就记住我说的话吧！将来我们非得当乞丐去，非活活饿死不可！"

外祖母拉住他的双手，坐在他的身边，轻轻地笑了起来，小声地说：

"这有什么，当乞丐有什么大不了的！得啦，当乞丐就当乞丐。你呀，老爷子，你只要在屋子里坐着，我去给你沿街要饭——有人会给我们的，我们是不会饿死的！你就别想这些事了！"

外祖父忽然咧开嘴笑了，他像个小羊似的扭转了脖颈，搂过外祖母的脖子，将身子靠着她，他看起来既矮小又憔悴，他又抽咽着说：

"唉，傻瓜，你这个有福气的傻瓜，我就剩下你这么一个亲人了！"【写作借鉴：外祖母的笑与外祖父的哭形成了鲜明的对比，可以看出坚强、达观的外祖母始终是外祖父最值得依赖的伴侣。】你这傻瓜，你倒是对什么也不觉得惋惜，可是你什么也不懂！你想想看：咱们干了一辈子的活，还不是为了他们，我不是也作过孽吗？唉，哪怕现在，哪怕稍微……"

听到这儿，我再也忍不住了，泪流满面地从炕炉上跳了下来，号

172

哭着奔向了他们。我哭，是因为我高兴，高兴的是他们从来也没像现在这样谈得这么好；我哭，是因为我悲伤，因为母亲来了，因为他们平等地对待我，允许我和他们一块哭。【写作借鉴：排比句增强了语气。"我"听到了外祖母与外祖父的话，心头涌起无限的感慨，这是一个孩子正常的需求，也是一个孩子成长中弥足珍贵的东西，可见"我"幼小的心灵承载了太多的痛苦与不幸。】两位老人搂住我，眼泪掉个不停，外祖父看着我的耳朵和眼睛，低声说：

"哎，你这个小鬼头！现在，你妈妈来找你了，你就跟她走吧，你外祖父是个老魔鬼，现在让他滚开，好不好？你外祖母就只知道娇惯放纵你，也不要她了，好不好？哎，你们这些小鬼啊……"

他松开双手，推开我和外祖母，站了起来，然后，气呼呼地大声说："大家都要走了，都一心一意地要离开这个家，这一家子人眼看着就要七零八落了……喂，快去把她叫来！……"

外祖母出去了，外祖父低着头面朝着墙角祷告：

"最仁慈的主啊！喏——您全都看见了吧？"

他伸出拳头咚咚地捶打着自己的胸膛，我不喜欢他这样，我不喜欢他用那种方式跟上帝交谈，好像总是对上帝夸口似的。

过来一会儿，母亲来了，她坐到桌子旁，身上那件鲜红色的衣服把屋子里照得亮堂堂的。外祖母和外祖父分别坐在她的两侧，母亲小声而严肃地在说些什么。她的声音很低，外祖母和外祖父都不作声，好像她成了母亲似的。

我太激动了，也太累了，不知不觉在吊床上进入了梦乡。

晚上，我的外祖父和外祖母穿着节日的服装去做晚祷。外祖父穿着一件做行会会长时穿的浣熊皮大衣，下身是撒腿裤，外祖母快活地向他挤了挤眼，然后对我母亲说：

"你看，你爸爸把他自己打扮得活像一只白白净净的小山羊！"【名师点睛：慈祥的外祖母很幽默地将经过精心打扮过的外祖父比作一只白净

▶ 童年

的小羊,形象地展现出外祖父可爱的一面,她的目的是想化解紧张的气氛。】

母亲看了看外祖父,也快活地笑了起来。

当屋子里只剩下我和她的时候,她蜷腿坐在沙发上,用手掌拍拍自己身旁的位置,对我说:

"来,过来,到我这儿来!你在这儿过得怎么样?不怎么样,是吧?"

谁知道我过得怎么样啊!

"我不知道。"

"外祖父打你吗?"

"现在不常打了!"

"是吗?好了,随便跟我说点什么吧!"

我说起了以前那个非常好的人,大家都不喜欢他,外祖父把他赶走了。母亲似乎对这个故事不感兴趣,她问:

"别的呢?"

我又讲了三兄弟的事,讲上校把我从院子里轰出来的事。她抱着我,说:

"都是些没用的……"

她许久不说话,皱着眉,眼望着地板,摇着头。

"外祖父为什么生你的气?"我问。

"我……对不起他!"

"你应该把小孩给他带回来……"

她把身子往后一仰,紧皱着眉头,咬着嘴唇,搂紧了我,哈哈大笑起来。

"哎呀,你这个怪人!以后不许你再说这种事,听见了吗?不许说,连想都不要想!"

她小声并且严厉地强调了很久,我不知道她在说些什么,后来,她从沙发上站了起来,走了出去,用手指敲着下巴,耸动着浓密的眉毛。

桌子上的一支蜡烛正在慢慢地融化,它反射在空荡荡的镜子里,昏沉沉的影子在地板上爬来爬去。墙角圣像前面的长明灯闪着微弱的光亮，结冰的玻璃窗上闪着银白色的光。母亲环视了一下四周，仿佛在光秃秃的墙上和天花板上找寻着什么。

"你什么时候睡觉？"

"稍微等一会儿。"

"难怪，白天你睡过了。"她想起来了，叹息了一声。我问她："你还想走吗？"

"到哪里去？"她惊讶地应了一声，接着，她稍稍抬起我的头，对着我的脸瞅了很久，她这样看着我，让我的眼泪都流了出来。

"你怎么了？"

"我脖子痛。"

其实我不止脖子痛，心里也很痛，我立刻感到，她在这个家里是待不下去了，她一定会走的。【名师点睛：从简短的对话中可以看出"我"很懂事，能理解别人。虽然"我"不知道母亲和外祖父有什么过节，但是"我"明白母亲在家里没有地位，不受欢迎，就像是一个外来人，只不过她暂时无处可去，只好寄住这里。】

"你长得更像你父亲了，"她说着，随便地把沙发边的垫子踢到一边去，"外祖母对你讲起过他的事情吗？"

"讲过了。"

"她挺喜欢马克西姆，非常喜欢他，你父亲也喜欢她。"

"这我知道。"

母亲望了望蜡烛，皱起了眉头，她吹灭了蜡烛，说：

"黑了更好些！"

"是的，这样变得比较清静了。"脏污的黑影不再摇晃了，一片片雪青色的亮光，投射在地板上，玻璃窗上撒满了片片月光，金光闪闪的。

【名师点睛：这里描写的环境与前面所描写的蜡烛、长明灯和月光相互照应，再次烘托出悲凉的气氛，给人一种凄清的感受。】

▶ 童年

"你以前住在什么地方？"

她好像在回忆很久很久以前的往事似的，说了几个城市的名字，同时又像一只鹞鹰，不停地在屋子里盘旋。

"你这身衣服是哪儿来的？"

"我自己做的。"

和她说话既让人高兴，又有点遗憾。高兴的是，她和谁都不像；遗憾的是，你不问，她就一句话也不说。

我们依偎着坐在沙发上，一直到两位老人做完晚祷回来。他们一身的蜡香味儿，神情肃穆，态度和蔼。这天的晚饭异常丰盛，大家小心翼翼地端坐着不语，好像怕惊扰到谁似的。

吃完饭后，母亲便开始积极教我"民用"字母了。她买了几本书，我从其中一本叫《民用课本》的书上，花费了几天的工夫，就学会了如何读以民用体印刷的各种书。不过，母亲又马上让我学着背诗，从这以后，发生了一些让我们俩都烦恼的事情。

由于我经常念错，她生气地说我脑子太笨，性子太拗。她的话让我太伤心了。我一心一意想背会这几行该死的诗句，在心里默念时，一点也没有错，但是每次一念出来，准念错。我十分憎恶这种捉摸不定的诗行，所以，每次我一生气就有意念错它，我总是荒谬地把一些发音相似的词排成一行，我很喜欢那些没有任何意义的，像着了魔似的诗行。【名师点睛："我"对诗句的又恨又爱，表现出儿童执拗、天真、矛盾的心理，也说明"我"是一个追求内心自由的孩子。】

但是，因为这种游戏，我也挨了一次训。有一天，在顺利地做完功课之后，我母亲问我那些诗句背得怎么样了，我就不由自主地咕咕哝哝地念了起来。

等我醒悟过来，已经太迟了，母亲两手撑着桌子，一字一顿地问道："这是怎么回事？"

"我不知道。"说完，我完全愣住了。

"不，这到底是怎么一回事？"

"就是这样。"

"什么就是这样？"

"只是为了开心。"

"站到墙角去！"

她的声音低沉，又十分威严地说：

"站到墙角去！"

"站到哪个墙角？"

她只是盯着我的脸，没有说话，弄得我完全不知所措，我不明白她想干什么，因为这有好几个墙角。供神像的那个，放着一张圆桌子，桌子上放着枯萎的花草；另一个墙角放着一个地毯箱子；在后墙角摆着一张床；第四个墙角——其实根本没有第四个，因为那儿有门，紧挨着墙壁。

"我不明白你想要干什么？"我说，我觉得她再也无法让人理解了。

【名师点睛：虽然母亲的出现让"我"兴奋无比，但长时间的分离令"我"与母亲之间存在着隔阂，无法像寻常母子那么亲密无间。】

她坐了下来，沉默了一会儿，然后擦了擦额头和面颊，问道：

"你外祖父让你站过墙角吗？"

"什么时候？"

"平时，随便什么时候！"她大声地说，用手拍了两下桌子。

"不，我记不得了。"

"你知道吗？站墙角是一种惩罚。"

"不知道，你为什么要惩罚我？"

她叹了一口气：

"唉，到我这儿来。"【名师点睛：对于不谙世事的"我"来说，还不知道到底什么是惩罚。同时，对于"我"的教育，母亲感到无奈又伤心。】

我走到她的跟前，问她：

177

▶ 童年

"你为什么对我喊叫？"

"你为什么故意把诗念错？"她问道。

我努力地想向她解释清楚，我一闭上眼睛，就能很清楚地记得那些诗句，跟书本上印的一模一样，可是我等我将它们念出来，就突然变样了。

"你是故意念错的吧？"

我说不是，可是随即又想了想："也许我是故意装的吧？"于是，我又不慌不忙地把那首诗念了一遍，结果完全念对了，这使我感到奇怪，也让我下不了台。

我觉得我的脸好像突然胀起来了，脸上充满了血，直往下坠，脑子里也嗡嗡响着，十分不痛快。我站在母亲的面前，羞得满脸通红，眼泪情不自禁地夺眶而出，透过泪水，我看见她脸色十分悲伤，也变暗了，她紧紧地抿着嘴唇，皱着眉头。

"这是怎么一回事？"她连声调都变了，"那就是说，你是装的了？"

"我不知道，我本来不想……"

"你这个人真难对付，"她低着头说，"去吧！"

她开始让我背诵更多的诗歌，可我的脑子却越来越坏了，根本接收不了那些整整齐齐的诗歌，我总想把这些诗歌变成另一种说法，让它们变个样，配上其他的字眼，这种愿望变得越来越难以克制。这点我很容易就能做得到，一些不必要的字眼蜂拥而来，很快我就将它们和那些必须记熟的、书本上的字眼弄混了。经常会出现这样的情形，整整的一行诗，从我的面前滑了过去，但是我却视而不见，不管我怎么用心想记住它，就是记不住。有一首悲凉的诗歌，好像是维雅杰姆斯基公爵写的，给我带来了许多苦恼：

不论是早晨还是晚上，

有许多老者、孤儿和寡母，

以上帝的名义乞求周济，

178

其中第三行是：

挎着口袋，从窗前走过去，

每次我背的时候，都会落下这首诗的第三行。母亲气愤地把我的"功绩"说给外祖父听，外祖父听了后，气狠狠地对她说：

"他太顽皮了！他的记忆力好着呢！他把祈祷词记得比我都牢。他撒谎，他的记忆力——就像石头刻的，只要读上去，就再也抹不掉！要不你就狠狠地揍他一顿。"

外祖母也揭发我：

"童话故事他记得，歌词他也记得，歌词和诗不是一样的吗？"

他们说得没错，我感到这都是我自己的过失，可是只要学起诗歌来，有一些字眼，就不知从什么地方冒出来了，就像一队队蟑螂突然爬了出来，他们也都自动地排成了行：

在我们大门口，

有无数孤儿和老头，

他们哀求和乞讨，四处奔走，

讨来的东西都给了彼得罗夫娜，

她卖了钱好买牛，

在山沟里喝烧酒。

晚上，我和外祖母躺在吊床上，我不厌其烦地把从书本上学来的和我自己编的故事，全都讲给她听。她听后，有时哈哈大笑，不过，她总是责备我："瞧，其实，你什么都知道，什么都会嘛！不过，你可不要嘲笑乞丐，上帝会保佑他们的！耶稣当过乞丐，只要是圣人都当过……"【名师点睛：外祖母的话突出了她的善良与慈爱，她正是用这种品质引导"我"成为一个有爱心的人。】

我接着嘟嘟囔囔地念道：

乞丐我不爱，

我也不爱外祖父，

179

▶ 童年

这有什么办法呢?
主啊,请饶恕我吧,
外祖父总是找碴儿,
动不动把我一顿好揍!

"你这是说的什么话,小心烂掉你的舌头!"外祖母生气地说,"如果让你外祖父听见了你说的话,会怎么样呢?"

"让他听见好了!"

"你真是太调皮了,你这样惹你母亲生气,有什么好处,你别这么捣蛋,她已经够难过的了。"外祖母和蔼可亲地劝我,显得忧心忡忡。

"她为什么难过?"

"闭嘴,知道吗?你不懂得……"

"我知道,那是因为外祖父对她……"

"我叫你闭嘴!"

我的日子十分不好过,常常有一种近乎绝望的感受,但不知道为什么,我总想掩饰它,我装作满不在乎,总会搞些恶作剧。母亲教我的课越来越多,也越来越难懂,我很容易地就学会了算术,但没有耐心地去写它,对文法,我也算一窍不通。最使我难过的是,我看到并且感觉到的是,母亲在外祖父家里生活得是这么的艰难。她越来越愁眉不展,总是用陌生的眼光看待周围的一切。她总是站在朝花园开的那扇窗户旁,一看就是好半天,一句话也不说,她变得憔悴不堪了。刚来的几天,她动作敏捷,精力充沛,可是现在,她长着深深的黑眼圈,一连好几天连头也不梳,穿着皱巴巴的衣服,上衣也不系扣,弄得很难看。她这样让我感到很难过,她应当永远漂亮、端庄,穿得干干净净,应该比任何人都好看。【名师点睛:以孩子的视角看母亲的形象,将母亲刚回来时的形象和现在的形象做对比,表现出母亲艰难、尴尬的处境,这样的窘境也让年幼的"我"感觉很心疼。】

上课的时候,她老是心不在焉,那双深陷的眼睛会越过我的头顶,朝墙壁和窗户望去。她用疲倦的声音问我的功课，时常忘记我的回答，她越来越爱动怒发火，大声喊叫——这也让我感到十分的难过。母亲应当公正，像童话故事里所讲的那样，比任何人都要公正。

有时候，我就问她：

"你觉得和我在一起不好吗？"

她听了十分气愤，怒气冲冲地应了一句：

"做你自己的事去！"

我还发现，外祖父正在做一件让外祖母和母亲都很害怕的事。他常常到母亲的房间里，关上门，对着母亲发牢骚，或者尖声叫喊，声音就像残疾牧羊人尼卡诺尔吹奏的难听的木笛声。

有一次，在这样的谈话中，母亲大叫一声，那声音大得整间屋子都能听得见：

"不，这办不到！"

她砰的一声关上了门，然后就出去了。随后，外祖父就咆哮起来了。【名师点睛：通过声音和动作描写，表现出母亲对"那件事情"的强烈反抗，以及母亲叛逆、有主见的性格特征。】

这件事是在晚上发生的。外祖母在厨房的一张桌子旁，给外祖父缝衬衣，还自言自语地咕哝着。这时房门响了，她留神听了听，然后说：

"她到房客那儿去了！哎呀，我的天哪！"

外祖父突然跑进了厨房里，来到外祖母的跟前，对着她的脑袋就是一拳，他还一边摇晃着打痛的手，一边恶狠狠地说：

"不该说的就别多嘴，你这老妖婆！"【名师点睛：生动地描写出外祖父打外祖母的场景，表现出外祖父凶残、暴戾的本性。】

"你这个老鬼，"外祖母整了整被打歪了的帽子，平静而又安详地说，"想让我闭嘴不说话，门儿都没有，你所有的馊主意，一旦让我发现了，我就全都告诉她……"

外祖父猛然向她扑过去，拳头雨点般落在外祖母的大脑门儿上，

▶ 童年

她既不保护自己，也不把他推开，只是说：

"哼，打吧，打吧，你这混蛋！哼，使劲打！"

我看见他们打起来了，就从吊床上向他们扔枕头、被子，从炕炉上朝他们扔皮鞋，可是外祖父十分愤怒，根本没有发现我在扔东西。后来他绊倒了，把水桶也弄翻了，不过，他很快又站了起来，又是啐唾沫，又是从鼻孔里往外喷气，像头野兽似的。他回头看了一下，就跑回自己的顶楼上去了。外祖母站了起来，哼哼歪歪地坐到长凳上，开始整理她那被弄乱了的头发。我也赶忙从吊床上跳下来，她生气地对我说：

"你赶紧把枕头什么的都收拾起来，放到炕炉上去！你想的好主意：扔枕头！这关你什么事？那个老鬼发疯了，这个混蛋！"

她突然哎哟一声，紧皱着眉头，低下头来叫我：

"你过来看看，我这儿怎么这么痛啊？"

我把她的头发扒拉开一看，原来有一个发卡深深地扎进了她的头皮里。我把它拔了出来，接着又找到了一根，但是我的手指不听使唤了。

"最好把母亲叫来，我害怕！"

她摆了摆手，说："你怎么了，你敢去叫？她没听见，也没看见，就算谢天谢地了，你还想去叫她，别添乱了，快滚开！"

她用她自己那织花边的手指，在又厚又黑的头发里摸索着。我鼓足勇气，从她那皮肉底下，将那两个扎弯了的粗发卡拔了下来。

"你疼吗？"

"没事，明天烧好一盆热水，洗洗澡就好了。"

她用亲切的语调央求我："好孩子，别把这事告诉你母亲，听见了吗？就为了这个，他们俩都在生气。"【名师点睛：即便是自己受伤，第一时间还是想着丈夫跟女儿之间不能再增加一丝一毫的矛盾，这使外祖母的形象更加高大起来。】

"不说了。"

182

"那好，你可千万要记住了！来，咱们把东西收拾收拾。我的脸没被打破吧？好，没准儿能神不知鬼不觉地就混过去……"

说完，她就擦起地板来，我很感动地说：

"你真像一个圣徒，人家让你受罪，可你却满不在乎！"

"你说什么蠢话？圣徒……你可真会说。"

她唠唠叨叨地说了老半天，在地板上爬来爬去，地板被她擦得干干净净的。我在炕炉台阶上，思考着为外祖母报仇的办法。

这是我第一次见到他这样可怕地对待外祖母。在我眼前，在昏暗中，他的脸烧得通红通红的，金黄色的头发向上飞扬着。在我的心中，屈辱像火烧一般地沸腾着，我恨自己连一个报仇的法子也想不出来。

【名师点睛：外祖父残暴无情地打骂外祖母，让"我"幼小的心灵受到了重创，激起了"我"极大的愤慨，于是"我"决定为外祖母报仇，可见，"我"是一个爱憎分明的孩子。这里的内容为下文的复仇行动埋下伏笔。】

两天以后，我为了一件别的事，到顶楼上去找他，见到他正在地板上，面前还有一个打开了的箱子。他正在整理里头的文件，椅子上放着他十分喜爱的圣像图。外祖父非常珍视这些图像，我总是怀着某种特殊的好感，细细地查看那些排列得密密麻麻、色彩灰暗、小巧而又可爱的人物画像。这些画像有些是人物传记，比如基里克和乌莉塔，受苦受难的瓦留莎、潘台雷蒙等。我特别喜欢神人阿列克谢的悲惨传记和歌颂他的诗行。外祖母也常把那首诗念给我听，总让我深受感动。看着这数百个人物画像，往往会让人的心中找到一种平静和安宁，原来受苦的人，无论在什么时候都是有的。

不过，现在我想到办法了，我打算把这本教堂日历剪掉。趁外祖父走到窗口看一张画有老鹰的蓝色证件的时候，我抓起其中的几张飞快地跑了下去，从外祖母的桌子里抽出了一把剪刀，爬到吊床上，就开始剪起头像来。我剪掉了一排之后，忽然觉得那些圣像十分可怜，便沿着图像方格的线条去剪，但我还没来得及剪第二行时，外祖父就

183

童年

进来了，他站在炕炉的台阶上，问道：

"是谁让你把圣像图拿走的？"

他见到木板上到处撒满了纸片，就抓起了一把，举到眼前仔细看了看，扔掉之后，又抓起了一把。他气极了，下巴颏扭歪了，胡子颤抖着，呼哧呼哧地喘着粗气，甚至将那些纸片都吹落到地板上了。

"你这是在干什么？"【名师点睛：此处运用"扭歪""颤抖""喘""吹"几个动词，准确刻画出外祖父生气的样子，表现出人物极其愤怒的情绪，更好地凸显出了人物个性。】他大喝一声，抓住了我的腿，使劲往下拉，我腾空翻了下去，外祖母伸手接住了我，外祖父挥起了拳头，又捶她，又捶我，尖声喊道：

"打死你们！"

母亲赶了过来，我躲到炕炉边的墙角里，她挡着我，推开了正在她面前挥舞着胳膊的外祖父，说："为什么要这样胡闹？清醒清醒吧！"

外祖父咚的一声倒在窗下的长凳上，号叫起来："打死我吧！所有人都和我作对，啊……"

"您怎么不觉得害臊(sào)[害羞，不好意思]呢？"母亲用低沉的声音说，"您为什么总是装腔作势啊？"

外祖父一边喊叫一边乱蹬脚下的砖头，他的胡须可笑地翘向天花板，两只眼睛紧紧地闭着。【名师点睛：生动传神地描写了外祖父撒泼时的样子，看起来让人哭笑不得，这时的他没有了严厉和残暴，更像是一个幼稚的孩子。】我也觉得，在母亲面前他感到有些羞耻，他的确在装傻，所以才闭着眼睛。

"我把这些纸块都给你，你把它们都贴到纱布上，这样会更好看，更结实。"母亲一边说，一边仔细地看着那些被剪下来和还没有被剪下来的纸片，说，"你瞧，这些都揉坏了，折断了，散了……"

她跟外祖父说话的样子，就像上课时我有什么不懂的地方，她告诉我时一样。外祖父忽然站了起来，一本正经地整理了一下衬衣和坎肩，咳了一口痰，然后对我说："你今天就得贴，我这就把其他几张给你拿来……"

他朝着门口走去，等他走到门槛边的时候，又转过身来，用他那弯弯的手指头，指着我说：

"应该揍他一顿！"

"是该揍他，"母亲笑了，接着向我俯下身来问道，"你为什么要这么做？"

"我是故意这么做的，看他以后还敢不敢再打外祖母！他要是再打，他的胡子我都敢给他剪掉……"【名师点睛：语言描写，幼小的"我"在一群大人中间发话，正直而勇敢，想竭力去保护外祖母，体现了"我"的正义感，更表现出"我"对外祖母浓浓的爱。】外祖母正在脱被撕破的上衣，听见我说的话，摇着头责备道："你不是答应过我不告诉你母亲的吗？"

她往地板上吐了口唾沫，说："烂掉你的舌根，让你动也动不了，卷也卷不上去！"

母亲扫了她一眼，在厨房里来来回回地走了一会儿，然后又停在我跟前。

"他什么时候打她的？"

"你呀，瓦留莎，你怎么好意思问这个，这和你有什么关系？"外祖母生气地说。

母亲紧紧抱着她，说："哎，妈妈，你真是我的好妈妈……"

"又是好妈妈，好妈妈，去你的……"

她们互相看了看，谁也不说话了，然后就分开了，因为外祖父正在门洞里来回走呢。

母亲刚回来没多长时间，就跟那位快活的女房客——军人妻子交上了朋友。她几乎每天晚上都到前屋去，连贝特林格家里的人——漂亮的小姐和军官，也经常去那里。外祖父并不喜欢她到那去，大家在厨房里吃饭的时候，有好几次，他举起羹匙威吓着，气呼呼地说道：

185

▶ 童年

"这些该死的东西,又聚到一起了,搅得别人从现在起,整个晚上都睡不好觉。"

没多久,他就让房客搬到别的地方去了。等他们走了以后,他不知从什么地方运来两大车各式各样的家具,摆到前屋里,用一把大锁将房门锁了起来。

"咱们不需要房客,我要自己请客!"

果然,一到节日,他就将客人请来了。有常来的外祖母的妹妹马特廖娜·伊万诺夫娜,她的鼻子很大,是一个大嗓门的洗衣妇,身穿带条纹的丝绸衣服,头上戴着金光闪闪的头巾。她的两个儿子也和她一起来了:瓦西里——一个绘图员,他有一头长发,相貌和善,总是很快乐,穿一身灰色的衣服;维克多——他穿着花里胡哨的衣服,脑袋大得像马头一样,大脸蛋上布满雀斑,当他在门洞里脱套鞋的时候,便尖着嗓子唱了起来,声音听起来很像彼得鲁什卡:"安德烈——爸爸,安德烈——爸爸……"

这使我感到既惊奇又害怕。

雅科夫舅舅也来了,不但带着他的吉他,还带来一个秃头独眼的钟表匠。这个钟表匠穿着长长的黑衣服,安静得像个老僧人。他总是坐在角落里,把头歪向一边,笑眯眯的,古怪地用一个手指戳着剃光了的下巴,支着脑袋。他脸色阴沉,无论什么时候用那只独眼看人,都好像聚精会神似的。这个人很少讲话,但他一直在重复着相同的话:"不必麻烦啦,怎么都可以……"

我第一次见到他的时候,突然回忆起一件很久以前的事情。那时,我们还住在新开路,有一天,大门外忽然响起低沉有力的鼓声,一辆围满了兵和人群的大车,又高又黑,正在从监狱驶向广场。一个个子不高,戴着圆毡帽和镣铐的人,坐在车里的条凳上。他脑袋前挂着一块黑牌子,上面写着大大的白字。他低着头,好像在读牌子上的字,身体不住地摇晃着,手和脚上的镣铐也跟着叮当作响。【写作借鉴:运用

插叙的写作手法，看到钟表匠的外形，"我"联想到了曾经见过的一个犯人，凸显出"我"对钟表匠的厌恶、害怕。】

当母亲把我介绍给钟表匠的时候，我吃惊地往后一退，把手藏在身后，想躲开他。

"不麻烦了。"他说。他的嘴巴很大，而且令人可怕地往右耳歪了过去。他抱住我的腰轻轻地转了一圈，之后又把我放了下来，称赞道：

"还好，这孩子长得挺结实的……"

我爬到角落的一张皮沙发椅上。这张沙发椅很大，它上面可以睡下一个人，外祖父常夸口说，这是格鲁吉亚王公的宝座。我爬到沙发椅上，观看着人们怎样消遣作乐，观察那个钟表匠的面孔为什么会古怪而令人可疑地变化着。

他那副油渍渍、肥腻腻的面孔好像在溶化一样，向四处流淌。他一笑，厚嘴唇就咧到右腮上去了，小鼻子也像盘子上的饺子似的滑走了。那两只原本向外支撑着的大耳朵，忽然和那只好眼和眉毛一起抬高，忽而又聚拢到两颊的颧骨上，看起来只要愿意，他就可以用两只耳朵把自己的鼻子捂起来，就像用手掌一样。【名师点睛：细腻传神的外貌描写，将钟表匠的表情生动地描摹出来，奇怪的表情激发了"我"的好奇心。】有时候，他喘一口气，伸出像棒槌一样又黑又圆的舌头来，灵活地画个正圆形，舔舔油腻的厚嘴唇。我觉得很惊奇，目不转睛地注视着他。

客人们喝着茶，茶里掺了甜酒，这种甜酒有一股烧焦的葱皮味。他们还品尝了外祖母自酿的果酒，这种果酒有各种各样的颜色，黄的金黄，黑的像焦油一样黑，还有绿色的。他们吃着味道浓馥(fù)的酸乳和带罂粟籽的奶油、蜜糖饼。每个人都吃得出汗了，都累得喘着气，对外祖母赞不绝口。大家酒足饭饱以后，各个满脸通红，鼓着个大脖子，一本正经地坐在椅子里，懒洋洋地请雅科夫舅舅弹曲子。

雅科夫舅舅拿起吉他，开始弹奏了。虽然伴着音乐，但是他的歌

▶ 童年

声令人很不愉快，他仍然腻烦地唱着：

哎，痛痛快快地过它几天，

闹它个满城风雨，

然后再把这一切事情，

统统讲给喀山小姐听……

我觉得这首曲子十分伤感，外祖母说："雅沙，你换首曲子吧，弹个真正的歌，嗯？马特廖娜，你还记得人家从前唱的歌吗？"

洗衣妇整了整她那沙沙作响的衣服，神情庄重地说："老太太，那些现在已经过时了……"

舅舅眯缝着眼睛，看着外祖母，好像她坐得很远似的。他仍然一直弹奏着令人闷闷不乐的曲子，唱着令人厌烦的歌词。

外祖父不知在和钟表匠交谈什么，显得很神秘。他用手指头比画着，让那个钟表匠看一样东西。那个钟表匠扬起了眉毛，直往母亲那边瞧，不住地点头，他那肌肉松弛的脸，让人捉摸不定。【名师点睛：外祖父同钟表匠的低声谈话显然和母亲有密切的关系，为下文外祖父劝母亲再嫁埋下伏笔。】

母亲总是坐在瓦里西和维克多之间，悄悄地同瓦西里谈话，态度很认真。他叹息着说："是啊，这事得考虑一下……"

这种沉闷无聊的晚会先后举行过两三次，后来，在一个星期天，我刚做完午祷，那个钟表匠就自己来了。当时我坐在母亲的房间里，帮她用小玻璃珠装饰开了线的刺绣。突然，房门被迅速打开了一道缝，外祖母看起来有些惊慌不安，她将面孔伸进屋子里，悄悄地说完一句话后，就立刻又消失了："瓦留莎，他来了！"

母亲仍然坐在那里，一动也不动，门又打开了，外祖父站在门槛上，严厉地对她说："穿上衣服，瓦留莎，跟我走！"

母亲没站起来，也没看他，只是问："去哪儿？"

"你就和我走一趟吧，上帝保佑你，别跟我抬杠了。他这个人很老实，在这个行当里也是一个能手，阿廖沙会有一个好父亲的……"

外祖父说话的语气，显得异常庄重，他一直用手指抚摸着自己的肘部，可他的胳膊却弯到背后，直打哆嗦，好像他的两只手要向前伸出去，但他又尽力按住了它们。

母亲平静地打断他："我跟你说，这不行……"

外祖父朝她迈进了一步，伸出了两只手，像一个瞎子似的拱着个头，声音沙哑地说："走，否则，我就——拉着你走！揪着你的辫子……"

【名师点睛：动作和语言描写，将外祖父的专横、粗暴的形象活灵活现地展现在读者面前。】

"拉着我走？"母亲站起来大声问道。她的脸色一下子就变白了，眼睛可怕地眯成了一条缝。她将上衣和裙子飞快地脱掉，只剩下一件衬衣，走到外祖父跟前，说："你拉吧！"

外祖父龇着牙，握着拳头，吓唬她道："瓦留莎，把衣服穿上！"

母亲挡住他，抓住门把手，说："好，咱们走！"

"我诅咒你！"外祖父低声说。

"不过我不怕，走呀？"【名师点睛：母亲坚决拒绝嫁给钟表匠，她的语言和动作表现了她刚烈、有主见的性格。】

她拉开了房门，外祖父一把抓住了她衬衣的前襟，屈着膝盖，低声说：

"瓦留莎，你是个魔鬼，你会把自己毁了的！别丢人现眼了……"

"老太婆，老太婆呀……"

外祖母听见叫声，出来挡住了母亲的去路，就赶紧朝她挥手，把她赶回门里，从牙缝里嘟哝着：

"瓦留莎，你这个傻瓜，你这是怎么啦？快给我回去，你怎么这么没羞没臊！"

她将母亲推进屋里，插上门，然后她来到外祖父身边，弯下身来，一只手把他提起来，另一只手指着他说："嘿，你这个不懂事的老

189

▶ 童年

魔鬼。"

外祖母将外祖父放到沙发上,他就像个布娃娃似的摔得扑通一声,张着嘴,摇着头。外祖母冲着母亲喊道:"赶快穿上衣服,你!"

母亲从地板上将衣服捡了起来,说:"我不到他那儿去,听见了吗?"

外祖母把我从沙发上推了下来,说:"去舀一瓢水,赶紧去!"她低声地说,听起来像耳语,很平静,不过却很有威严。

我跑到门洞里,前面过道里传来均匀而有力的脚步声,母亲在自己的房间里大声嚷嚷着:"明天我就走!"

我跑到了厨房里,在窗边坐下来,这一切就像做梦一样。

外祖父依旧在不停地呻吟着,啜(chuò)泣[受委屈后,断断续续地哭]着,外祖母不知在叽咕些什么,然后门砰的一声关上了,屋子里静悄悄的,真叫人害怕。我突然想起来叫我来是做什么的,于是赶紧舀了一铜盆水,走进了过道。那个钟表匠正从屋里走出来,他低着头,用手抚摸着皮帽子,干咳着,声音听起来好像鸭子叫似的。外祖母将两只手放在肚子上,朝钟表匠鞠了个躬,轻声说:

"您应该清楚,爱情是勉强不了的……"

那个钟表匠在台阶前的门槛上绊了一跤,一跳就跳到院子里。外祖母画着十字,浑身打战,不知是在默默地哭,还是在偷笑。

"你怎么啦?"我端着铜盆跑到她跟前问道。

她从我的手里夺走了铜盆,水洒了我一身,她大声喝道:

"你到什么地方舀水去了?去把门关上!"

说完,她就端着水到母亲的房间去了。我又回到了厨房里,听见她们俩在一起长吁短叹,唠唠叨叨地说个没完没了,像在搬一件抬不动的东西似的。

有一天,天气晴朗,冬天的斜阳透过两个结冰的玻璃窗照进了屋里。马上到午饭时间了,餐桌上放着锡餐具和两个长颈玻璃瓶——一个盛着棕黄色的葛瓦斯,一个盛着外祖父喜欢喝的暗绿色的伏特加,里面浸泡着枸杞子和金丝桃。从窗户玻璃上的冰融化的空隙，可以见到房顶上明亮得有些刺眼的雪，围着篱笆墙的柱子和椋鸟窝的尖端闪着银白色的光。我在鸟笼子里养了几只鸟，它们被挂在窗框上，在阳光穿过的笼子里，小鸟们在玩游戏：活泼的小黄鸟啾啾地叫着，灰雀在尖声长鸣，金翅雀在嘹亮地歌唱。这个阳光明媚、鸟语花香的日子，却一点也不令人高兴，这所有的一切都是不必要的。我想把鸟儿放了，于是我就把笼子取了下来。外祖母突然跑了进来，两只手拍着腰，一边向炕炉跑去，一边骂道："啊呀，你们这些鬼儿子，可真该死。阿库琳娜，你这个老糊涂……"

她从炕炉里掏出一个饼子，用手指头敲了敲，恶狠狠地啐了一口。

"哎，全烤煳啦！看你干的好事！嗨，这些魔鬼，把你们全撕碎！你干吗瞪着大眼睛，像猫头鹰一样看我？真该把你们当成破盆子、乱罐子，全都打碎。"

说着说着，她噘着嘴哭了。她把那个大馅饼翻过来，倒过去，用指头敲着烤干了的表皮，大滴的眼泪吧嗒吧嗒地落在了饼上面。【名师点睛：慈善的外祖母平时是很少生气和发火的，现在她却由于压抑的生活而变得暴躁不堪。由于母亲的婚事，家里人产生了矛盾，母亲和外祖父闹得不可开交，这让外祖母既伤心又无奈。】

外祖父和母亲一起进了厨房，外祖母把大馅饼往桌子上使劲一扔，盘子都震得跳了起来。

"你们瞧瞧，都是因为你们才弄成这样，叫你们倒一辈子霉！"

母亲的神态很安详，她微笑着搂着外祖母，劝她不必生气。外祖父衣衫凌乱、疲惫不堪，他只管在桌子旁坐了下来，把餐巾系在脖子上，因为怕阳光照射而将浮肿的眼睛眯缝起来了，唠唠叨叨地说：

"好啦，没关系！我们也不是没吃过好的馅饼。上帝是个吝啬鬼，他用几分钟的时间，就偿付了对人们来说很长的几年岁月……他不承认有什么利息。【名师点睛：外祖父心中的上帝跟外祖母信仰的上帝有着

191

▶ 童年

天壤之别，他心中的上帝小气、吝啬、自私自利，其实从外祖父的话语中可以看透他的内心。】过来坐下吧，瓦留莎……得啦！"

他像个疯子一样，每次吃饭时总是谈论上帝，谈论那个不信神的亚哈，谈论做父亲的艰难。外祖母生气地打断他的话："快吃你的饭吧，别唠唠叨叨的了，听见没有？"

母亲闪动着她那双明亮的眼睛，开着玩笑。

"怎么，刚才你被吓坏了吧？"她推了我一下问道。

其实，我当时并不怎么害怕，可是现在我倒觉得不舒服，无法理解。他们这次吃饭的时间很长，像平时过节似的，而且吃得特别多，令人感到厌烦，好像半小时以前那些还在互相吵骂、准备打架、痛哭流涕、号啕大哭的人，并不是他们自己似的。令人难以相信，他们的所作所为是认真的，他们是不轻易落泪的。他们的眼泪和喊叫，以及所有那些相互之间的折磨，会经常爆发，又会很快熄灭，所以我已经习以为常了，这些事越来越不能刺激我，不能打动我的心了。

很久以后，我才明白，由于生活的贫困和穷苦，大多数俄罗斯人都像小孩子一样，喜欢拿自己的悲伤逗乐，玩弄痛苦，不会因为不幸而感到羞愧。

在那些漫长而又单调的生活中，忧伤就是节日，闹火灾就是娱乐，在空洞的面孔上，就连伤痕也变成了一种装饰……【写作借鉴：运用了比喻的修辞手法，作者发挥自己的创造力和想象力，把生活当中的忧伤、灾难比喻成节日、娱乐，以反讽的手法深刻地揭露出了当时俄国底层人民的悲惨生活，结尾引人深思。】

Z 知识考点

1.当阿廖沙再见到母亲时，发现她的皮肤比以前_____了，头发更加_____了。她穿着一件又暖和又温柔的红色的_____，裹着一件像乡下人穿的宽大的_____。外祖父想让母亲嫁给一个_____

_____，母亲强烈_____了。

2.阿廖沙的耳朵冻坏了,母亲拿(　　)帮他擦。

　　A.鹅油　　　B.手帕　　　C.热水　　　D.牛奶

3.母亲教阿廖沙念诗,阿廖沙在心里默念时不会出错,但是一出口就变了样,为什么会这样?

_____

_____

_____

阅读与思考

1.通过阅读本章,请概括一下阿廖沙母亲的性格特点。

2.阿廖沙的母亲教他背诗、识字,这为什么令他们彼此都烦恼起来了?

3.目睹了外祖父对外祖母的殴打,阿廖沙用什么样的行动表示了不满?从中可以看出什么?

▶ 童年

第十一章

父母的故事

M 名师导读

> 阿廖沙对父亲的形象很模糊,他只能从身边人们的闲谈中捕捉到一些碎片化的信息。在他生病期间,外祖母专门来照顾他,并主动给他讲起了有关他父亲的故事,使他了解了父亲和母亲以前的生活。阿廖沙的父亲到底是一个什么样的人呢?父亲和母亲之间发生过什么故事呢?

　　自从发生这件事后,母亲明显地坚强起来了,腰杆也挺直了,俨然成了家中的主人。外祖父却变得不为人注意了,他不像以前那样了,变得很少说话,整天心事重重的。

　　外祖父几乎足不出户,总是一个人孤零零地坐在阁楼上,读一本神秘的书:《我父亲的札(zhá)记[读书时摘记的要点以及所写的心得]》。他把书放在一个小箱子里,还上了锁。我曾不止一次地看到过,外祖父在将这本书取出来之前,总是先要洗一洗手。这本书又厚又短,封面是棕黄色的皮子,在扉页前面淡蓝色的篇页上,写有花体字的题词和签名。字迹已经褪色了,但看起来还是十分好看:"怀着感激之情,赠给可敬的瓦西里·卡希林留作纪念"。题词下面签了一个古怪的姓名——名字的最后一个字母,就像一只飞鸟。外祖父将书拿出来之后,会小心地翻开沉重的书皮,戴上银丝眼镜,长时间地看着这些题词。他的眼镜有点松,为了戴好眼镜,把鼻梁皱了老半天。有几次,我好奇地问他:"这是一本什么书?"他总是庄严地回答:"这个你不必知道。等我死了以后,我会把它赠给你。那件貂绒皮大衣也会遗赠给你。"【名师点睛:面对"我"的提问,外祖父没有直接回答,这是留给"我"的疑惑,同时也是留给读者的疑惑。】

他和母亲说话时,态度温和了许多,话也变得少了。他总是专注地听完她说话,然后眨眨眼或者挥一挥手,嘟嘟哝哝地说:

"好吧,好吧,你爱怎么样就怎么样吧……"

他有几只大木箱子,里面放着许多珍贵的服饰:桃花裙子、缎面坎肩,用银丝编织的长袍,缀着珍珠的各式各样的妇女头饰,色彩艳丽的女帽和三角头巾,沉甸甸的莫尔达维亚项链,还有用各种宝石做成的项链。他将这些都抱到母亲的房间里去,摆在椅子和桌子上,母亲欣赏着服装时,外祖父对她说:

"我们生活的那个时代和现在太不一样了,那时候的衣服要比现在漂亮得多,阔气得多!衣裳阔气,说话简单,日子简单又好过。那个时代已经一去不复返了!嘿,这件你穿上试试……"【名师点睛:从外祖父的珍藏物品中可以看出,他们曾经生活得很富裕,他对过去的生活也很怀念。】

有一天,母亲到隔壁房间待了一会儿,出来时,她换了一件天蓝色的无袖长袍,上面有金线绣花,头上戴着珍珠双角女帽。她向外祖父深深地鞠了一躬,问道:

"父亲大人,好看吗?"

外祖父很不自然地干咳了一声,那声音像鸭子叫似的,但他仿佛浑身都放射出光彩来,挥动着手指,绕着母亲走了一圈,好像做梦似的含含糊糊地说:

"哎哟,瓦留莎,如果你能有大把大把的钞票,如果你的周围都是一些好人该多好啊……"

现在,母亲住在楼前的两个房间里,她那里经常有客人进进出

▶ 童年

出，最常到的是马克西莫夫兄弟二人：一个叫彼得，他是个军官，身材十分魁(kuí)梧(wú)[身体强壮高大]，长得英俊，留着浅色的大胡子，眼睛是蓝色的，外祖父因为我往那年迈地主的头上啐唾沫，曾当着他的面揍过我；另外一个叫叶夫根尼，身材也很粗壮，两条腿显得很高大，面孔却有些苍白，留着黑黑的尖胡子。他的眼睛很大，像李子一样，穿着浅绿色的衣服，上面有金光闪闪的金纽扣，窄窄的肩膀上，缀有花体字缩写的金质姓名。他的头发收拾得很利落，经常会把头一甩，将波浪式的长发从又高又平的前额甩到后边去。他心地宽厚，常常面带微笑，说话时声音很低沉，他说话前总会用一个口头语，这总能使人觉得很开心："您知道我的想法……"

母亲眯缝着两眼，微笑着听他说话，时不时地打断他："您还是个小孩子，叶夫根尼·瓦西里耶维奇，请您原谅……"

那位军官听了母亲的话，用他的大手掌拍着膝盖，说："他本来就是一个孩子嘛！"

圣诞节过得非常热闹，大家都很快活。几乎每天晚上，母亲那儿都有一些穿得漂亮的人来拜访。她自己也打扮得漂漂亮亮，和客人们一块出去。每次，她同那些打扮的花花绿绿的人们离开之后，房屋就像沉入地下一样，到处都变得静悄悄的，令人感到不安和寂寞。外祖母一直在屋子里忙碌着，把东西都收拾妥当。外祖父背靠着暖和的炉瓷砖，自言自语地说道："嗯，好吧，那就好……咱们瞧瞧，究竟会搞出什么名堂……"【名师点睛：语言描写，从外祖父支支吾吾的话中可以看出，对母亲与这些漂亮的人在一起，他并不开心，这为后文中外祖父阻止母亲再婚埋下伏笔。】

圣诞节过完以后，外祖母送我和米哈伊尔舅舅的儿子去上学。萨沙的父亲又结了婚，继母从进门起，就不喜欢这个儿子，经常打他。在外祖母的坚持下，外祖父把萨沙接到了自己身边。我们两个一起上了一个多月的学，在学校里所学的那些东西，我只记住了一点点：当

有人问：“你姓什么？”绝不能简单地回答"别什科夫"，而是要完整地回答：

"我姓别什科夫。"

在学校也不能对老师说：

"你呀，小子，别嚷嚷，我不怕你……"

我立刻就对学校产生了厌烦。表哥头几天倒挺满意，他很容易就找到了伙伴，可是，有一天上课的时候，他竟睡着了，也不知道做了什么梦，他突然大喊起来："我不敢了……"

醒来之后，他被轰出了教室。同学们把他狠狠地冷嘲热讽了一顿。第二天，我们去上学的时候，刚走下干草市场的山沟，他就停下来说：

"你自己去学校吧，我不去了，我想去玩一会儿。"

他匆忙地将书包埋进雪堆里，就走了。当时正是一月，天气晴朗，阳光闪耀，很适合玩耍。我很羡慕表哥，可是我狠了狠心，上学去了。我不愿意让母亲生气。【名师点睛："我"也不想上学，但为了不惹母亲生气，还是上学去了。这里写出了"我"内心的矛盾与斗争，同时反映了"我"对母亲的体谅。】萨沙埋的书包，当然没找到。第二天，他就十分有理地不去上学了。第三天，外祖父知道了这件事。

我们俩受到了审问。在厨房里，外祖父、外祖母和母亲坐在一张桌子旁边，开始审问我们，我还记得当时萨沙是怎么回答外祖父的问话的，十分可笑。

外祖父问他："你为什么不去上学？"

萨沙用一双温和的眼睛直望着外祖父，不慌不忙地回答道：

"我忘记学校的位置了。"

"忘了？"

"是的。我找了半天……"

"那你不会跟着阿廖沙吗？他知道啊！"

"我把他丢了。"

197

▶ 童年

"把阿廖沙丢了？"

"是的。"

"怎么丢的？"

萨沙想了想，叹了口气，说道：

"当时刮大风雪来着，我什么都看不见。"

大家听了他的话都笑了，因为那天是个晴天，根本没有风。萨沙也小心地微笑了一下，外祖父龇着牙，尖酸地问道："你不会拉着他的手，拽着他的腰带吗？"

"我本来是拽着的，可是大风把我们吹散了。"萨沙解释着。

他无望地答着，声音听起来也懒洋洋的，他那种毫无必要的笨拙的撒谎，让我感到挺不舒服，我对他这股子拗劲十分惊讶。

最后，我们俩挨了一顿打。外祖父专门给我们俩雇了一个护送的人，他是个断了胳膊的小老头，当过消防队员。他的任务就是监视萨沙在上学时不逃跑，但这也没什么用。就在第二天，我们走到山沟底的时候，萨沙突然弯下了腰，脱掉了脚上的一只毡靴，把它远远地扔出去，又脱下了另一只，扔到另一个方向。他只穿着一双袜子，从广场上跑掉了。那个小老头叫了一声，跑去找靴子。然后，他把我领回家去，看起来还有点惊慌。整整一天，外祖父、外祖母和我母亲走遍了全城，寻找萨沙，一直到傍晚，才在寺院跟前的奇尔科夫酒馆里找到他，他正在那儿用跳舞来娱乐群众呢。我们把他领回家后，甚至没有打他，大家都被这个孩子顽强的沉默弄得心中十分不安。等到晚上的时候，他和我一起躺在床上，腿向上翘起来，脚磨蹭着天花板，小声地对我说：

"继母不爱我，父亲也不疼我，祖父也不喜欢我，我怎么能和这样的人生活在一起呢？我这就去问问祖母，强盗都在哪里，我要投奔他们去，到时候，你们全都找不到我的……不如咱们一起逃走吧？"

【名师点睛：萨沙渴望亲情，渴望家庭的关爱，但现实残酷，他身处的家

庭冷漠无情。小小年纪的他竟然想到逃去做强盗，他的言行从侧面反映了家中爱的缺失。】

我不能和他一块跑，因为我有我的任务——我决定当一个留着浅色大胡子的军官，为了实现这个愿望就必须努力学习。我把这个计划讲给表哥听，他想了想，同意了我的计划：

"好主意，以后等你当上军官，我成了强盗首领，你应该捉我，那么还不知道鹿死谁手，或者谁把谁抓去当俘虏呢。不过，就算我抓了你，也不会杀死你的。"

"我也不会杀死你。"

"我们就这样说定了。"【名师点睛：天真有趣的对话展示了孩子们童年的梦想，映照出与理想存在差距的现实状况。】

我们正在谈话时，外祖母进来了，她爬到炕炉上，一边打量着我们，一边说：

"怎么样，小耗子们？哎，孤儿啊孤儿，一对破砖碎瓦片！"

她说了不少疼爱我们的话，就骂起萨沙的继母——那个肥胖的继母娜杰日达，酒店老板的女儿来。后来，她把天下所有的继母和继父都骂到了，又顺便给我们讲了一个故事：聪明的隐士约娜，小时候曾请求上帝来判决他们的纷争。约娜的父亲是乌格里奇人，一个白湖上的渔夫——

年轻的老婆谋害丈夫，

她灌了他烈性的药酒，

还灌了他一大碗蒙汗药。

然后，她把迷迷糊糊的丈夫，

放在了橡皮船上，

就像放进了狭窄的棺材一样，

她拿起了槭木的双桨，

亲自将船划到湖中央，

199

▶ 童年

划到黑旋涡打转的地方，
决定干一番可耻的妖婆勾当。
她弯腰用力一晃，
将小船翻了个底朝上。
丈夫像铁锚似的沉到了湖中央。
她急急忙忙朝岸边游去，
上岸后就倒在了地上。
一面诉说，一面哀号，
假装不幸，假装悲伤。
善良的人们相信了她，
和她一起痛哭了一场：
"噢，你这个可怜的年轻寡妇哟，
你所遭到的不幸是多么的大啊！
可是我们的生命掌握在上帝的手中，
死亡也是上帝赠送我们的礼物！"
只有渔夫的儿子约奴什卡，
不相信继母的眼泪，
他将一只手放在心口上，
用温和的口气对她说：
"哦，我的继母，我的灾星，
哦，你这黑夜里的阴险之鸟，
我不相信你的眼泪；
你的心因为快乐而怦怦跳动！
这样吧，咱们来请求上帝，
问问天上所有的神灵：
让任何人拿起一把钢刀，
将钢刀向圣洁的天空里抛，

如果真理属于你——钢刀落下杀死我,
如果真理属于我——钢刀就落到你身上!"
继母听完,向他瞪了瞪眼,
从她的眼里射出恶毒的光,
她霍的从地上站了起来,
冲着约奴大声质问:
"呸,你这个没有理性的畜生,
你这个早产的孽种,
你怎么会想出这种事?
你怎么敢将这种话说出口?"
四周的人们又是看来又是听,
他们觉得这事有点蹊跷,
大家低下头来细思量,
交头接耳来磋商。
然后走出了一位老渔翁,
他弯腰向周围的人们行礼鞠躬,
说出了众人的一致决定:
"善良的人们啊,
请把钢刀交到我的右手上,
我要把它抛上天空,
谁有罪,它就会落到谁身上!"
人们把钢刀交给老渔翁,
他抓起刀就往头顶上抛。
钢刀鸟儿一样地飞上了蓝天,
人们左等右等,就是看不到它的踪影。
大家望着清澈蔚蓝的天空,
脱下帽子,紧紧地站在一起等,

▶ 童年

大家都一声不吭，夜也沉寂无声，
等啊等，仍不见钢刀落下天空！
朝霞烧得湖水红艳艳，
继母高兴得涨红了脸，她冷冷地笑了笑，
忽然，那把钢刀飞燕似的落下，
一刀刺穿了继母的心胸。
善良的人们立刻跪了下来，
向万能的上帝齐声祷告：
"光荣啊，我主，多谢你主持公道！"
老渔翁连忙拉起约奴什卡的手，
把他带到了一所远方的修道院，
修道院就在光明的凯尔仁查河畔，
离那座基杰查城不远……

第二天早上我醒来时，发现全身都是红斑点，原来是出天花了。【名师点睛:自然过渡，用简洁的语言说出"我"生病了，自然引领下文，推动故事情节发展。】有人把我放到后面的顶楼上。我睁着眼睛在那里躺了很长一段时间，胳膊和腿都被宽宽的带子紧紧地绑着，我总是做稀奇古怪的噩梦，其中有一个噩梦几乎断送了我的性命。家里人除了外祖母常来看我，都不怎么来，她用羹(gēng)匙像喂小孩一样地喂我吃饭，讲一些没完没了的，而且永远新鲜的童话。

有一天晚上，当时我已经好了，不再被捆绑着躺在床上了。不过，为了防止我抓脸，大人们还是用绷带绑着我的手指头，像戴着一副无指手套。外祖母不知为了什么事，很晚才过来，我心中忐忑不安。忽然间，我看到了她:她躺在门口的防尘脚垫上，脸冲下，两手伸开，她的脖子被人割破了一半，就像彼得那样。有一只大猫，贪婪地瞪着绿眼睛，正从尘土飞扬的墙角里慢慢向她靠近……

我吓了一跳，赶紧从床上跳了起来，用脚去踹，用肩膀去撞，终

202

于打破了两扇窗户，一下子就跳到院子的雪堆里去了——我完全忘了这是个梦。【名师点睛：文章并没有直接表达"我"是如何爱自己的外祖母，而是通过梦醒后的急切动作，表达了对她深深的爱。这样的讲述，更能将"我"对外祖母真挚的爱描绘得入木三分。】那天晚上，母亲那里来了一些客人，他们都没听见我打破玻璃，弄坏了窗框，我在雪地里躺了很长时间。我身上没有任何摔伤，只是一条胳膊脱臼了，身上被玻璃碴子划得很厉害，两条腿失去了知觉。后来的三个月，我一直躺在床上，两条腿完全不听使唤了。我躺在雪堆里，听到家中的人声越来越嘈杂，乱哄哄的，楼下经常会传来开门关门的声音，我还听到许多人走路的声音。

暴风雪使人的心情变得很忧郁，屋顶上也发出沙沙声。顶楼门外的大风呼啸个不停，烟囱里发出一种呜呜声，像出殡一样。炉子的风口呼呼直响，乌鸦在白天里就戛然长鸣，夜深人静时，从旷野里传来了凄惨的狼嚎——在这种音乐的伴奏下，我的心也在成长。【名师点睛：环境描写。冬天暴雪肆虐，大风呼啸，野狼大嚎，一派凄清、悲壮的环境，烘托出人内心的悲凉。】后来，胆小的春天，睁开它那光芒四射的眼睛，开始怯生生、静悄悄地向窗户里窥视着，白天显得更加亲切了。在屋顶和楼顶上，猫儿开始叫个不停，春天的声音从壁外传了进来，屋檐下的冰柱断了，融雪从屋脊上流淌下来，马车的铃声也比冬天时多了起来。

外祖母经常来看我，她说话时，嘴里喷出来的酒味越来越大。后来她带来了一把大白茶壶，盛满了伏特加，藏在我的床下，挤着眼对我说："我亲爱的孩子，你可千万别将这事告诉你外祖父那个老家伙！"

"你为什么要喝酒啊？"

"小孩子别多嘴，等你长大以后，就明白了……"

她将酒拿出来，对着壶嘴喝了一会儿，用袖子擦了擦嘴，甜甜地笑着问我：

203

▶ 童年

"好啦，我的小少爷，昨天我给你讲了什么来着？"

"讲我父亲的事。"

"讲到什么地方了？"

我告诉了她，于是她又接着说了起来，她那流畅的话语就像流淌不息的小溪一样。

我没有问过她关于我父亲的事情，都是她主动向我讲起的。有一次，她来到之后，没喝酒，显得闷闷不乐，而且疲倦不堪，她说：

"我梦见你父亲了，他好像是走在野地里，手里捏着一根桃木棍，吹着口哨，他的后面跟着一条花狗，吐着舌头。不知道为什么，我总会梦见马克西姆·萨瓦杰伊奇，看来他的灵魂总无法得到安宁，还在到处漂泊……"【名师点睛：经常梦见父亲，说明外祖母对他也很怀念。"我"父亲生前过得并不好，在外祖母的梦里，他依然过得很悲惨。无论生死都难以摆脱厄运，揭示了人物的悲剧。】

一连好几个晚上，她都在讲我父亲的故事，和她讲的所有故事一样，都很有趣，这个也不例外。

我祖父是个当兵出身的军官，后来因为毒打部下，被流放到西伯利亚，我父亲就出生在西伯利亚。他的生活过得很苦，小时候就常常从家里逃走。有一次，我父亲逃走以后，祖父带着一只狗到森林里去找他，就像找兔子一样。还有一次，祖父捉住了逃跑的父亲，开始狠狠地揍他，幸亏邻居们把他夺走，藏了起来。

"小孩子总得挨打吗？"我好奇地问。

外祖母心平气和地回答道："嗯，小孩子总是挨打。"

我的祖母在父亲很小的时候就死了。父亲九岁时，我祖父也死了。有个做木匠的教父收养了他，帮他加入了彼尔姆市的同业工会，教他做木匠活。但父亲没有待在那里，他跑到市场上给盲人领路。他十六岁那年来到尼日尼，在一个叫科尔钦的包工头的船上当木匠。他二十岁的时候，手艺相当不错，已经成为一个细木工、裱糊匠和装饰匠了。

他干活的那个作坊就在铁匠街上,挨着外祖父的房屋。

外祖母咯咯地笑着说:"'围墙不高人胆大'。有一次,我和瓦留莎正在花园里采红梅,有个人,正是你父亲,从围墙上跳了下来,把我吓了一跳。他从苹果树的丛林里走了出来,身材高大,穿着一件白衬衫,天鹅绒的裤子,没有穿鞋,也没戴帽子,用长长的皮带勒着头发。他这是求婚来了!我以前也见过他,他经常从窗户外经过。我一看见他心里就想,好一个小伙子!等他走过来后,我问他:'小伙子,你为什么不走大路,偏偏要翻墙头?'可是他扑通一声跪在地上,说:'阿库琳娜·伊万诺夫娜,我真心诚意地求您,瓦留莎也在这里,请您帮助我们,看在上帝的分上,我们要结婚!'我听完他的话,一下子就愣住了,舌头也不听使唤了。我又瞅了瞅你母亲,那个机灵鬼,她早躲到苹果树后边去了,满脸通红,红得像朵红梅花,她自己的眼里也含着泪水,正在给他打手势呢。【写作借鉴:父亲当年向母亲求婚,母亲很害羞,也很感动,这里将母亲当时通红的脸比作红梅花,形象生动地展现了母亲娇羞、幸福的神态。】我说:'你们这两个鬼东西,到底打的什么主意啊?瓦留莎,你是不是疯了?你,还有你,小伙子,你也不好好想一想:你配得上这朵花吗?'那阵子,你外祖父还是一个富翁,孩子们还没分家,挣了四处房产。不仅有钱,名声也很好,在这之前不久,一连当了九年的行会会长,人家奖给了他一顶带金银丝带的帽子和一套礼服——当时他可傲气啦!我把该说的都说了,我当时心里也很害怕,浑身直打哆嗦,又很可怜他们。他们俩的脸色都变成黑的了。后来,你父亲说:'我知道,瓦西里·瓦西里耶维奇是不会让心地善良的瓦留莎嫁给我的,这样的话,我就只能把她偷偷娶走,不过您可得帮我们一把呀!'让我来帮助他们!我听了气得扇了他一巴掌,他连闪也不闪,说:'您就是用石头砸我,我也不躲开,只求能够得到您的帮助,反正这件事,我是不会善罢甘休的!'接着,瓦留莎走到我的面前,把手搭在他的肩上,对我说:'其实,我们早在五月就

205

▶ 童年

已经结婚了，我们现在只需在教堂里举行一下婚礼罢了。'听完我就气倒了。我的天哪！"

外祖母边说边笑了起来，笑得浑身直哆嗦，然后她嗅了嗅鼻烟，擦了擦眼泪，愉快地叹了一口气，【名师点睛：父亲为了娶母亲，不惜任何代价，而母亲为了嫁给父亲，也不管不顾了。表明了父母对彼此的坚定，不顾任何阻力也要在一起。】又继续说道：

"现在你还小，还不明白什么叫结婚，什么叫举行婚礼，不过你会知道的。倘若一个姑娘没举行婚礼就生孩子，这可是一种不得了的灾祸！你要记住，等你长大了，可千万别引诱姑娘干这种事，这是一种天大的罪过，这不只会害了人家姑娘，生出来的孩子也不合法——你要牢牢记住这一点，要特别当心！你和女人在一起过日子，要可怜女人，真心诚意对待她们，要好好爱她们，不要只图一时的快乐，我跟你说的可都是良言啊！"【名师点睛：外祖母讲述"我"父母的事情，同时也不忘对"我"谆谆教导，从中能看出她对人生的深刻洞悉以及对"我"的舐犊之情。】

说着说着，她在椅子里摇晃着，沉思了起来，后来，她打起精神，又开始讲了：

"哎，这下子可怎么办好呢？我敲马克西姆的额头，揪瓦留莎的辫子，结果你父亲却饱含情理地对我说：'打也解决不了问题。'你母亲也说：'您先想想怎么办吧，以后再打也不迟！'我问你父亲：'你有钱吗？'他说：'有，我还给瓦留莎买过戒指呢！'我说：'这么说，你手头最多只有三个卢布吧？'他说：'不，还有百十个卢布呢。'那时的钱真顶用，东西也便宜，我看着他们俩，心里想，嘿，这两个孩子！你母亲说：'我怕您看见，把戒指藏在地板下了，可以将它卖掉！'嘿，完全是两个幼稚的孩子！话虽然是这么说，可是，我们商量来商量去，最后总算谈成了。再过一个星期，他们就到教堂去举行婚礼。神父的事，也由我交涉。当时我很害怕，不由得哭了一场，又怕被你外祖父知道了，瓦留莎也胆战心惊。不过最后，我们终于都安排妥当了！

"但是，你父亲有一个仇人，他是个工匠，心眼儿坏透了。他早就把一切都看穿了，暗中盯着我们。结婚的日子到了，我将自己所有的好衣服都拿出来，把自己唯一的女儿打扮得漂漂亮亮的。我领着她走出大门，拐角的地方有一辆三套马车在等着。她坐了上去，马克西姆吹了声口哨，马车就走了。我含着眼泪转身往回走。忽然，那个人迎面走来，这个恶棍开口就说：'我是个好人，我并不想妨碍别人的好事，不过，阿库琳娜·伊万诺夫娜，得给我五十卢布作为报酬！'我没有钱，也不爱钱，也从来没攒过钱。听了他的话，我气得一时糊涂，对他说：'我没有钱，就算有也不给你。'他说：'你可以答应欠我的！'我说：'我怎么能答应欠你的钱？以后我到哪儿去弄钱呢？'他说：'你丈夫那么有钱，你可以偷他的，这有什么难的啊！'我这个傻瓜，本来应该和他谈谈，当时如果能拖住他就好了，可是我太生气了，于是，朝他丑恶的嘴脸上啐了一口，便回家去了。他赶到我的前头来到院子里，天翻地覆地闹了起来！"

她闭上眼睛，微笑着继续回忆说：

"直到现在，我一想起那胆大包天的事来，心里还是害怕得要命！你外祖父，像个野兽似的吼叫着，这事对他可不是闹着玩的。【写作借鉴:把愤怒的外祖父比喻成"野兽"，生动形象地描绘出他生气的样子，说明他十分反对"我"父母偷偷结婚。】他时常看着瓦留莎，夸口说：'我要把她嫁给一位贵族，嫁给一位老爷！'这下还怎么嫁给贵族，嫁给老爷啊！至圣的圣母比我们更清楚地知道，谁和谁才是有缘人。外祖父在院子里蹦来蹦去，像热锅上的蚂蚁一样。他把雅科夫和米哈伊尔都叫了出来，吩咐马车夫克里姆赶紧套车，又让那个麻脸工匠也一块去。我一看，他手里握着短柄链锤，就是用皮带拴着秤砣的那种，米哈伊尔手里也拿着猎枪。我们的马都是些好马，跑起来很快，马车也是轻便的。我心想，他们一定会追上的！这时，幸亏瓦留莎的保护天使提

▶ 童年

醒了我，我找了一把小刀，在车辕的皮带上割了一个口子。我心里知道，这样一来，一定会在半路上翻车的！果然，车辕在半道上松开了，差点儿把你外祖父、米哈伊尔和克里姆摔死。他们在路上耽搁了半天，等他们修好马车，赶到教堂时，瓦留莎和马克西姆已经站到教堂前的台阶上了，婚礼也举行完了，谢天谢地，这可真是万幸！

"你外祖父他们这伙人，一下子就拥上去打马克西姆，可是他是一条硬汉，力大无穷！他把米哈伊尔从台阶上推了下来，他的一只胳膊摔断了。克里姆也碰伤了，你外祖父和雅科夫还有那个工匠看到这种情景，也都害怕了。

"你父亲虽然很愤怒，但他也没有失去理智，他对你外祖父说：'把铁锤扔掉吧，别在我眼前老晃悠那玩意儿。我是个老实人，我拿的是上帝赐给我的那一份，我绝不允许任何人将她夺走，我什么也不要你的。'【名师点睛：这段话体现了"我"的父亲正直勇敢、善良宽容的一面，同时也反映了他对母亲真挚的爱。他的形象与"我"的两个舅舅形成了鲜明的对比。】他们败下阵来，你外祖父坐到车上，喊道：'永别了，瓦留莎，从现在起，你不再是我的女儿了，我也不想再见到你了，你活着也好，死了也好，都和我没有关系了。我再也不想见到你了。'【名师点睛：语言描写，从外祖父的这番话中，看得出他依然反对这门婚事，这也预示着后来父亲和外祖父关系会很糟糕。】你外祖父回到家以后，对我又打又骂的，我光哼哼，一句话也不说，心想：一切都会过去的，反正生米已经煮成熟饭了，你就记住这句话吧！但我心中却有另一种想法：你撒了谎，你这个红头发老鬼，怨恨就像冰块一样，见热就会融化！"

我聚精会神地听着她讲的故事，甚至有些贪婪，这故事中的一些地方使我惊奇不已。外祖父向我讲母亲的婚礼时，完全不是这么回事：他曾反对过这桩婚事，婚礼举行完以后，他不准母亲走进家门，但他说母亲不是秘密地举行婚礼，他也到教堂参加婚礼了。我没有问外祖母他俩谁说得是真的。因为外祖母的故事更美，我更喜欢。外祖母在讲故事的时候，身体老是摇摇晃晃，像是坐在小船上一样。每当讲到可悲或可怕的地方时，她就晃动得更厉害了，向前伸出一只手，仿佛要在空中阻拦什么东西似的。她常常眯缝着眼睛，在她那满是皱纹的两颊上，含着盲人般慈祥的微笑，那浓厚的眉毛，也微微地颤动着。有时候，这种盲人似的、对一切都容忍的慈善会打动我的心，可是有时，我希望外祖母能说一些严厉的话，高声地斥责几句。

"瓦留莎和马克西姆刚结婚那两星期，我不知道他们住在什么地方，后来瓦留莎打发一个挺机灵的小鬼，跑来告诉了我。等到星期六，我假装要去做晚祷，就亲自到他们那儿去了。他们住在离我们这儿很远的窄小胡同里的一个小房子里，整个街上都住满了耍手艺的人，处处都是垃圾，又脏又乱，可是他们却一点也不在乎，他们过得很欢乐，像一对快乐的小猫。<u>我把凡是能带的东西都给他们带去了：茶叶、糖、杂粮、果酱、白面、干蘑菇，还有一点钱，这钱是从你外祖父那儿偷来的，只要不是为了自己，偷一点钱，是可以的！你父亲是个要强的人，一样都不要，他生气地说：'难道我们变成讨饭的了吗？'</u>【名师点睛：外祖母为了帮女儿和女婿，居然去偷外祖父的钱，可见外祖母对他们的关爱。而父亲的话则表现了他的倔强和好强的性格。】

"瓦留莎也帮腔说：'哎哟，妈妈，您这是干什么？……'我把他们训斥了一番，说道：'傻孩子，我是你什么人？我是你丈母娘啊！你这个傻丫头，我是你亲娘呀！你们还能让我生气吗？如果老母亲在地上受气，圣母就会在天上痛苦！'马克西姆听了我的话，就把我抱了起来，在屋子里到处走，一面走，一面跳，劲头十足，那模样像个狗熊似的！<u>瓦留莎这个丫头，像一只美丽的孔雀似的走来走去，一个劲地夸奖丈夫，就像夸奖新买来的洋娃娃一样。她不住地东望西望，一本正经地谈家务事，像个管家婆，她那副认真劲，看起来真是可笑！</u>【写作借鉴：运用比喻

209

▶ 童年

的修辞手法描写母亲，将她比作美丽的孔雀，突出了婚后生活的自由和幸福。】喝茶的时候，她拿出了已经做好的点心，可是那饼实在是太硬了，简直能把狼牙给磕掉，牛奶渣也做得不好，像一盘沙子！

"他们就这样生活了很长一段时间，直到你快生下来的时候。你外祖父还是很少说话，他像这个老宅子里的凶神，脾气实在是太犟了。我偷偷地到他们那儿去这件事，他也是知道的，可是他却假装不知道。他禁止家里人谈起瓦留莎的事，大家都默不作声。我也不说，但我心里有数，你外祖父的心，是不会永远封锁着的。那个盼望已久的时机终于到了：有一天夜里，外面的风雪非常大，呼啸着，仿佛有一群狗熊在窗户上爬，烟囱也发出呜呜的响声，小鬼都挣脱了锁链。我和你外祖父躺在床上，怎么也睡不着觉，我开口对他说：'在这样的夜晚，穷人实在是不好过，但是那些有心事的人，他们的处境会更不妙！'你外祖父突然问：'他们过得怎么样？'我说：'过得还行。'他说：'我这是在问谁啊？'我说：'你问的是女儿瓦留莎和女婿马克西姆。''你怎么知道我在问他们？''得了吧，老爷子，别装糊涂了，别跟我玩这种把戏，玩这种把戏你高兴吗？'我说。他叹了口气说：'嘿，你们这些鬼，这些灰色的鬼啊！'过了一会儿，他又打听：那个混蛋，这是说你父亲呢，真的是个混蛋吗？我说：'谁不想干活，谁依赖别人养活，谁才真的是个混蛋呢！你就看看你的雅科夫和米哈伊尔吧——这两个人不正是一对混蛋吗？在我们家到底是谁在干活？是你。谁来挣钱？也是你。可他们帮了你什么忙？'于是，他骂我混蛋，骂我下贱，我现在记不清他还骂了我些什么，我一声也没吭。他说：'你怎么能相信一个不知道从哪里蹦出来的人呢？大家又都不了解他，还被他给迷惑住了。'我还是一声也不吭，等他骂累了，我说：'你最好去看看他们的日子过得怎么样，啊，他们过得可好呢。'他说：'那太赏他们的脸了，还是让他们到我这里来吧……'一听到这句话，我真是太高兴了，一下子就哭了。【名师点睛：外祖母

210

是一个很有智慧的人,她知道做事要讲究方法。为了缓和丈夫和女儿之间的关系,她见机行事,选择在一个寒风肆虐、天寒地冻的夜晚,巧妙地挑动丈夫心中那根亲情的心弦。】他松开我的头发,他平常很喜欢摆弄我的头发,嘟嘟哝哝地说:'别哭了,你这个傻瓜,我并不是一个没有心肝的人。'他从前真的挺不错的呢,咱们这位老爷子,自从他自以为是,觉得没有人能比他更聪明以后,就总是爱发脾气,变蠢了。

"后来,他们果然来了,是在复活节的最后一周,在四旬斋前最后一个星期天来的。他们两个身体高大,穿得干干净净的。马克西姆站在你外祖父面前——你外祖父只到他的肩膀,说道:'瓦西里·瓦西里耶维奇,看在上帝的分上,不要以为我是来向你索取嫁妆的,不是的,我是来向我妻子的父亲请安的。'老爷子听了你父亲的话很高兴,他咧开嘴笑了,说:'嘿,你这个傻大个儿,强盗!好了,别说傻话了,搬过来和我们一起住吧!'马克西姆皱起眉头说:'这要看瓦留莎的意思,我倒无所谓。'于是,你父母就搬回来了。刚住在一块时,他们就争论起来,怎么也说不到一块去。不管我怎么对你父亲使眼色,在桌子下面用脚踢他,都不管用,他十分坚持自己的那一套。他有一双漂亮的眼睛,又纯洁又明亮,闪着快乐的光芒,眉毛黑黑的。有时他一皱眉,眼睛就在眉毛下藏了起来,脸色也会变得像石头一样坚定,一副倔强的样子。他心里也明白,在这种时候,除了我,谁说话他都不听,所以他很喜欢我。我疼爱他胜过疼爱自己的亲生儿子,所以他也爱我!他常常依靠着我,拥抱着我,有时抱着我满屋子走,他说:'您是我真正的母亲,是养育我的土地,我爱您胜过瓦留莎!'【名师点睛:"我"的父亲淳朴善良,因此赢得了外祖母的喜爱。而外祖母高尚的品格,也赢得了父亲的敬重。这番讲述,展示了两代人互相敬爱、其乐融融的相处方式。】你母亲是个喜欢说闹的淘气鬼,听了你父亲的话,就向他扑了过去,大声说:'你怎么敢说这种话?你这个咸耳朵的彼尔姆人。'我们三个人就这样在一起闹着玩。那时候,我的日子过得开心极了。

▶ 童年

亲爱的孩子，他还会唱一些好听的歌，这些歌都是跟瞎子学的，瞎子基本上都是非常出色的歌手。

"后来，你父母搬到了花园里的一间小屋里，你就是在那里出生的。大概是中午的时候，你父亲回来吃午饭，你正好迎接了他。他高兴得不得了，简直像发了疯似的，把你母亲折腾得筋疲力尽。他这个傻小子，哪里知道，生孩子是一件多么困难的事情啊！他将我搁在他的肩上，背着我穿过整个大院子去给你外祖父报喜，告诉他生了一个外孙子。你外祖父看到他那个样子，忍不住笑了起来，说：'嘿，你这个怪物，马克西姆！'

"不过，你的那两个舅舅却不喜欢他，因为他不爱喝酒，嘴皮子却十分厉害，会出各种鬼主意。那些鬼主意，后来让他吃尽了苦头。【名师点睛：父亲为人正直，机智聪明，而两个舅舅不喜欢他，侧面表现了两个舅舅的愚蠢，为后面的故事做铺垫。】那是在大斋期的一天，外面刮着大风，突然，房子都呜呜地响了起来，叫得十分可怕，大家都吓呆了，心想这是闹的什么鬼啊？你外祖父也吓坏了，叫人赶紧将长明灯都点上，他跑来跑去，喊叫着：'快祷告！'可是那声音突然又停了，大伙更加害怕了。雅科夫舅舅猜到了，他说：'这一定是马克西姆搞的鬼。'后来，他自己也承认了，他把家里所有的瓶子，都放到天窗上去，风一吹进瓶口，它们就呜呜地发响，发出各种各样吓人的声音。你外祖父吓唬他说：'马克西姆，以后你再开这种玩笑，就把你送到西伯利亚去，永远也别再回来！'

"有一年冬天特别冷，旷野里的狼乱往城里跑，不是咬了人家的狗，就是把马给惊吓了，或者把喝醉酒的巡夜人吃了，当时整个城里都人心惶惶[形容众人惶恐不安]的！你父亲却背起猎枪，穿着滑雪板，一到夜间就到野地里去了。他每次回来时准会拖回一只狼，有时候拖回两只。他剥下狼皮，把头掏空了，再给它安上两个玻璃眼珠子，看起来就跟真的一样。有一天夜里，米哈伊尔舅舅到门洞里去解手，突

212

然转身跑了回来，瞪着眼睛，毛发直竖，喉咙发僵，吓得说不出话来。他的裤子掉了下来，把他绊倒了。他失魂落魄地说有狼，大家抓起身边的东西，举着灯，往洞里冲去。只见一只狼从大箱子里往外伸着头呢！人们打它和射击它，可是它却一动不动。大家走上前去，仔细地一瞅，原来是一张带脑袋的狼皮，两只前腿是钉在大箱子上的！这都是你父亲的恶作剧。你外祖父当时气得不得了。后来，雅科夫也跟着他瞎胡闹。你父亲用硬纸做了个狼头——再安上鼻子、眼睛和嘴，贴上麻毛当毛发，然后，他们俩一起跑到大街上，把这种怪吓人的玩意儿放到人家的窗户里——不用说人们都吓得要死，大嚷大叫。到了夜里，他们就蒙上被单，出去吓唬老神甫，老神甫跑进警察的岗楼，警察也十分害怕，直喊救命。这样的恶作剧可不少，怎么说他们都不管用，马克西姆笑着说：'看到人们为了一点屁事，就吓得乱跑乱窜，倒是挺好玩的！'你听听他说的这是什么话，我们拿他一点法子也没有……

"<u>因为这件事，他险些把命丢了。你米哈伊尔舅舅和你外祖父一样，心胸狭窄，而且爱记仇，他想方设法地谋害你父亲。</u>【名师点睛：直接陈述，外祖母作为两个舅舅的母亲，肯定是最了解自己的儿子的，在这里通过她的口吻直接说米哈伊尔舅舅心胸狭窄，更加突出了他们自私的本性。】有一年刚进入冬季，他们做客回来的时候，同路的一共有四个人：马克西姆，你的两个舅舅，还有一个教堂助祭。这个助祭因为打死了一个马车夫，被开除了教籍。他们从驿站大街回来，把马克西姆骗到了久科夫池塘，说是到那儿滑会儿冰，就跟小孩子似的用脚滑。结果，他们把他骗到那儿以后，就一把将他推进了冰窟窿，这事以前我跟你讲过了……"

"舅舅他们为什么这样心狠呢？"

"他们不是心狠，"外祖母嗅了嗅鼻烟，心平气和地说，"他们只不过是十分愚蠢罢了！米哈伊尔为人狡猾、愚蠢，雅科夫也就算了，是

▶ 童年

一个傻乎乎的汉子……而其他人把你父亲推到冰窟窿里,他又从冰里钻了出来,用手抓住冰沿,他们就用脚踩他的手,十个手指全都被鞋后跟踩破了。幸亏当时他没喝酒,而其他人都喝得醉醺醺的,不知怎么的,像是有神力在帮助他似的:他在冰块的下面伸直了身子,脸朝上,贴在冰窟窿中间。他们够不着他,冲他的头扔了几个冰块就走了,说是让他自己沉下去吧!等他们走了以后,你父亲自己爬了出来,他一口气跑到警察局分局去了——警察局分局就在跟前,你知道吧,就在广场那儿。那儿的警官认识他,也认得我们全家人,他问:'这是怎么回事?'"

说到这里,外祖母画了一个十字,感激地说:

"上帝保佑,请让马克西姆·萨瓦杰伊奇和他虔诚的信徒们在天堂安息吧,他绝对配得上这一点!他居然没有对警察说这件事,而是隐瞒起来,他说:'这是我个人闯的祸,我喝醉了,稀里糊涂地走到了池塘,就掉进了冰窟窿里。'【名师点睛:父亲没有将真相告诉给警察,从中能看出他的善良与机智。】警察局长说:'不对,你并没有喝醉!'在警察局里,人们拿酒给他擦身子,擦完之后,让他穿上了干衣服,裹上一件皮袄,然后把他拉了回来。警官也跟来了,还带来两个警察。他们回来的时候,雅科夫和米哈伊尔还没到家,他们逛酒馆去了,给爹妈丢脸去了。我和你外祖父看见马克西姆的样子全变了:他浑身发紫,手指头全都破了,滴着鲜血,鬓角上像有一片雪,却不融化——鬓角变成白的了。

"瓦留莎看到你父亲这种样子,大声哭叫起来:'你这是怎么啦?'警察对什么都乱伸鼻孔,这嗅嗅,那嗅嗅,什么都要询问。我心里感觉事情有些不妙!我叫瓦留莎陪着警察,我偷偷地去问马克西姆究竟怎么回事。他小声地对我说:'你先把雅科夫和米哈伊尔藏起来,让他们说的和我说的一样,就说他们是在驿站大街同我分手的,之后他们到圣母升天大街去了,就说我自己拐进了池塘。你可千万别说错,不

214

然警察局会找麻烦的！'我赶紧找到你外祖父，说：'快，你去和警官说说话，我到大门口等儿子。'我告诉他事情的经过。他一边哆哆嗦嗦地穿衣服，一边咕哝着说：'我就知道要闹出这种事，他净胡说八道，他什么事也不知道！'我来到了大门口，一看见那两个坏蛋，我就给了他们两个嘴巴子。米哈伊尔顿时就吓得清醒了过来，雅科夫那小子醉得实在不像样子，不过总算还能说出话来：'我一点都不知道，这些事都是米哈伊尔干的，他是老大！'我们费了好大的劲，好说歹说，总算把警官给哄住了，他是一个好好先生。'你们要当心点儿，你们这儿要是再出什么乱子，我会知道是谁干的，是谁犯的罪过。'说完后，他就走了。你外祖父走到马克西姆面前说：'谢谢你，如果换成另外一个人，他是不会这样做的，这个我心里明白，也谢谢你，女儿，你给家里带来一个好人！'【名师点睛：语言描写，从表面上看，外祖父在诚恳地向父亲表示他的歉疚之意和感激之情，往深里看，这句话又表明了一个父亲的辛酸与无奈，自己的两个儿子不仅不争气，还干出这种伤天害理的事，这简直让他颜面尽失。】你这个外祖父，他高兴的时候，可会说了。后来变蠢了，把心灵的大门也关上了。等到他们都走了，剩下我们娘儿三个时，马克西姆·萨瓦杰伊奇哭了，他像讲童话似的说：'他们为什么要这样对待我？我有什么地方对不起他们的吗？'我不知道该说些什么，只有放声大哭起来，我还能说什么呢？好坏也是我的孩子啊，我心疼他们！你母亲把上衣扣子全扯掉了，披头散发地坐在那里，好像刚刚打过架一样，吼叫道：'咱们走，马克西姆！我那两个兄弟都是咱们的冤家对头，我怕他们，咱们离开这儿！'我大声斥责她：'你别火上浇油了，家里已经够乱的了！'我们正说话的时候，你外祖父打发那两个混蛋来赔不是，你母亲扑上去狠扇了米哈伊尔两个耳光——就算是惩罚！你父亲埋怨地说：'兄弟，你们是怎么了？你们会把我弄成残废的，手艺人没有手，还能管什么用呢？'最后，好歹和解了，不过你父亲却大病了一场，这一躺就是七八个星期，他时

▶ 童年

不时地说：'哎，妈妈，跟我们一块到别的城里去住吧，这儿真闷！'没过多久，他们果然走了，搬到了阿斯特拉罕。那里夏天准备迎接沙皇，你父亲被指派去建造一座凯旋门，开春，他就乘坐首次通航的轮船走了。我和你父母告别的时候，就像跟自己的灵魂分别一样，他也很伤感，总是让我也到阿斯特拉罕去。瓦留莎心里十分高兴，她甚至不想掩饰自己的欢乐情绪，这个没心没肺的……他们就这么走了。【名师点睛：对比离别时外祖母和母亲不同的心情，更加体现出外祖母的不舍。】故事到这里就全讲完了……"

她喝了一口伏特加，然后又嗅了嗅鼻烟，若有所思地望了望窗外灰蓝的天空，说道：

"是啊，你父亲并不是我的亲骨肉，可是我们却是一条心……"当外祖母讲故事的时候，外祖父不时地会进来，他昂起黄鼠狼般的脸，用鼻尖嗅了嗅空气，疑惑地打量着外祖母，听她讲故事，嘟嘟囔囔地说：

"瞎说，瞎说……"

有时，他突然问我：

"阿廖沙，她刚刚是不是喝过酒了？"

"没有。"

"撒谎，我一看你的眼睛，就知道你在撒谎。"

他犹犹豫豫地走了。

外祖母看着他的背影，挤了挤眼，顺嘴说了句俏皮话：

"老爷走过瓦舍青堂，不要吓唬我老娘……"

有一天，他站在屋子的中间，眼睛瞅着地板，悄悄地问外祖母：

"老太婆？"

"嗯？"

"怎么，你看出什么名堂来了吗？"

"看出来了。"

"你是怎么想的?"

"这就是命啊,老爷子,还记得吗,你不是经常说,要把她嫁给贵族吗?"

"是啊!"

"这不是找到了吗?"

"一个穷光蛋。"

"唉,这是她自己的选择!"

外祖父走了。我觉得事情有点蹊跷,便问外祖母:

"你们说什么呢?"

"你好奇心真重,什么都想知道。"她一边揉着我的腿,一边气呼呼地说,"从小什么都打听——到老了就没有什么可问的了……"说完,她摇了摇头,笑了起来。

"哎哟,老爷子啊,老爷子,在上帝的眼里,你只不过是一粒小小的灰尘。阿廖沙,我告诉你,你千万要保密——你外祖父马上就要成为穷光蛋了!他借给一位地主老爷一大笔钱,而那位老爷却破产了……"

说完,她默默地坐在那,面带笑容地沉思了起来。她那张脸盘上布满了皱纹,显得阴沉而忧伤。

"你在想什么呢?"

"哦,我在想给你讲点什么呢?"她猛然振作起来了,"对了,我给你讲叶夫斯季格涅的故事吧。这个故事是这样的。"

从前有个书记官,名字叫叶夫斯季格涅,

自以为天下人都比不上他聪明,

不论是神甫,还是老爷,他都瞧不起,

甚至那只老公狗,他也不放在眼里,

走起路来气宇轩昂,活像一只公鸡。

他觉得他就是那著名的西林神鸟[古俄罗斯传说中的一种神鸟],

▶ 童年

左邻右舍被他训个遍，
这也不称他的心，那也不如他的意。
瞧了瞧教堂，太矮！
瞅了瞅街道，太窄！
在他眼里树上的苹果也不够红！
早晨的太阳又升得太早！
不论向叶夫斯季格涅指着什么，
他总是说——
外祖母鼓起腮帮子，瞪起眼睛，她那张慈善的面孔，看起来又蠢又好笑，她用懒洋洋的低沉声音说：
"这玩意儿我早就会，
我嘛，做出来的比它要好得多，
只可惜我的时间太少了。"
她面带微笑沉默了一会儿，接着小声地往下讲：
一天夜里，一群小鬼来找书记官：
"书记官，你住这儿实在不方便，
不如跟我们到地狱里去走一圈，
那里的炭火烧得热烘烘！"
还没等聪明的书记官戴上帽子，
小鬼们就用爪子抓起他，
一路号叫着，把他拖远，
还一直胳肢他，
还有两个小鬼一直骑着他的肩，
一把把他推进地狱的火焰里。
"叶夫斯季格涅，你觉得这里怎么样？"
烈火烧得书记官够呛，
他双手叉腰，四下里张望，

傲慢地噘着嘴，说道：

"你们地狱的煤气味儿，真冲！"

她用浑厚的声音懒洋洋地讲完了故事的结尾，换了一副表情，低声笑着，跟我解释道：

"这个自以为是的叶夫斯季格涅，他不服气，死死地抱着老一套，脾气坏透了，就跟咱们这位老爷子一个样！得啦，今天就讲到这，到点儿啦！快睡吧……"

母亲难得到顶楼来看我，即便来了也待不了多长时间，急急忙忙地说两句话就走了。她变得越来越漂亮了，打扮得也越来越好看，不过我觉得在她身上，也像在外祖母身上一样，多了一种我不知道的新鲜东西，我感觉到了，也大概猜到了。

外祖母的童话故事越来越无法引起我的兴趣了，甚至她讲的关于我父亲的事，也不能消除我心中模糊不清，却又日益增长的疑虑。

"父亲的灵魂为什么总也得不到安宁？"我问外祖母。

"这我怎么会知道呀？"她微微地闭上眼睛说，"这是上帝的事，天上的事，咱们凡人是不会知道的……"

每当晚上睡不着觉的时候，我就望着蓝色的窗口，想象出许许多多悲惨的故事。在那些故事里，占主要地位的便是我的父亲了，他总是一个人，孤孤单单的，手里拿着一根木棍，总是朝着什么地方走去，身后还跟着一只长毛狗……【名师点睛：听了父亲的故事，"我"的内心浮现出很多关于他的联想，这反映了"我"对父亲的思念。而这些故事之所以都呈现出苍凉的背景，是因为"我"对自己目前的处境感到不安与惆怅。这个结尾余味悠长，令人回味无穷。】

知识考点

1.外祖父经常一个人读一本神秘的书——《_____》。他有几只_____，里面放着_____、_____，用银丝编织的

▶ 童年

_____,缀着珍珠的各式各样的_____,彩色艳丽的_____和_____,沉甸甸的莫尔达维亚_____,还有用各种_____做成的项链。外祖父觉得这些东西很珍贵,想要拿给_____用。

2.两个舅舅是怎样加害阿廖沙的父亲的?结果如何?

_____

_____

_____

Y 阅读与思考

1.阿廖沙为什么很讨厌上学?

2. 外祖母用什么方法阻止了外祖父和舅舅们破坏阿廖沙父母的婚礼?结果怎么样?

3.父亲在外祖父家想了些什么鬼点子?其中有哪些造成了很严重的后果?

第十二章

母亲再婚

> **M 名师导读**
>
> 母亲再婚了,但这并不意味着阿廖沙和母亲一家从此就快乐幸福地生活在一起了。面对凶狠、暴戾的继父,面对屈辱、枯燥的学校生活,阿廖沙和母亲的命运又将如何呢?他对这个社会又会有什么新的认识呢?

有一天傍晚,我睡着了。等我醒来的时候,我感觉我的两条腿有知觉了。于是,我就把腿从床上垂了下去,但又不好使了。可是我已经有了信心:腿是完整的,我将来还能走路。这真是太好了,我高兴得大叫起来,整个身子趴在地板上,可两腿刚一站起,又倒下了。我立刻向门口爬去,顺着楼梯往楼下爬。我脑子里清晰地想象着,楼下的人见到我以后,会多么惊奇啊!

我是怎样来到母亲的房间里的,我已经不记得了。我坐在外祖母的膝盖上,她面前站着几个陌生人,一个干瘦的穿绿色衣服的老太婆,样子十分威严,她的声音压倒了所有人:"灌他红莓汤,把他的头裹起来……"

那个老太婆浑身都是绿色的,不论是衣服还是帽子,甚至连脸也是绿色的。眼睛下边长着一颗黑痣,黑痣上长着一撮毛,就连那撮毛也绿得像青草。她瞅着我的时候,耷拉着下嘴唇,上嘴唇向上翘起,露出的两排牙齿也是绿色的。她用手指头罩着眼睛,手上戴了一副无

▶ 童年

指手套，镶着黑色的花边。【名师点睛：从这段细致的外貌描写中可以看出老太婆的外形怪异，给"我"留下的第一印象很糟糕。】

"她是谁？"我胆怯地问。外祖父闷闷不乐地答道：

"她是你祖母……"

母亲微笑地看着我，把叶夫根尼·马克西莫夫推到了我的面前，说：

"这是你父亲……"

她赶忙地含含糊糊地说了几句话。马克西莫夫眯缝着眼睛，俯下身来，对我说：

"我送给你一些颜料。"【名师点睛：继父俯下身子来跟"我"谈话，他明显是在讨好"我"，他这时的表现跟日后的暴行形成了鲜明对比，将他的伪善展现了出来。】

屋子里很亮，前墙角的桌子上点着五支蜡烛，它们都插在银烛台上。蜡烛的后面，挂着外祖父心爱的圣像《莫对站在棺材旁的圣母哭泣》，法衣上的珍珠在灯光下一明一灭地闪烁，金黄的光轮上，红宝石闪闪发光。在外面的大街上，一些模模糊糊的圆脸，默不作声地向屋里窥视着，压扁了的鼻子贴在玻璃窗上，周围的一切好像都在向什么地方漂浮着。那个绿色的老太婆，用她那冰冷的手指抚摸着我的耳朵，说："一定，一定要灌他红莓汤……"

"他又晕过去了。"外祖母说完，抱起我向门口走去。

其实，我并没有晕过去，只是闭上了眼睛而已。当她把我抱上楼梯的时候，我问她："你为什么不告诉我这件事？……"

"你呀，得了吧，给我闭嘴！"

"你们全都是骗子……"

外祖母把我放到床上之后，一头倒在枕头上，她浑身哆嗦着哭了起来，她的肩膀不停地颤动着，嘟囔着说：

"你也哭吧……你也哭吧……"

我不想哭。【名师点睛：外祖母的痛苦表现出自己的无奈，她担心女

222

儿未卜的前途；"我"没有哭泣，一方面是因为"我"还小，很多事情还不明白，另一方面是因为"我"遭遇了太多不幸，心灵早已麻木。】顶楼上又暗又冷，我浑身发抖，床也跟着摇摆不定，发出吱吱的声音。绿色的老太婆就站在我的眼前，我假装睡着了，过了一会儿，外祖母就走了。

那些日子空虚、单调而又乏味，时间像一股细流悄悄地流逝着。母亲在订婚以后出了一趟门，家里变得十分冷清，让人难受。

有一天早上，外祖父来到阁楼，带来了一把凿子。他走到窗前，开始挖冬天积在窗框里的油灰。外祖母端着一盆水，拿着抹布，也跟了过来。外祖父悄悄地问她：

"怎么样，老太婆？"

"什么怎么样？"

"你高兴了吧？"

她也像在楼梯上和我说话时一样回答道：

"得了吧，你给我闭嘴！"

这几句话虽然简单，却含有特别的意义。在这几句话的后面隐藏着一种巨大的悲痛，这种悲痛是不易说出来的，但每个人心里都十分清楚。

外祖父小心地将窗框卸了下来，并把它放在了一旁。外祖母打开窗户，花园里的棕鸟在高声歌唱，麻雀在叽叽喳喳地欢叫，解冻的土地散发出醉人的气息，立刻就充满了房间。炉炕上雪青色的瓷砖，羞怯地变白了，看上去使人感到凉飕飕的。【名师点睛：通过环境描写烘托人物内心，麻雀叽叽喳喳，冰雪融化后散发出醉人的气息，这一切沁人心脾，和"我"心中的郁闷形成鲜明对比。】

我从床上爬到了地板上。

"别光着脚走路。"外祖母说道。

"我要去花园。"

"花园的地上还没干呢，过两天吧！"

223

童年

我现在一点也不想听她的话,我甚至一看见大人就感到不痛快。

花园里的小草已经钻出鲜嫩的绿针,苹果树也发芽了,花骨朵咧开了嘴。彼得罗夫娜的那座房屋顶的青苔,也快活地闪着绿光,到处都是鸟儿欢乐的响声和清新芳香的空气,一切都让人感觉到一种挺舒服的眩晕。彼得大伯抹脖子的那个土坑里,横七竖八地放着一些发黄的杂草,它们被雪压倒了。看到这个土坑,让人感到很不舒服,那里一点春意也没有。一块块黑炭凄凉地闪着光,那个坑完全是多余的,也令人烦恼。我想拔掉那些杂草,搬除那些砖瓦石块,清理一切不必要的脏东西,在这个坑里为自己建造一个清洁的住处,到夏天的时候,我就独自一个人住在那里,不要大人们的陪伴。【名师点睛:在外祖父家里遭受的一切让"我"内心的压抑无处释放,那些令人不悦的大人的记忆,玷污了神圣的大自然,所以"我"宁愿独自享受这份宁静。】我马上动起手来。这件事立刻并在一段很长的时间内,使我避开了家中发生的所有的事情,这些事虽然非常叫人生气,但却越来越引不起人的注意了。

"你为什么总是噘着嘴?"有时外祖母问我,有时母亲也问我。她们这样问我的时候,我觉得挺不好意思的。其实,我并不是生她们的气,只是家里的一切都使我感到很陌生。那个绿色的老太婆,常常坐在那里,像旧篱笆墙上的一块烂木头似的。【写作借鉴:运用比喻的修辞手法,将老太婆比喻成一根烂木头,进一步说明"我"对她十分厌恶。】她的两只眼,像用看不见的线缝到了脸上似的,很机灵地转动着,好像很容易就能从瘦骨嶙峋的眼窝里滚出来。它们什么都看得见,什么都注意得到,当她谈到上帝时,就向天花板翻着白眼;当她谈论家长里短时,眼睛就垂到了腮帮子上。她的眉毛好像是用麦麸子做的,又像是剪贴在上面的。她那两排大牙,无声地咀嚼着塞在她嘴里所有的东西。她可笑地蜷曲着手指,翘起小拇指,耳朵边上的那两块骨头滚来滚去,耳朵也在动弹,她浑身上下都在动,她全身就像她儿子一样的洁净，碰碰它们都觉得不好受。她来的头几天，有一次她想让我吻她那死人般的手，她将手送到我的嘴唇上，她手上散发着一种喀山出产的黄肥皂和神香的气味，我扭过头去跑开了。

她常对她儿子说："一定要好好教育这孩子，你懂吗？叶尼亚[对叶夫根尼的昵称]？"

叶夫根尼恭顺地低下了头，皱着眉头，一言不发。他面对这个绿老太婆的时候，都会把眉头皱起来。

这个老太婆连对他的儿子都怀有刻骨的仇恨，这么沉重的憎恨，曾使我挨过不少的打。

有一天吃午饭的时候，她瞪着眼说：

"哎哟，阿廖沙，你为什么要这样大口大口地吃东西，那么大的一块东西会噎着你的，亲爱的！"

我将那块东西从嘴里吐了出来，又用叉子叉了起来，递给了她，说：

"如果你心疼，就拿去吧……"

母亲把我从饭桌上拉了下来，我像受了侮辱似的被赶上了楼。

外祖母来了，用手捂住嘴哈哈大笑着说：

"我的天哪，哎哟，你这孩子可真够调皮的，愿上帝保佑你……"

我觉得她捂着嘴笑没什么可得意的，就躲开她跑了。【名师点睛：这段对话展现出儿童天真的心理。"我"在外祖母面前展示了淘气的一面，以此来发泄心中的不满。另外，"我"对老太婆的厌恶，也预示着母亲日后生活的不幸。】我爬到屋顶上，在烟囱后面坐了很久。是的，我很想调皮，对所有的人说话时都想用恶言恶语，这种愿望，我难以压抑，但又不得不压抑。有一次，我在未来的继父和他母亲的椅子上抹了一些樱桃树胶，把他们两个人都给粘住了，这看起来非常滑稽。当外祖父为这件事打我的时候，母亲到楼上来找我，她将我拉到她的身后，用膝盖紧紧地夹着我，说："你听我说，你为什么老是闹脾气？你要明白，你这样做，会让我受多大的罪！"

▶ 童年

　　她的眼睛里噙满了亮晶晶的泪水，她把脸颊紧紧地贴在我的头上——这可真叫人难过，我宁愿她打我一顿！我说，我以后永远也不得罪马克西莫夫家的人了，永远不，只要她不哭。

　　"是啊，是啊！"她悄悄地说，"你完全没必要发脾气！我和他快要结婚了，然后到莫斯科去，然后再回来，你要和我们住在一起。叶夫根尼·瓦西里耶维奇心眼儿挺好的，也很聪明，你会跟他相处得很好的。你将来会念中学，然后考大学，当一名大学生，就跟他现在一样。然后再当大夫，你想干什么就干什么，有文化的人想干什么就能干什么。好啦，现在，你去玩吧……"

　　她说完后，我觉得这一连串的"然后"就像一架梯子，它离她越来越远，不断往地下伸展着，伸向黑暗，伸向孤独。【名师点睛：这个心理活动传达出"我"对母亲的依恋和对母亲再婚的不满，但"我"并没有说出这个想法，这说明"我"不想惹母亲生气，逐渐变得乖顺了。】我不喜欢这样的"梯子"，我特别想告诉她：

　　"请你不要结婚，以后我来养活你吧！"

　　但我并没有将这话说出口，虽然母亲总是在我心里唤起许许多多对她亲切的思念，但我从来也不想将这些思念说出来。【名师点睛："我"不想母亲嫁人，但又不愿意说出自己的真实想法，其实"我"是希望母亲能过得快乐，由此可见，"我"是个敏感、感情内敛的孩子。】

　　我在花园里的工作进行得十分顺利：杂草已经清理了，有的是我拔掉的，有的是我用镰刀割掉的。我还在土坑边上往下掉土的地方，砌上了碎砖头；又用碎砖头铺了一个很大的座位，甚至可以躺在上面睡觉。我捡了许多玻璃片子和碗碴儿，用粘泥将它们塞到砖缝里，当太阳照进土坑的时候，这些东西就会发光，像五光十色的彩虹，跟教堂里一模一样。【名师点睛："我"精心布置花园，把它收拾得干净、美丽、舒服，为自己打造了一方称心如意的小天地。这一方小天地，能让"我"的注意力转移，让"我"暂时忘却母亲再婚给自己带来的烦恼与痛苦。】

"好主意！"有一天，外祖父仔细地看了看我的工作，说道，"不过杂草还会扎着你的，因为你没把草根弄干净！我用铁锹把地再翻一遍，把草根刨掉。快，你去把铁锹拿来！"

我把铁锹拿给他，他往手上吐了口唾沫，吭了几声，然后把铁锹深深地踩进肥沃的土地里。

"你把草根捡出来扔掉！然后,我给你在这儿栽上向日葵和锦葵——等它们长起来，那才真叫好看呢！那才……"

他说到这里，突然不作声了，只是挂着铁锹弯下了身子。我仔细地看着他，从他那聪明得像狗一般的小眼睛里，扑簌簌地流出了几滴眼泪，这些眼泪都掉进了泥土里。

"你怎么啦？"

他抖擞了一下身子，用手擦了擦脸，模模糊糊地看了看我，然后说道：

"我出汗了！你来看，这里有好多蚯蚓啊！"

然后他又挖起土来，突然，他说：

"这个地方，你算是白弄了！白弄了！小子。这个房舍，我不久就要卖掉了。大概在秋天之前就得卖掉，我们现在等钱用，要给你母亲买点嫁妆，就是这样。但愿她结婚后能过上好日子，愿上帝保佑她……"

【名师点睛：通过外祖父的神情、动作和语言可以看出，他虽然很自私、吝啬和无情，和女儿并不算和睦，不过为了让女儿体面地出嫁，他决定卖掉心爱的老宅，他身上也有作为人父的温情慈爱。】

说完以后，他扔掉了铁锹，对我挥了挥手，到澡堂后的拐角去了，那儿有他的温室。我开始刨土，但我的脚指头马上就被铁锹给碰伤了。

这样，我就不能送母亲到教堂里去举行婚礼了，我只能走到大门外边，看见她低着头，拉着马克西莫夫的手，小心翼翼踏在砖铺的人行道和从砖缝里长出来的野草上，像是行走在钉子尖上似的。

婚礼很冷清。大家从教堂里回来以后坐在一起喝茶，都显得有些

227

▶ 童年

闷闷不乐，母亲马上换了衣服，到自己的房间里整理箱子去了。继父坐在我的旁边，对我说：

"我本来是要送给你一些颜料的，可是在这里买不到好的，但是又不能把我自己的送给你，等我到了莫斯科以后，再买来寄给你……"

"我要颜料有什么用？"

"你不是喜欢油画吗？"

"我不会画！"

"那我就给你寄点其他的东西。"

这时，母亲朝我们走了过来。

"过不了多久，我们就会回来了，等你爸爸考完试，毕了业，我们就回来……"他们和我说话时，就好像在和一个大人说话似的，这叫人很高兴。但一个长胡子的人还要去上学，我感到很奇怪。我问：

"你学什么？"

"学测量……"

我懒得问这门学问是关于什么的。家里充满了一种百无聊赖的寂静和一种像纺线似的沙沙声，人们不由得希望夜晚快点来临。外祖父背靠炉炕站着，眯缝着眼睛，向窗外眺望着；那个绿色的老太婆正在帮母亲装箱子，她一个劲地唠叨着，不住地哼哼着；外祖母在吃中午饭时，就喝醉了，家里人替她感到害羞，就把她锁在了楼上。

第二天一大清早，母亲他们就走了。临别的时候，她拥抱了我，轻轻地把我从地上抱了起来，她用一种我感觉有些陌生的目光看着我的眼睛，边吻我边说：

"别了……"【名师点睛：从母亲的动作和意犹未尽的话中可以看出她对"我"的感情很复杂，有疼爱，也有愧疚。】

"告诉他，要听我的话。"外祖父的眼睛望着五光十色的天空，阴郁地说。

"你要听外祖父的话。"母亲说。然后，她在我身上画了个十字。我本来还期望她能说点别的，所以很生外祖父的气，都是他妨碍了她。

他们乘坐的是四轮双座敞篷马车，母亲的衣裙下摆不知被什么挂住了，她生气地弄了老半天还是不行。

"你倒是去帮她一下呀，难道你没看见吗？"外祖父对我说。我没去帮忙，一种难以摆脱的忧伤深深地包围着我，使我无法动弹。

马克西莫夫耐心地摆弄好他那两条穿着紧身青色裤子的长腿，外祖母把几个包袱塞到他手里。他把包袱放到膝盖上，用下巴颏顶着，有些慌乱地皱着苍白的脸，拖长声音说道：

"足……够了……"

在另外一辆车上，坐着绿色老太婆和她那个当军官的大儿子，她像一张画似的坐在那儿，他儿子用军刀的把儿搔着胡子，直打哈欠。

"看来，你是要去打仗了？"外祖父问。

"这是一定的！"

"这是好事，土耳其人本来就该打［指1877~1878年俄国和土耳其的战争］……"

车开动了，母亲几次回过头来挥动着手帕，外祖母一手扶着墙，另一只手也在空中挥舞着，她已经泪流满面了。外祖父也用手指头从眼里挤出几滴泪来，他断断续续地说：

"不会有什么……好结果的……不会……"

我坐在石磴子上，看着马车颠颠簸簸地向前跑去。当马车转过墙角后，我心里像有一只盒子被严严实实地合上了，紧紧地关闭了。

天色还早，家家户户的窗板都还紧闭着，大街上没有一个人影。我还从未见到大街这样空旷过，牧人在离这儿很远的地方没完没了地吹着笛子。

"咱们去喝茶吧，"外祖父扶着我的肩膀说，"看来，你是注定要和我一起过了，那你就朝我的身上划着你这根火柴，如果离开了我这块砖头，你也就划不着了！"【写作借鉴：外祖父将"我"比作火柴，将自己

▶ 童年

比作砖头，借此说明是命中注定"我们"要相依为命。】

　　接下来的一段日子里，我和外祖父一天到晚在园子里默默地忙来忙去：他挖了几个畦子，把红莓绑扎起来，把苹果树上的苔藓刮下来，碾死青虫。我一直建造和装饰着我的小屋。外祖父砍掉烧焦的木头尖端，把一些棍子插到地里，我把装着鸟的笼子挂在上面，用晒干了的杂草编成密密麻麻的篱笆，还在长凳子上做了一个既遮太阳又挡露水的顶盖。就这样，我把这里弄得好极了。

　　外祖父说：

　　"你要学着把自己的事情安排好，这是很有益的。"

　　我很珍视他对我说的话。有时他躺在我铺平的草垫子上，不急不忙地教导我，他说话很费劲，好像是困难地往外掏东西似的。

　　"你现在就像是从你母亲身上切下来的一个碎片，她会再生孩子的，比起你来，她更加亲近他们。你外祖母如今又开始喝酒了……"

　　他沉默了一会儿，好像在细心地倾听着什么，接着又闷闷不乐地说了一些使人觉得十分沉重的话：

　　"这是你外祖母第二次酗酒了，第一次是在米哈伊尔要去当兵的那年。这个老糊涂，劝我替儿子买一张免服兵役的证。也许，他当了兵，就会变成另外一种人……嗨，你们这些人啊……我快死了，到时候，就剩下你一个人了，无依无靠，孤孤单单的，需要自个儿挣钱过日子。明白吗？生活就是这样。你要学着独立地去干活，不要听从别人的摆布！要老实稳当地过日子，而且要顽强地生活下去！无论别人对你说什么，你都可以听，但你认为怎么办好，你就怎么办吧……"

【名师点睛：从外祖父的絮絮叨叨中可以看出他很担心"我"以后的生活，希望"我"学会独立和坚强，从中可以感受到外祖父对"我"复杂而深沉的感情。】

　　除了刮风下雨，整整一个夏天，我都住在花园里。在温暖的夏夜里，我就睡在外祖母拿来的一块毡子上。她也常在花园里过夜，常常给我讲一些故事，有时候，她会中断自己的故事，讲几句其他的话：

"快看,有一颗星陨落了!这不知是哪个纯洁的灵魂,在思念大地母亲了!这表示现在在世界的某个地方,又有一个好人诞生了!"

【名师点睛:外祖母看着流星的陨落,认为是一个善良的人即将出生,将社会现实和天象结合起来,展现出她心地善良、崇尚大自然的一面。】

有时候,她会指给我看:"你瞧,又有一颗星星升起来了,它多明亮啊!哦,天空真是美妙啊!你简直就是上帝的灿烂法衣……"

外祖父唠唠叨叨地对我们说:"你们会着凉的,真是一对傻瓜,你们会得病的,要不就是中风,如果有小偷进来,也会掐死你们……"

有时候,太阳落了,天空中流淌着火红的河,接着,火河燃尽了,橙黄色的灰烬倾泻到花园里天鹅绒般的绿茵上。周围的一切渐渐地发暗,扩大,膨胀,都浸在了温暖的昏暗中。吸饱了阳光的树叶也低垂了下来,青草弯向了地面,一切都变得更柔更茂盛了。花园里静静地散发着各种亲切而甜蜜的气息,就像音乐一样——而音乐也正从远方、从野地里飘来。军营里正在吹晚号。夜来了,一种有力的、清新的、宛如慈母的体贴似的东西注入胸怀,寂静像温暖的、毛茸茸的手轻柔地抚摩着,拂去记忆中应当忘掉的一切,拂去白天所沾染的一切侵蚀人的细尘。【名师点睛:只有黑夜能给"我"带来母爱般的温暖,抚慰"我"的心灵。突出了"我"心中无法排遣的愁苦和悲怆,读来令人满怀心酸。】

我脸朝上躺在那里,仰望着满天星斗,看着它们渐渐变得更加明亮了。夜空无止境地深沉下去,深远的天空越来越高,不断地出现新的星星,轻轻地把人从地面上举起来,这真是太奇妙了。不知是整个大地缩得像你一样小了呢,还是你自己正在神奇地长高、扩大、忽然溶化,在不知不觉中已经和周围的一切合为一体了。四周的一切都变得越来越淡,越来越静谧了,但到处都是无形的琴弦,它们绷得紧紧的,十分敏感。每一种声响,不论是鸟儿在梦中的啼鸣,还是刺猬跑过去的声音,或者从不知什么地方传来的人的低语声,都显得与白天迥然不同,在敏锐得令人感到亲切的寂静的衬托下,这些声音都比白天响亮得多。

▶ 童年

有些夜里，野外或大街上会忽然传来醉汉的吼叫声，有人踏着沉重的脚步跑过去，这已经是常有的事了，引不起人们的注意。

外祖母已经有很长一段时间睡不着觉了。她躺在那里，将两手放在脑后，稍显激动地在讲着什么。不过，她好像一点也不关心我是否在听她讲。她总是善于选择一些童话和一些故事，使夜晚不再枯燥，而是显得意味深长和美丽动人。【名师点睛：侧面烘托，外祖母晚上喜欢讲童话故事，让漫长的夜不再枯燥，烘托出外祖母内心的苦闷和担忧。】

我听着她那缓慢的话语，在不知不觉中睡着了。第二天早上，我和鸟儿一同醒来，太阳温暖地直射在我的脸上。清晨的空气静静地流动着，露珠从苹果树的叶子上震落了下来。青草湿漉漉的，看起来越来越光亮了，就像水晶一般的清澈透明，在青青的草叶上也升起了一层白纱般的蒸汽。在淡紫色的天空中，阳光的辐射范围在不断地扩大，使天空渐渐地变成蓝色了。云雀在人们看不到的高空中婉转地歌唱。各种颜色和声音，像露珠般往人们的心胸中慢慢渗透，使人感到了一种平静的喜悦，使你很想赶紧起床，到外面去干点什么事情，和四周一切有生命的东西友爱地生活在一起。

这是我一生中最安静、感受最多的时光，正是这年夏天，我内心形成并增强了自信的力量。我变野了，性格更孤僻了。我经常听到奥夫相尼科夫的孩子们的喊叫声，但这已经不再吸引我。即使两个表哥来了，我也完全高兴不起来，有的只是惊慌不安，担心他们会破坏花园里我的建筑杰作——我第一项独立的创作。

我对外祖父的话也越来越没有兴趣了，他的话越来越乏味，啰啰唆唆，唉声叹气。他经常和外祖母吵架，把她赶出家门。外祖母有时到雅科夫舅舅那里，有时到米哈伊尔舅舅那里，她常常一连几天都不回家，这样，外祖父就只能自己动手做饭了。有时烫伤了手，他就吼叫咒骂，摔碎碗碟，同时，他变得更加贪得无厌了。

有时，他到草窝棚里来，舒舒服服地坐在那里，长久地注视着我，一言不发，但是会突然问我：

"你为什么不说话？"

"不为什么，怎么啦？"

他就开始教训起我来：

"我们并不是老爷，没有任何人会教我们，无论什么东西我们都得自己去弄明白。书是为别人写的，学校是为别人盖的，我们一点份也没有。不管什么事都要自己想办法……"【名师点睛：见"我"言行如此反常，外祖父想为"我"打开心结。他对"我"的这番教诲，既是他自己人生经验的总结，又包含着对"我"的期望，他希望"我"能走出烦恼，变得自立自强。】

他常常纹丝不动地呆坐着，像个哑巴似的，好像在沉思什么东西，叫人看着感觉很害怕。

这年秋天，他把房子给卖掉了。在卖房子前不久，有一天早晨喝茶的时候，他面色阴沉，坚决地对外祖母说："喂，老太婆，从结婚开始我就一直养活着你，现在养够了！你自己挣钱去吧。"外祖母神态安详地听着他说完这些话，像是早就知道他会说出这种话似的，她一直在等待，只见她不紧不慢地掏出鼻烟壶，用她那海绵似的鼻子吸了吸，说道：

"那好吧，既然是这样，就这样吧……"

外祖父在山脚下一所旧房子的地下室里租了两间光线昏暗的小屋子。搬家那天，外祖母拿了一只用长带子绑着的旧皮鞋，把它扔到炉子下面，蹲在那里，开始呼唤起家神来。

"家神啊，家神，你是一家之主，现在我送你一辆雪橇，请你坐上它，跟我们一起到新家去吧，去寻找新的幸福吧……"【名师点睛：虽然目前的境况很艰难，可是外祖母依然保持着一份乐观的心态，心中始终有一种坚定的信念支撑着。】

外祖父听了外祖母的话，从院子里往窗口望了一眼，大声地对她

▶ 童年

喊道：

"你敢叫它去，异教徒！不许你再去丢我的脸……"

"唉，你当心点儿，老头子，这种话可不吉利。"她认真地警告说，可外祖父暴跳如雷，禁止她把家神请过去。

在两三天内，外祖父就将家具和各种杂物卖给了一个收破烂的鞑靼人，他一边斤斤计较地讨价还价，一边骂骂咧咧。外祖母从窗口看着他，又是哭又是笑的，还不时高声喊道：

"都拿去吧，都毁掉吧……"【名师点睛：外祖母说"都拿去吧，都毁掉吧"，其实她言不由衷。她之所以会这样说，是因为外祖父破产之后，家中境况越来越差，她的内心很痛苦。】

我很舍不得那花园和草棚子，觉得很可惜，也想大哭一场。

外祖父找了两轮大车来拉东西，我坐的那辆大车上放着各种家什，当车子跑动起来时，颠簸得特别厉害，快要把我抛下去似的。

我在这种颠沛流离的生活条件下，大概度过了两年的时光，一直到母亲去世。

外祖父搬到地下室去没多久，母亲就回来了。她面色苍白，身体很瘦，大眼睛里射出火热而又惊讶的光。她细心地看了又看，好像这是她第一次见到她父亲、母亲和我一样。她一声不响地打量着一切。继父在房屋里来来回回地走动，他小声地吹着口哨，不时还咳嗽一下，两只手抄在背后，手指头没有一刻是安静的，不停地动弹着。【名师点睛：细腻地描写了继父的动作，表现出他无所事事、虚伪无聊的形象。】

"天哪，你长得实在是太快了！"母亲用滚热的手捧着我的脸蛋对我说。她穿的衣服很难看——穿着一件棕黄色的宽大长衫，大肚子使长衫鼓起来了。

继父向我伸出一只手，说道：

"你好，老弟！你过得怎么样，嗯？"

他闻了闻空气，又说：

"你知道吗,你们这地方十分潮湿啊!"

他们两个好像奔波了很长时间,筋疲力尽的,身上的衣服都皱了,磨破了。现在他们什么也不需要,只要躺下来好好休息一下。

大家都沉闷地喝着茶,外祖父望着玻璃窗,它被雨水打湿了,他问道:

"这么说,全都烧光了?"

"全都烧光了,"继父坚定地说,"我们自己都差点儿没逃出来……"

"是啊,水火无情嘛!"

母亲紧紧地靠着外祖母的肩膀,小声地对她耳语着,不知道在说什么。外祖母眯缝着眼睛,好像被太阳光照得睁不开了,气氛变得更沉闷了。

<u>突然,外祖父忽然说起话来,语气恶毒又沉稳,声音很大:</u>

"<u>但是,我听说,叶夫根尼·瓦西里耶维奇先生,从来就没有发生过什么火灾,只是因为你赌钱把全部家当都输光了……</u>"【名师点睛:外祖父直截了当地戳穿了继父的谎言,点出继父放浪形骸、不务正业的形象。】

屋里一下子变得寂静无声了,像地窖里一样。茶炊噗噗[形容发笑或放气的声音]地响,雨敲打着玻璃窗,过了一会儿,母亲说:

"爸爸……"

"什么爸爸?"外祖父大喊了一声,那声音简直震耳欲聋,"还想怎么样?难道当初我没有对你说过:三十岁的人不要嫁给一个二十岁的小伙子?这些你都该知道吧,你找了一个文质彬彬的丈夫!一位贵族少爷,嗯,结果呢?怎么样啊,小女儿?"

他们四个大人一块喊了起来,继父的嗓门最大。我跑到门洞里,坐到一堆木材上,感到非常吃惊,全身都麻木了。母亲像换了一个人似的,她完全不像从前那样了。在屋里,还不怎么显眼,在这门洞里,在朦胧中,能够很清楚地想起她以前的样子。

235

▶ 童年

后来发生的事情,我已经记不太清楚了。后来我住到了索莫夫镇的一所房子里,那里一切都是新的,墙没有壁纸,木板缝里填着麻屑,麻屑里有很多蟑螂。母亲和继父住在两间窗户朝大街开的房间里,外祖母和我住在有天窗的房间里。工厂的烟囱高高地耸立着,就像大拇指从食指和中指的缝里伸出来似的,吐着的浓烟慢慢升向天空。冬天的风把煤烟吹向全村每个角落。在我们冰冷的屋子里,总会弥漫着浓浓的烟味。一大早,汽笛声就像狼嚎叫似的。【名师点睛:环境描写,通过描写周围的烟尘与汽车嘈杂的鸣笛,凸显出生活环境的艰苦和"我"对这种景象的厌恶。】

"嗷呜,嗷呜,嗷呜……"

如果站在板凳上,透过玻璃窗的上层,越过屋顶,就可以看到工厂的大门,上面还挂着灯笼。它像一个老乞丐张开了无牙的黑嘴,矮小的人们成群地往里爬。中午,汽笛声又响起来了。大门的两片黑嘴唇也张开了,露出了一个深洞,工厂又吐出被反复咀嚼的人们,他们像一股黑水一样迅速地流到了大街上。白色的毛茸茸的风,在大街上吹刮着、追赶着人们,将人们赶回各自的家里。在村子里很少能看见天空。房屋顶上,雪堆上,到处都悬挂着另一层煤烟色的平平的顶盖,它压制着人们的想象力,它的色彩忧郁而单调,使人们的眼前发眩。

一到晚上,工厂的上空就浮动着浑浊的红光,把烟囱顶上照得通亮,看上去就好像那些烟囱不是从地面耸向天空,而是从这片烟雾中往地面垂落。一面垂落,一面还吐着红光,呼啸着,鸣叫着。这一切真叫人恶心,一种难以排除的苦闷折磨着人们的心灵。【名师点睛:此处着力渲染了一幅灰色调、冷寂的画面,与"我"烦闷、惆怅的心情紧密地结合在一起,情景交融。】

外祖母当了厨娘,她洗菜、做饭、洗地板、劈木柴、挑水,从早晨起来就开始忙碌着,到晚上躺下睡觉时,已经累得筋疲力尽,哼哼呀呀,不住地唉声叹气。有时候,她将饭做好以后,穿上她的短棉袄,把衣裙高高地掖起来，就跑到城里去了。

"去看看老头子在那儿过得怎么样。"

"带我去！"

"你会冻着的，你看外面风刮得多大！"

野地上铺着白雪，根本看不清路，她得走七俄里。母亲脸色焦黄，挺着个大肚子，瑟瑟缩缩地披着一条灰色的破披巾。我恨这条把她那魁梧而又匀称的身体变丑了的披巾，于是我就把那上面绽开了的穗子揪了下来。我也恨这所房子、这个工厂，甚至这个镇子。【名师点睛：其实"我"所恨的并不是母亲，而是把美丽、善良、纯真的母亲变成如今这副卑微模样的社会与卑劣的人心。】母亲穿着一双破毡靴，咳嗽震得她那难看的大肚子直发抖。她那青灰色的眼睛里，枯燥地散发着冰冷而愤怒的光。她经常一动不动地望着光秃秃的墙壁，好像同光一起贴在了那上面似的。有时，她竟能整小时整小时地望着窗外的大街，街上就像牙齿，一部分牙齿老得发黑了，东倒西歪；一部分已经脱落了，却又笨拙地镶上一些比旧牙齿要大得多的新牙。

"我们为什么要住在这儿？"我问。

"哎，你住口……"她说。

她很少同我说话，讲话的时候老是用命令的口吻说：

"去一趟，给我拿来……"

大人们对我管得很严，很少让我到街上去，每次我到街上去，都会被大街上的孩子打得鼻青脸肿的。打架已成了我最喜爱的娱乐。母亲时常用皮带抽我，但惩罚更加激怒了我。每当我挨打以后，下一次，我跟那些小孩子就打得更凶了，母亲对我的惩罚也就更加厉害了。有一回，我警告她，如果她再打我，我就咬她的手，然后跑到野地里去冻死。她吃惊地一把将我推开，在房屋里走了一圈，最后，累得气喘吁吁地说：

"小野兽！"【名师点睛：母亲对"我"失却温柔和慈爱，更多是因为生

237

童年

活的不如意。接踵而至的磨难让她心生沮丧，脾气暴躁。"我"的不好管教和倔强撞在枪口上，所以得到了母亲粗暴的回应。】

那种被称作"爱"的感情，那种充满了朝气、令人激动的像彩虹一样的感情，在我的心里已经凋谢了。对周围的一切，我越来越频繁地爆发出不可遏止的仇恨之火。在我的心中潜伏着强烈的不满情绪，我开始意识到，在这种单调乏味、毫无生气的环境中生活，是多么孤单。

继父对我很严厉，对母亲爱理不理的。他老是吹口哨，咳嗽着。每次饭后，总是长久地站在镜子后面，用火柴杆小心地剔着那副不平整的牙齿。他和母亲吵得越来越频繁了，生气地称呼她为"您"。这个"您"字把我气得发狂。他们吵架的时候，他总是把厨房的门关得严严的，显然，是不愿意让我听到他的话。但我仍然仔细地倾听着他那沉闷的低音。

有一次，他跺着脚喝道：

"都是因为你这丑陋难看的大肚子，我才不能邀请客人，你这头母牛！"【名师点睛：继父骂母亲是一头母牛，这样的咒骂表现出继父的尖酸刻薄，完全是一副小人形象，也表现出母亲生活得无比艰辛和压抑。】

我太吃惊了，气得简直发疯了。我从吊床上挺起身子，脑袋撞上了天花板，把舌头都咬出血了。

每个星期六，就有几十名工人来继父这儿卖食品购物证。这种购物证，本来是工厂主当作工资发给工人，让工人到工厂开设的铺子里去买劣质食物的，不过现在继父半价收购这些购物证。他在厨房里接待工人，那模样简直神气十足。他阴沉个脸，接过购物证，说道：

"一个半卢布。"

"叶夫根尼·瓦西里耶维奇，你就不怕上帝……"

"一个半卢布。"

这种荒唐阴暗的生活，在母亲生孩子前并没能持续多久，后来，我就被送到外祖父那里去住了。外祖父已经搬到了库纳维诺镇，在沙土街的一所两层的小楼里，租了一间小屋子，带有俄罗斯炕炉和朝外开着的两个窗扇，山脚下正好有两条街道，一直通到纳波尔教堂墓地的围墙。

"怎么了？"外祖父迎着我说，然后就讥笑了起来，"俗话说，没有比亲娘更可爱的朋友了，看来，现在应该改个说法：不是亲娘，而是我这个老鬼外祖父。嘿，你们这些人啊……"

我还没来得及好好看看这个新地方，外祖母和母亲就带着婴儿来了，继父因为敲诈工人被赶出了工厂，但不知道他到哪儿去了一趟，立刻又被聘请为车站的售票员。

过了好长一段空闲的时间之后，我又搬到了母亲那里，她住在一所石屋的地下室里。我回到她那以后，她立即把我送到学校去上学了，从入学的那天起，学校就使我反感。

我上学的那天，穿的是母亲的一双旧皮鞋、用外祖母的上衣改制的外套、黄衬衫和撒腿裤子，这种装扮立刻就遭到了同学们的嘲笑，因为我穿着黄衬衫，他们给我起了个外号叫"方块大王"［旧时俄国人称苦役犯为"方块大王"］。很快，我就跟孩子们相处得很愉快了，但老师和神甫都不喜欢我。

我们的老师是个秃头，他脸色发黄，鼻子经常流血。他每次来班里，鼻子总是塞着棉花。坐在桌子后面问功课时，总会发着沉重的鼻音，说了半句话就不说了，然后，他就把棉花掏出来，细心地查看着，又摇摇头。他的脸是扁平的，黄铜色，显得萎靡不振，皱纹里透出一种绿色，那一对铅样的眼睛，完全是多余的，使他的面孔显得特别丑。他总是死盯着我的脸，这让我感到厌恶。

开头几天，我被分在第一班，坐在第一排，几乎紧靠着老师的讲台，这让我十分难以忍受，仿佛除了我，他不再看别人了，老是用鼻音瓮声瓮气地说道：

▶ 童年

"别什——科夫，该换件衬衫了！别什——科夫，脚不要老动弹！别什科夫，你的靴子又流水了！"【名师点睛：老师很夸张地对"我"说三道四，言语间表现出对"我"的歧视和厌恶。】

我很不喜欢这样，于是，我想出了一个狠毒的恶作剧来报复他：一次，我弄来了半块冰冻的西瓜，取出里面的瓜瓤，用线绳把西瓜片挂到半暗不明的门洞里的滑轮上。门一开，西瓜片就升上去了，当老师随手带门时，西瓜片正好像一顶帽子一样扣在他的秃头上。看门人拿着老师的字条，把我送回家去，为了这次恶作剧，我饱尝皮肉之苦。

还有一次，我将很多鼻烟撒到他桌子的抽屉里，他就不断地打喷嚏，只好离开教室，把他的女婿叫来代课。【写作借鉴：采用了插叙的写作手法，"我"曾经用鼻烟来报复老师，这其实是一种强烈的反抗行为，凸显出"我"对老师的厌恶之情。】他的女婿是一位军官，强迫全班学生唱《愿上帝保佑沙皇》和《啊，自由啊，我的自由》。谁唱得不对，他就用尺子敲他的脑袋，敲得特别响，让人觉得好笑，但实际上并不痛。

教我们神学的老师是一位神甫，他年轻漂亮、头发蓬松，但他不喜欢我，因为我没有《旧约·创世纪》这本书，而且我总爱学他说话。

他每次一走进教室，第一件事就是问我：

"别什科夫，你的书带来了没有？还没带书来？"

我答道："没有，没带来。是的。"

"什么，嗯？"

"没有。"

"那你回家去吧！是的，回家去吧。因为我不愿意教你，是的，我不愿意教你了。"

这并没有使我感到特别伤心，我走了，一直到放学，我在村子里泥泞的街道上来回地溜达，细心地观察着人们喧闹的生活。

这个神甫有一副基督式的端正面孔，长着一双像女人一样温柔的眼睛和一双对所碰到的一切也同样温柔的小手。每一种东西——书、尺子、笔，他都拿得惊人的美，仿佛那件东西是活的，很容易就能被弄碎。神甫是很喜爱它的，生怕一不小心，就碰坏了它似的。不过，他对学生可不像那样温柔，但学生们仍然喜欢他。

虽然我的学习成绩并不算坏，但不久学校就通知我说，由于我不体面的行为要将我赶出学校。我灰心丧气了。在家里有一场极大的不愉快正威胁着我：母亲的脾气越来越坏，打我的次数越来越多。【名师点睛：母亲当初不顾家庭经济的窘迫，坚持把"我"送到学校念书，是对"我"寄予了厚望的。然而，"我"在学校总是惹是生非，这令母亲非常失望，她再也没有耐心对待"我"的叛逆情绪了。】

就在这时，出现了个救星：有一位样子像巫师，在我的记忆中有点驼背的赫里桑夫主教，突然间到我们学校来了。

他的个子并不高，却穿着一件又肥又大的黑衣服，头上戴着有如木桶般的圆桶帽。他在桌子后面坐下，将两只手从袖筒里露出，说："好吧，让咱们来谈谈吧，我的孩子们！"教室里立刻变样了，显得温暖、快乐，充满着一种我们从未体验过的欢快气氛。后来，他把我叫到桌子前，认真地问：

"你几岁了？才这么大？小弟弟，你长得多高啊？你是不是常站在雨地里？"

他将一只干瘦的手放在桌子上，手上留有长指甲，用另一只手捋稀疏的胡子，他那一对慈祥的眼睛紧盯着我的脸，说道：

"呃，你给我讲讲《圣经》里你所喜爱的故事吧。"【名师点睛：赫里桑夫主教知识渊博、和蔼可亲，让"我"感受到了温暖和希望。】

我说我没有书，也没学过《圣经》，他听了以后，扶了扶高筒帽，问道：

"这怎么行，《圣经》这本书是非学不可的！也许你自己知道一些，或者听说过一些那里面的故事吧？圣歌会念吗？这可太好了！你还会念祈祷词？嗬，可真有你的！你原来还念过《圣徒传》？还会背诗？你

241

▶ 童年

真是无所不知呐！"

这时，我们的神甫来了，他的脸通红通红的，气喘喘的。主教祝福了他，当神甫刚要说我的事情时，他扬了扬手，说：

"请等一下……你来讲一下关于敬神阿列克谢的故事……"

"小弟弟，这是一篇最好的诗，是吧？"当我忘了其中某一句诗，稍稍停了一下时,他说:"你还会讲什么？会讲大卫里的故事？我很想听！"

我看出来了，他的确在听，他很喜欢诗。他问了我很长时间，后来突然打住了，问道：

"你念过《圣诗选集》吗？谁教的？是慈善的外祖母，还是凶狠的外祖父？是真的吗？你可能十分顽皮吧？"【名师点睛：透过主教的话语，可以看得出他很真诚、不虚伪，也从侧面表现出外祖父和外祖母迥异的个性。】

我犹豫了一下，但也只好说："是的。"老师和神甫都啰里啰唆地证实我说的是实话。他垂着眼皮，听他们讲完以后，又叹了一口气说：

"你都听见人家是怎样说你的吗？你过来！"

他把一只散发着柏木味的手放到我的头顶上，问道：

"你到底为什么要调皮？"

"因为学习很无聊。"

"无聊？这可有点不大对头，小兄弟。你如果觉得念书很无聊，你就一定学不好了，可是老师们都能证明你学习很好，那就说明另有原因了。"

他从怀里掏出了一个小本子，在上面写了几个字，说道："对了，小兄弟，你还得再忍耐点，不要太淘气了！【名师点睛：通过对话描写，表现出主教很快就看出了"我"在撒谎，不过由于他懂得孩子的心，因此没有指责"我"，而是给予了鼓励。】稍稍淘气一点，这是可以的，但是太淘气了，就会惹人生气！我说得对吗，孩子们？"

有许多孩子快乐地答道：

"对!"

"你们自己顽皮得不那么厉害吧?"

孩子们咧开嘴笑了,说:

"不,也很厉害,很厉害!"

主教看着我们,然后往椅背上一靠,轻轻地搂着我,令人惊奇地说了下边的几句话,说得大家,就连老师和神甫都笑了:

"这件事可真奇怪,我的小弟弟们,我在你们这种年纪,也是一个大大的淘气包,这到底是怎么回事呢,小弟弟们?"

孩子们听了都笑了,他反复地问他们这个问题,把大家巧妙地搅在一起,让他们相互争论,快活的气氛越来越浓,最后,他站起来说:

"和你们待在一起很高兴,小淘气包们,我要走了!"【名师点睛:语言描写,从这句话中可以看出大主教跟孩子们相处得很融洽,展示了他和蔼可亲的形象。】

他抬起一只手,将他的大袖子甩到了肩上,挥动着胳膊,对大家画了个大十字,祝福我们说:

"以圣父、圣子、圣灵的名义,祝你们以后可以从事美好的工作!再见!"

孩子们也齐声念道:

"别了,大主教!请您再来!"

他点了点头说:

"我来,我一定来!我给你们带书来!"

他从容不迫地从教室里走了出去,对老师说:

"放他们回家去吧!"

他牵着我的手,走进了过道,向我俯下身来,悄悄地对我说:

"你要学会管束自己,好不好?我心里明白你为什么要这么调皮!好啦,再见吧,小弟弟!"

我感动极了,一种特别的感情在我的心中沸腾着,甚至当老师放

243

▶ 童年

走其他同学，只留下我一个人的时候，他对我说，从现在起应该约束自己，处处谨慎小心。我高兴而又认真地听着他的话。

神甫一边穿着皮袄，一边亲切地小声对我说：

"从现在开始，你应该上我的课！是的，应该。但是你要老老实实地坐着！是的，老老实实的。"

我在学校的情况有了好转，在家里却干了一件丑事：我偷了母亲的一个卢布。不过，这并不是预谋犯罪。

有一天晚上，母亲出门了，留下我看家，并且要照看孩子。我很烦闷，便打开了继父的一本书——大仲马的《医生札记》，里面夹着两张钞票，一张是十卢布的，一张是一卢布的。这本书很难懂，我看不下去，可是我突然想到，用一卢布不光可以买到《创世纪》，而且还能买一本关于鲁滨孙的故事的书，在这之前不久，我才在学校里知道有这本书。那是寒冷的一天，在课间休息的时候，我给班里的孩子们讲童话，忽然其中有一个孩子轻蔑地说：

"童话完全是胡扯，鲁滨孙的故事才是真正的故事呢！"

后来，我还发现有好几个孩子都读过鲁滨孙的故事。他们都夸赞这本书，不欢迎外祖母的童话，这使我很生气，于是我决心要读一遍鲁滨孙，以便也能说一句：这完全是胡扯。

第二天，我将一本《创世纪》和两本破旧的安徒生童话带到了学校里，还带去了三磅白面包和一磅腊肠。在弗拉基米尔教堂菜园子旁的一家光线暗淡小铺子里，有一本关于鲁滨孙的故事的书，那是一本很薄的书，黄色的封面，第一页上画着一个留着大胡子的人，头戴圆毛皮帽，肩上披着一张兽皮。我挺不喜欢他这副模样，那本童话书虽然很破旧了，但它的外观看上去还挺可爱的。

中午休息时，我把面包和腊肠和孩子们分着吃了，接着我们一起阅读一个美妙的童话《夜莺》[安徒生的童话]。这个童话立刻抓住了所有人的心。

"在中国，那里所有的居民都是中国人，连皇帝也不例外，也是中国人。"我记得这一句话，它含有单纯明朗的音乐和异常美好的事物，使我感到十分愉快和惊奇。

我在学校里因为时间不够没能把《夜莺》读完。当我回到家里的时候，母亲正站在炉台旁，手里拿着煎锅的把儿，正在煎鸡蛋，她用一种很奇特又严厉的声音问我：

"你是不是拿了一个卢布？"

"拿了，这不是买书了嘛……"

她用煎锅把儿狠狠地打了我一顿，把安徒生的书也给没收了，不知藏到什么地方去了，这比挨打更加使人悲痛。【名师点睛：在成长的过程中，"我"虽然有着叛逆行为，但内心深处仍是个热爱读书、积极向上的人。这句话反映了"我"对知识的渴求，写出了"我"无法读书的痛苦心理。】

我一连几天没去上学，在这段时间，继父可能把我偷钱的事告诉了他的同事，那些同事又讲给自己的孩子听，其中一个孩子把这件事传到了学校。当我再次来到学校时，同学们就用"小偷"这个外号来迎接我。这个外号虽然简单明了，但并不正确，因为我并没隐瞒我拿走卢布的事。我试图向大家解释这件事。但是，别人不相信，我回到家里，对母亲说，我以后再也不去学校了。【名师点睛：继父毫不负责地"传播"，同学们的嘲笑，让"我"百口莫辩，既委屈又痛苦，以至于"我"不愿去上学了。】

母亲坐在窗户边上，她又怀孕了，穿一身灰衣服，脸色苍白，眼里流露出痛苦的表情，她一边喂小弟弟萨沙喝奶，一边看着我，像鱼似的张着嘴，说道：

"你撒谎，"她小声说，"没人知道你拿了一个卢布！"

"你去问问。"

"是你自己说漏了嘴。哼，你说是不是你自己？你要当心，我明

▶ 童年

天亲自去问问，看是谁把这话传到学校去的。"

我说出那个学生的名字。她的脸皱在了一起，可怜兮兮的，眼里噙满了泪水。

我回到了厨房，躺在炕炉后面箱子上搭的那个床上，听母亲在屋里低声啜泣。

"我的天哪，我的天……"

我躺在烤热了的破褥单上，那上面油迹斑斑的，它散发着难闻的气味，我再也忍不住了，起身走到了院子里，但是母亲喝住了我：

"你到哪儿去，到哪儿去？过来，到我这儿来……"

我走过去和她坐到地板上，萨沙躲在母亲的腿上，抓住她长衫的扣子，点头哈腰地说：

"钩子。"其实是说扣子。

我紧坐在母亲的身旁，她搂着我说：

"我们是穷人，我们的每一戈比，每一戈比……"她总是有什么话不说完，用一只滚烫的胳膊紧紧地搂着我说：

"这个无耻的坏蛋……坏蛋！"她忽然说出这句话，我以前没听她说过。萨沙含糊地重复着说：

"坏蛋！"

这个孩子很古怪：他长得十分笨拙，头很大，用他那双大大的蓝眼睛看着周围的一切，面带平静的微笑，仿佛在期待着什么。他很早就开始学说话了，他从来不哭，总是生活在平静快乐之中。他很虚弱，勉强能爬，一看见我就高兴，让我抱他。他喜欢用软绵绵的小手抓我的耳朵，不知道为什么，他手上总有一种紫罗兰的香味。他突然就死了，没有任何病兆。早上的时候，他还像平常一样安安静静的，可是到了傍晚，在教堂响起晚祷钟的时候，他的尸体已经被放到了桌子上。这是在第二个小弟弟也就是尼古拉出生以后不久发生的事。【名师点睛：在这段文字中，作者满怀深情地追忆了小弟弟萨沙，为我们勾勒了他

的音容笑貌，字里行间饱含着对这个弟弟的喜爱，以及对这个温润鲜活的生命逝去的惋惜。】

母亲把她答应办的事都办好了。在学校里，我又重新过得很好了，不过没多久，她又把我送到了外祖父那里。

有一天，在喝晚茶的时候，我从院子里去厨房，听见了母亲声嘶力竭的叫声：

"叶夫根尼，我求求你，我求求你……"

"少废话！"继父说。

"你以为我不知道，你是上她那里去！"

"那又怎么样？"

他们两人沉默了一会儿，母亲大声咳嗽起来，她说：

"你真是一个恶心的坏蛋……"

我听到他打母亲的声音，就飞快地跑进了屋里，看见母亲正跪在地上，用背和胳膊支撑着椅子，挺着胸，昂着头，嘴里发出了呼哧呼哧[象声词，多形容哭声、气喘声等]的声音，双眼冒出可怕的光。【名师点睛：细致的动作描写，表现了继父的恶毒，也揭示了沙皇统治时期，社会底层妇女的悲惨命运和必然的悲剧结局。】他却打扮得干干净净，穿着一套新制服，正用一条长腿踢我母亲的胸脯。我从桌上抓起那柄骨头把儿镶银的刀子，它是用来切面包的，这是我父亲死后，留给我母亲唯一的一件东西。我抓起它来，用力地朝继父的腰部刺了过去。

多亏母亲眼明手快，及时把马克西莫夫推开了，只划破了一点肉皮。继父"哎哟"一声，便捂住腰从房间里跑出去了，母亲却抓住了我，大叫一声，把我摔到了地板上。继父从院子里返了回来，把我拉开了。

当时天色已经很晚了，可他还是出去了。母亲到炕炉后边来找我，她小心翼翼地抱着我，吻我，哭着说：

"原谅我吧，咳，都是我的错！你怎么能这样，怎么能动起刀子来呢？"

247

▶ 童年

我说出下面的话，是出自真心诚意的，而且我完全明白我说的是什么意思。我对母亲说，我要杀死继父，也会杀死自己。我想我是能做到这一点的，无论如何，我也要试试。直到现在，我眼前仍然浮动着他那条鲜亮的下贱的长腿，他的裤腿上镶着鲜艳的边饰，我看见那两条在空中摇来晃去的长腿，用脚尖踢着女人的胸脯。【名师点睛：描写继父虐待母亲的画面，表现出继父残暴的本性。】

每当我回忆起俄罗斯生活中这些野蛮的、像铅块一样沉重的丑事时，我就会扪心自问：这些事值得一提吗？但每次我都重新怀着信心回答自己——值得。因为这是一种富有生命力的令人厌恶的真实存在，它直到今天也没有消亡。如果要想从人的记忆、人的灵魂、从我们一切沉重可耻的生活中将它连根拔起，就必须对它有一个根本的了解。【名师点睛：作者不畏惧身心的伤痛，揭示丑恶，是为了让浑浑噩噩的思想清醒；面对丑恶，是为了记住耻辱，从而消灭丑恶。】

除此之外，我之所以描写这些丑恶的事情，还有一个更加实际、更加充分的原因，虽然这些事令人作呕，尽管这些事让我们窒息，把许许多多美好的灵魂压扁，但俄罗斯人民的灵魂依旧那么健康，那么朝气蓬勃，他们正在克服，而且一定能够克服这些困难。

生活是令人惊奇的，这不仅是因为在我们的生活中，产生这种下贱行为的土壤是那么的富饶和肥沃，而且还因为在这种土壤里，仍然生长着鲜明、健康、富有创造性的东西，仍在生长着善良、富有人性的东西，这些东西唤起我们一种难以摧毁的希望，我们一定可以复苏，复苏到人道的光明的生活。【名师点睛：在绝望的土壤里，依稀闪烁着点点希望。虽然"我"遭遇了各种不幸，现实中的丑陋现象令人窒息和作呕，但是这些没有让"我"消沉，反而激发了"我"的意志和斗志。这段议论性的话语点明了主旨，升华了内涵，让作者进一步反思黑暗社会产生的原因，并获得革新的力量和信心。】

Z 知识考点

1.阿廖沙母亲再婚的丈夫名字叫_____,他是学_____专业的,虽然遭到_____的极力反对,但是他们依然在教堂举行了婚礼。因为继父脾气_____,经常殴打母亲,所以阿廖沙的母亲结婚后,日子并没有好转。

2.判断下列说法,对的画"√",错的画"×"。

(1)外祖父变卖了房产,只能租房子住,对吗?　　(　　)
(2)母亲结婚后怀孕了,继父很高兴,对母亲呵护有加,对吗?
　　　　　　　　　　　　　　　　　　　　　　(　　)

3.从母亲的外貌、神态等方面可以看出,母亲再婚后的生活怎么样?请你用自己的语言概括出来。

_____

_____

_____

Y 阅读与思考

1.阿廖沙为什么要阻止母亲再婚?

2.外祖父为什么要变卖房产而去租房子住?

3.阿廖沙为什么在花园里开辟了一个自己的小天地,一个人躲藏在那里?

249

▶ 童年

第十三章
走向人间

M 名师导读

　　阿廖沙又回到了外祖父家，外祖父和外祖母在晚年竟然分了家，于是他和外祖母一起生活。阿廖沙也学会了挣钱，虽然每天捡破烂的生活很辛苦，但是他从中感受到了快乐。母亲最后也悲惨地离开了这个世界，阿廖沙彻底成了一个孤儿。年仅十一岁的他，已经遭遇了太多不幸，最后孤独地走向人间。

　　后来，我又回到了外祖父家。

　　"出什么事情了，小强盗？"他迎着我说，一边用手敲着桌子，"现在我没有办法养活你了，让你外祖母来养活你吧！"【名师点睛：外祖父不愿意接纳自己的亲外孙，凸显出他的自私和无情。】

　　"我养就我养，"外祖母说，"你以为这是什么难事吗？"

　　"那你就养好了！"外祖父大喊了一声，但立刻又安静了下来，向我解释道，"我和她不在一块过了，完全各过各的了……"

　　外祖母坐在窗口，快速地编织着花边，线轴快活地敲打着密密麻麻地别在枕头布上的铜针，在春天阳光的照耀下，像金黄色的刺猬似的闪闪发光。外祖母自己也像铜铸的一样，一点也没有变。外祖父变得更干瘪了，满脸皱纹，他那棕红色的头发，已经变成灰白的了，以前那种安详的举止、大模大样的动作，都变得急躁而又忙碌了，一双绿眼睛，经常疑神疑鬼地东张西望。外祖母带着嘲笑的口气向我讲起他们分家时的情形：他将所有的锅碗瓢盆、瓶瓶罐罐都分给了她，说：

"这些都给你，你再别跟我要什么了！"

他把她所有的旧衣服、物件、狐皮大衣全都拿去了，一共卖了七百卢布，把钱借给了一个做水果生意的犹太人去生利息。这时，外祖父爱钱如命，简直到了不顾羞耻的地步：他去找那些老相识，找他过去在行会的老同事和一些富商，抱怨孩子们不争气，弄得他破了产，乞求他们给予资助。他这一招果然有用，人们出于对他的尊重，给了他不少钱。于是他在外祖母眼前挥舞着钞票，跟她吹牛，像逗孩子似的逗她，夸口说：

"看见了吧，傻瓜？要是你去要钱呀，人家连这些钱的百分之一也不会给你！"【名师点睛：对自己从老朋友那里乞讨来的钱，外祖父不以为耻，反以为荣，这些充分暴露了他贪婪、无耻的嘴脸。】

他把这些钱都借给了他的新朋友——一个身材高大的土头领，在村子上诨名叫"皮鞭"的熟皮匠去生利息，还向那人的姐姐放债——她是一个小铺子的老板娘，是个像糖一样甜蜜诱人、又软又甜的肥胖女人，面颊绯红，眼睛是褐色的。

家里的一切都是严格地分开的：今天是外祖母出钱买菜做饭，明天就该外祖父买菜和面包。每次轮到他买的时候，午饭照例要坏些；外祖母买的全是好肉，而他总是买些大肠、肝、肺、牛肚子之类的。茶叶和糖也是各人保存各人的，但是在一个茶壶里煮茶时，外祖父总是惊慌地问：

"别忙，等一下！你放了多少茶叶？"

他把茶叶放在手掌上，认真地数了起来，说："你的茶叶比我的碎，所以我应该少放些，我的茶叶片大，煮出的茶色也更浓些。"【名师点睛：描写了外祖父认真数茶叶的情景，刻画出他吝啬又愚蠢的形象。】

外祖母倒茶的时候，他总是留心看着，看她给自己倒的和给他倒的茶是不是一样浓，分量是不是一样多。

251

▶ 童年

"是不是该喝最后一杯了？"在一壶茶快要喝光的时候，外祖母问道。外祖父往茶壶里瞅了瞅，说："好吧，分最后一杯！"就连圣像前长明灯里的油，也是各买各的——在他们一起生活了五十年之后，竟然会干出这种事来！

外祖父的这些鬼把戏，我觉得又可笑又讨厌，而外祖母却只觉得可笑。"你呀——算了吧！"她安慰我说，"这是怎么回事啊？老头子年纪大了，老了越来越糊涂了！他已是八十岁的人了，思想也往回倒退了八十个年头！就让他糊涂去吧，看谁倒霉？我来赚咱们两个人的面包，怕什么？"

我也开始想办法挣钱了。每到休息日，一大早，我就背着口袋走遍大街小巷，挨门挨户去捡牛骨头、碎布、碎纸、钉子。一普特破布和废纸能卖二十戈比，一普特废铁也能卖这么多钱，一普特骨头能卖十戈比或者八戈比。平时放学后我也去捡破烂，每到礼拜六我就把这些破烂卖了，能挣三五十戈比，运气好的时候挣得更多点。外祖母每次接过我的钱，便匆匆地装进裙子口袋里，低垂着眼睛夸奖我说：

"谢谢你，我的好孩子！咱们俩难道还养活不了自己？咱们俩？这有什么大不了的！"【名师点睛：通过外祖母的语言和行动，可以看出她对祖孙俩的生活很乐观，因为"我"在她眼里是一个懂事的乖孩子。】

有一次，我偷偷地看见她把我交给她的几个戈比硬币放在手掌上，看着它们默默地哭了，一滴浑浊的眼泪挂在她那像海泡沫岩似的大鼻尖上。

要干比卖破烂收入更高的活，得到奥卡河岸的木材场，或者到彼斯基岛。人们就在这个岛上歪歪斜斜地搭起一些临时的木棚子，做起打铁器的生意。市集结束后，那些临时搭建的木棚就被拆掉了，木杆子和薄板子在岛上堆积如山，几乎可以一直存到春汛的时候。一块好的木板，小市民业主肯出十戈比，一天可以拖回来两三块。但是这必须得等到坏天气的时候，当风雪或大雨把看守人赶走，趁着他们躲起

来的时候，才能多拖一些。【名师点睛：经过生活的磨砺，"我"已经掌握了拖木板的绝佳时机。】

我有几个要好的朋友，我们会结成一伙：莫尔德瓦女乞丐十岁的儿子——萨尼卡·维亚希尔是个性情温柔、讨人喜欢的小孩儿，他总是安安静静的，快乐又开心；孤儿科斯特罗马，他没有父母，头发卷曲，骨瘦如柴，眼睛又黑又大，后来，在他十三岁的时候，因为偷了人家的一对鸽子，被送到少年罪犯教养院，在那儿上吊死了；十二岁的鞑靼小孩儿哈比，是一个大力士，他天真而且心地善良；扁鼻子雅兹，墓地看守人的儿子，一个八九岁的男孩子，他像鱼儿一样的沉默寡言，患有羊痫风；年纪最大的是寡妇裁缝的儿子格里莎·丘尔卡，他是个明白事理的人，能够主持公道，也同样是个拳击的爱好者，我们这伙人都住在一条街上。

在这个镇子上，偷东西并不算犯罪，它已经成为一种风气，对于那些半饥半饱的人，偷东西差不多是他们谋生的唯一手段。【名师点睛：偷窃已经成为一种风气，可见社会秩序之混乱、黑暗，凸显了百姓生活的艰辛与屈辱。】一个半月的集市，无法挣够全年的吃喝，连许多体面的小业主，都得到河上去"捞外快"——打捞洪水冲走的木材和原木，用平底小木船运点零星货物。一般情况下，他们在伏尔加河上和奥卡河上都像猴子般的腿脚麻利，对那些放得不稳妥的东西，他们都要捞一把。每到休息日，大人就夸耀自己的成果，小孩子就听着，也顺便跟着学习。

每年春天，是集市开始前最忙乱的时候。每天傍晚，村镇的街头上，到处都是喝醉了的工匠、车夫，以及从事各种行业的工人。镇上的小孩经常扒他们的腰包，这是一种合法的营生，就算当着大人的面，他们干起来也很放肆。

他们什么都偷，偷木匠的工具，偷客车车夫的扳子，偷运货马车夫的轮轴或车轴上的垫铁，我们这伙人不干这种事。有一次，丘

▶ 童年

尔卡坚定地说:"偷东西——我可不干,妈妈不让我干。"

"我敢,我不怕偷东西!"哈比说。

科斯特罗马有些厌恶小偷,他在说"小偷"这两个字的时候,会特别加重语气。当看见陌生的小孩偷窃醉汉时,他就把那些孩子赶跑,如果抓住一个,就狠揍他一顿。这个大眼睛的闷闷不乐的小孩,总是把自己想成一个大人,他走路的姿势也很特别,很像搬运夫,摇摇晃晃的。他竭力用又低沉又粗鲁的声音来说话,他这个人的一举一动都是一本正经的样子,有点装腔作势,像个老人似的。维亚希尔认为偷窃是一种罪恶。

但是,从彼斯基岛上偷走木板和木杆子,不能算是罪恶,我们谁也不怕干这件事。我们想了好几种办法,能使我们顺利地干成这件事。到天黑以后,或者在刮风下雨的时候,维亚希尔和雅兹就从河湾一带膨胀、潮湿的冰面上登上彼斯基岛,大摇大摆地在岛上行走,竭力把看守人的注意力引过去。我们四个人就趁机分散开来,悄悄地摸过去。被雅兹和维亚希尔惊动的看守人只会去注意他们两个人,我们在事先约定好的木材堆旁边集合,挑选好要拖走的东西,让跑得快的同伴逗看守人追他们。这时候,剩下的几个就往回跑。我们每人带着一根绳子,绳子后边系上一根像钩子似的大钉子,用它来钩着木板条或木杆子,在雪和冰上拖着跑——我们使用这种方法时,看守人几乎从来没有发现过我们,就是发现了,也追赶不上。

【名师点睛:合理分工,合伙去拖木板的情节设置表现出包括"我"在内的孩子们的聪明、机智。】我们把东西卖了,把钱分成六份,每个人能分五个戈比,有时还能分七个戈比。

用这些钱可以吃一天的饱饭,但如果维亚希尔不带给他母亲二两或半瓶伏特加酒,他就会挨打;科斯特罗马把钱攒起来,希望能养鸽子;丘尔卡的母亲生病了,他想尽量多挣几个钱;哈比也在攒钱,准备回到他出生的城市,他是被舅舅带出来的,他舅舅来到下诺夫哥罗德没多长时间，就在河里淹死了。哈比忘了那个城市的名字，只记得它在卡马河上，离伏尔加河不算远。【名师点睛：描写了小伙伴们贫困而又无依无靠的生存状态和挣钱的初衷，让读者感到无比的酸楚。】

不知为什么，我们感到这个城市很可笑，我们逗弄这个斜眼的鞑靼小孩，高唱道：

卡马河上一座城，

它在哪儿谁也不知道，

脚板走不到，

手也摸不着。

最初，哈比挺生我们的气的，但有一天，维亚希尔小声细语地对他说：

"你怎么啦，怎么能对同伴生气呢？"

鞑靼小孩觉得不好意思了，最后，他自己也唱起关于卡马河上一座城的歌来了。

比起偷木板，我们更喜欢捡破布和骨头。春天，等到雪融化了以后，或者是大雨把荒无人烟的集市上用石块铺的街道冲刷得干干净净以后，捡破烂可太有意思了。

在集市的壕沟里总能找到许多钉子、破铁块，有时候我们还可以捡到钱——铜币和银币。但为了不让那些看杂货摊的人把我们撵走，或者来抢我们的口袋，总得给他们两个戈比，或者向他们打躬作揖，央求他们好半天。其实，我们挣这点钱并不容易，但我们几个过得挺和谐，虽然有时也有一些小小的争吵，但在我的记忆里，我们从来没吵过架。【名师点睛：在捡破烂的过程中，"我"的这帮朋友没有为了多挣点钱而彼此争抢东西，从而闹得撕破脸皮，反而结下了深厚的友谊。这句话反映了"我们"的纯真。】

维亚希尔是我们之间的和事佬，他经常会及时地向我们说几句特别的话，话虽简单，却使我们感到惊讶和难为情。他自己讲出这些话

255

▶ 童年

时，也很吃惊。雅兹的恶作剧，并没有惹他生气，也没让他害怕。他认为一切粗鲁的行为都是不必要的，他总是心平气和、令人信服地加以反对。

"哎，这样做有什么必要呢？"他问道，于是我们清楚地看出，确实没有必要！

他叫自己的母亲"我的莫尔德瓦女人"，我们也没觉得这有什么可笑的。

"昨天，我的莫尔德瓦女人回到家里的时候，又喝得烂醉！"他高兴地说，一双金色的眼睛闪闪发光，"她砰的一声把门推开，坐在门槛上唱歌，唱个没完没了，像只老母鸡似的！"

一向认真的丘尔卡问他：

"唱的什么歌呀？"

维亚希尔轻轻地用手拍着膝盖，尖着嗓子，学她母亲唱起歌来：

噢，年轻的牧人沿街逛哟，

他用棍子去敲窗，

我们在街上一阵忙！

你这个牧人鲍尔卡，

就像晚霞般明亮，

卢笛吹得呜呜响——

吹得全村入梦乡！

他知道很多这种欢乐活泼的歌，能够很熟练地把它们唱出来。

"是的。"他接着说，"她就这样唱着唱着在门槛上睡着了。屋子里冷冰冰的，真够劲，我冻得浑身直打哆嗦，差点儿没冻死。想把她往屋里拖吧，又拖不动。今天早上，我对她说：'你怎么喝了这么多酒，醉得一塌糊涂？'

她却说：'也没什么，你就再耐心一点，反正我也快死了！'"

丘尔卡认真而又肯定地说：

"她快死了，全身都肿了。"

"你可怜她吗？"我问。

"怎么不可怜？"维亚希尔惊讶地说，"要知道，她可是我的好妈妈呀……"我们大家都知道，这个莫尔德瓦女人顺手就能把维亚希尔揍一顿，但我们相信她是一个好女人。

遇到运气不好的日子，丘尔卡就建议说：

"咱们每人凑一戈比，给维亚希尔的母亲买点酒喝吧，要不她会打他的！"【名师点睛：虽然大家都很穷，但还想着帮助同伴，可见这些孩子善良又可爱。】

我们这伙人中只有丘尔卡和我两个人识字，维亚希尔特别羡慕我们，他揪着自己那像耗子一样的尖耳朵，柔声柔气地说：

"等我把我那个莫尔德瓦女人埋了之后，我也去上学，我向老师深深地鞠躬，求他收留我。等我学成之后，我去求大主教雇我当个园丁，要不，就直接去求沙皇……"

春天的时候，莫尔德瓦女人同一个募化修建寺院基金的老头一起，当时还带着一瓶酒，被倒下来的木柴垛（duò）[整齐地堆积成的堆，垛子]压在底下。人们把她送进了医院，举止稳重的丘尔卡对维亚希尔说：

"到我们家去住吧，我妈可以教你识字……"

没过多长时间，维亚希尔就把头抬得高高的，念着招牌上的字：

"食品货杂店……"

丘尔卡改正他说：

"是食品杂货店，怪人！"

"我看见了，可是把母字念反了。"

"是字母！"

"字母活蹦乱跳的，它们喜欢让人家念它们呢！"

他那种对树木和小草的爱惜，使我们大家觉得好笑又惊奇。

我们的镇子坐落在城郊的沙地上，这里植被很少，仅仅在某些地

257

▶ 童年

方，比如院子里，孤孤单单地长着几棵苍白的柳树和歪歪扭扭的接骨木丛。几棵灰色的干枯的小草胆怯地藏在围墙下面，如果有谁坐到小草上面，维亚希尔就不高兴地嘟囔道：

"喂，为什么要糟蹋青草呀？坐在旁边的沙地上不是也一样吗？"

我们当着他的面，谁也不好意思弄断一根柳枝，折断一根正在开花的接骨木，砍下奥卡河上的一根柳树条。如果我们这样做了，他总是吃惊地耸起肩膀，摊开双手，说：

"你们为什么什么都要毁坏呀？真是活见鬼！"

每次一看到他吃惊的样子，大家就都觉得很惭愧。

每到星期六，我们都要玩一次快乐的游戏。为了准备这个游戏，我们经常会花掉一周的时间，到街上去把破布、皮鞋收集起来，堆到一个僻静的角落。【名师点睛：生活如此艰辛，可是孩子天真、贪玩的本性并未被抹杀，他们依然善于在苦中作乐。】一到星期六的晚上，当一群鞑靼搬运工从西伯利亚的码头回家的时候，我们已经在十字街头找好了阵地，开始向这帮鞑靼人扔草鞋。开始，那些鞑靼人对我们很恼火，追赶我们，骂我们，但是没过多久，他们对我们这种游戏也产生了很大的兴趣。他们也已经知道了将会发生一场攻击，于是也装备了不少草鞋来到了战场上。除此之外，他们还窥探我们藏军火的地点，不止一次地把我们偷了个精光。我们抱怨他们说：

"这算什么游戏呀！"

于是，他们就把草鞋又分了一半给我们，接着战斗就开始了。一般情况下，他们会在开阔地上摆好阵势，我们尖叫着，在他们的周围奔跑，向他们投草鞋。他们也攻击我们，当我们中间有人被他们投过来的草鞋击中，一头栽进沙土里的时候，他们也高声叫喊着，哈哈大笑起来。

游戏热烈地进行了很久，一直到天黑，一些小市民也从墙角里往外观看，不过为了体面，也照例咕咕哝哝地埋怨上几句。【名师点睛：

258

小市民们也会看小孩子玩游戏，表现出这类人生活很无聊，而他们为了体面会埋怨孩子，又体现出他们的虚伪和可笑。】灰色的草鞋上满是尘土，它们像乌鸦般地满天飞，我们中间有人被打得很厉害，但从游戏中得到的快乐要比疼痛与委屈多得多。

鞑靼小伙子们的兴头并不比我们差。战斗结束后，我们常和他们一起到同业工会去，他们在那儿请我们吃香甜的马肉，吃一种用特殊方法煮的热汤菜。吃完晚饭以后，还会请我们喝特别浓的红茶，吃掺着奶油与核桃仁的甜点心。我们特别喜欢这些身材高大的人。他们全部是被精心挑选出来的大力士，在他们身上，有一种很容易叫人理解的孩子般的稚气，特别让我吃惊的是他们那种毫无恶意和坚定不屈的善良性格，以及那种认真和互相关心的态度。【名师点睛：鞑靼人十分热情好客，他们的淳朴、善良、友爱吸引着"我们"，也感染了"我们"。】

他们经常会哈哈大笑，常会被笑声噎得流泪。他们中间有一个歪鼻子的卡尔莫夫人，力大无比。有一回，他把一个二十七普特重的大钟从驳船上背到很远的河岸上。当时，他一边笑一边尖叫着，喊道：

"噢，噢，瞎扯！净是胡说，全是扯淡，金钱也都是扯淡！"

还有一次，他用手掌托着维亚希尔，将他高高地举起来，说：

"瞧，他住在哪里？住在天上！"

遇到坏天气的时候，我们就到墓地上雅兹父亲看守的小屋里聚会。他父亲全身的骨头都是歪斜的，胳膊挺长，身上脏乎乎的，脑袋很小，脸上闷闷不乐的，头发又脏又乱。他的脑袋就像一朵干枯了的带刺牛蒡花，脖子又长又细，像牛蒡花茎，【名师点睛：这段话运用白描手法描绘了一个社会底层民众的形象。老人羸弱的相貌反映了他贫困的生活境况，让人对这位描写对象顿生同情。】他笑嘻嘻地眯缝着一双发黄的眼睛，快嘴快舌地嘟哝着：

"上帝保佑我，可千万别让我睡不着觉！噢嚁！"

▶ 童年

　　我们去之前买了三钱茶、一点糖和几个面包，当然还得给雅兹的父亲买点伏特加酒，丘尔卡严肃地吩咐说：

　　"糟老头，把茶炊烧起来！"

　　糟老头咧着嘴一笑，生起了白铁茶炊，我们在等茶的时候，讨论起自己的事情来，他出主意说：

　　"注意——后天特鲁索夫家要举行四旬祭［俄国民间风俗，人去世四十天后所举行的祭祀］，有盛大的宴会——如果你们想捡骨头，就到那儿去！"

　　"特鲁索夫家的骨头有厨娘来收集。"无所不知的丘尔卡说。

　　维亚希尔望着窗外的墓地，幻想着说：

　　"我们很快就能到森林里去了，真好啊！"

　　雅兹总是沉默寡言，用凄冷的目光凝神地打量着所有的人。他把自己的玩具——从垃圾堆里捡来的木头士兵、瘸腿马、碎铜片、扣子拿给我们看，也是一言不发。

　　他的父亲把各式各样的茶杯、茶缸子摆到桌子上，把茶炊也摆上来。他喝过酒，爬到炕炉上，伸长脖子，用那双猫头鹰似的眼睛瞅着我们，低声嘟囔道：

　　"噢，你们这些小偷，上帝保佑，可千万别让我睡不着觉！"

　　维亚希尔对他说：

　　"我们不是小偷！"

　　"噢嗬，不是小偷，也是贼小子！"

　　每当雅兹的父亲使我们感到厌烦时，丘尔卡就气呼呼地斥责他：

　　"别啰啰唆唆的了，废物！"

　　这人只要一说起哪家有病人，哪个村民快要死了的时候，我、维亚希尔和丘尔卡就很不爱听了。他讲这种事，讲得津津有味，毫无怜悯之心，当他看出我们对他讲的话感到很不高兴时，他就更加故意逗弄我们，刺激我们，说：

"啊嘀，小鬼头，你们害怕了吧，好啊，我告诉你们，有个胖子快死了！——嘀，他死后得很久才能烂掉！"

我们不让他说，可他仍然没完没了：

"你们早晚也得死，在垃圾坑里能活多久！"

"哼,死就死呗，"维亚希尔说，"我们死了以后要上天堂去当天使……"

【名师点睛：维亚希尔大无畏的话表现了他的天真、勇敢和虔诚。】

"你——们？"雅兹的父亲听了维亚希尔的话，惊讶得倒吸了一口气，说，"你是说你们想当天使？"

他哈哈大笑了起来，接着又讲起关于死人的各种各样令人厌恶的事情，故意来逗弄我们。

有时候，他会忽然低声细语地讲一些离奇古怪的事情：

"你们听着，孩子们，三天前埋了一个女人，我知道她的历史，你们可知道她究竟是一个什么样的女人吗？"

他最喜欢讲的就是女人，并且每次都讲得污秽不堪。但在他的讲述中，往往有一种疑问的、抱怨的口气，他仿佛在邀请我们和他一起思索，于是我们也就都很认真地听他讲。他讲的时候，颠三倒四，语无伦次，并且常常用一些问句，听了他所讲的故事，在我们的记忆中仍然留有一些令人不安的支离破碎的片段。

"有人问他：'是谁放的火？'她说：'是我放的！''这根本不可能，傻瓜，那天夜里你不在家，在医院里躺着！''是我放的火！'她为什么要这么说？呜嘀，上帝保佑我，可别让我睡不着……"

他几乎知道每一个被他埋进那片荒凉光秃的墓地沙土里的村民的历史，他好像在我们面前打开了每一户人家的大门，我们一走进去，就看见他们在怎样地生活，感受到了一种严肃而又重要的东西。【名师点睛：表现了雅兹的父亲知道得很多，也善于表达，这些故事好像就发生在"我们"身边，也存留在了"我们"的记忆里。】他几乎能讲整整一个夜晚，一直到天亮。不过，当看守小屋的窗子刚刚发暗，暮色降临的时

261

▶ 童年

候，丘尔卡便从桌子旁站了起来，说：

"天要黑了，我要回家了，不然妈妈会害怕的，谁跟我一起走？"

于是，大家就都走了，雅兹把我们送出了围墙，关上大门，他将自己那副瘦骨嶙峋的面孔贴到篱笆门上，用低沉的声音对我们说：

"再见！"

我们也向他喊了一声"再见"，我们总觉得把他一个人留在墓地上，很不是滋味。科斯特罗马有一次回头看了看他，说：

"等着吧，明天咱们一醒来，他可能已经死了。"

"雅兹过的日子，比我们任何人都苦。"丘尔卡常说。

维亚希尔总是反驳道："我们过得一点也不苦……"

我觉得我的生活一点也不苦，我很喜欢这种独立自由的街头生活，也很喜欢那些同伴。他们唤起我心中一种强烈的感情，我总是不安地想为他们做点好事。【名师点睛："我"之所以喜欢这种流浪街头的生活，是因为可以自由自在，而且"我"和同伴们相处得很融洽，很愉快。这一段的最后一句还表明"我"是一个乐于助人的孩子。】

在学校里，我又遇到了困难，同学们管我叫捡破烂的、要饭的，他们总嘲笑我。有一次吵过架以后，他们跟老师说，我身上有一股垃圾味儿，他们不愿同我坐在一起。这种控告深深地侮辱了我，我在学校里变得极为难堪。这种控告是恶意捏造的，因为每天早晨，我都认真地把身子洗干净，从来没有穿过捡破烂时穿的衣服去上学。

不过，我终于读完了三年级，学校奖给我一本福音书、一本硬书皮的《克雷洛夫寓言》和一本不带封面的小书《法达·莫尔加那》，书名很难看明白，还发给了我一张奖状。当我把这些奖品拿回家的时候，外祖父特别高兴，十分感动地说这些东西必须好好地保管起来，他要把这些东西锁在自己的小箱子里。此时，外祖母已经因为生病躺了好几天了，她缺钱花，外祖父总是唉声叹气，尖声地叫道："你们都把我吃光喝光了，只剩下骨头了，唉，你们这

262

些人呐……"【名师点睛：外祖母生病了，外祖父不但不同情她，反而说一些风凉话，吝啬又无情。】

我把那些书拿到小铺里去当，卖了五十五戈比，把钱交给了外祖母。【名师点睛："我"嗜书如命，却把学校奖的书卖了，因为外祖母生病正需要用钱。这说明"我"正在成长，渐渐懂得承担责任了。】我在那张奖状上面乱写了一些字，弄脏了之后，交给了外祖父。他没打开看，就把它珍藏了起来，因此，并没有发现我的恶作剧。

辍学之后，我又重新过起了街头的生活。现在大街上比以前更好了，正是春光明媚的时候，钱也好挣一些，一到星期天，我们这伙人早早地就到野外的松树林里去了，很晚才回镇子。大家都感到了一种舒适的倦意，彼此变得更加亲近了。

但是这种生活并没有维持多久。继父被解雇了，他又不知跑到哪里去了；母亲和小弟弟又搬到外祖父家里来了，我又担负起保姆的工作；外祖母的病好了，她搬到城里去了，住在一个富商的家里，给他家绣棺罩。

母亲变得沉默又干瘦，连脚都挪不动了。她总是用一对可怕的眼睛瞧着周围的一切。小弟弟患了淋巴结核病，踝骨上有溃疡，身体虚弱得连大声哭都不能。如果饿了，就浑身哆嗦着直呻吟，吃饱了就打盹，在朦胧的睡眠中，奇怪地喘着气，像小猫似的打起了呼噜。

外祖父特别注意地摸摸他，说：

"得好好地喂他，不过，我的饭又不够你们大家吃的……"

母亲坐在墙角的床上，用嘶哑的声音叹息着说道：

"他吃不了多少……"

"这个，那个，吃不了多少，加在一起可不就多了……"

他挥了一下手，转过脸来对我说：

"你得把尼古拉抱到院子里让他晒晒太阳，把他埋在沙子里……"

我用口袋背来一些洁净的干沙子，堆到窗户底下有太阳的地方，

▶ 童年

按照外祖父的指示，把小弟弟埋到脖颈。他高兴地坐在沙子里，用那对没有眼白，只有蓝色瞳仁并闪闪发光的眼睛笑眯眯地看着我。

我立刻爱上了我的这个小弟弟，对他有些恋恋不舍了。我觉得，我的脑子在想什么事，他好像全都懂。我和他一起躺在窗下的沙子里，外祖父声音尖锐地说：

"死，并不是什么难事，你应该坚持活下去！"

母亲不停地咳嗽着……

小弟弟抽出两只手，向我伸了过来，还摇着白白的小脑袋。他的头发很稀少，泛着白色，小脸蛋却显得很老成、很聪明。

如果有鸡和猫走近我们，尼古拉就爱长时间地看着它们，然后看看我，露出一丝微笑来。这个微笑使我不安：小弟弟是不是已经知道了我觉得和他待在一起很无聊，想扔下他跑到大街上去玩呢？

院子又小又窄，拥挤又肮脏，从大门口起，有一排用木板条搭成的棚子，木柴棚和地窖弯弯曲曲地伸过来。最后是一间草堂，棚顶上堆满了小船的残骸、劈柴、木板和潮湿的碎木片子，所有这些都是我从奥卡河里捞上来的各种木材，乱糟糟地堆满了整个院子。这些木柴都湿透了，在阳光下冒着热气，散发出一股股的霉味。

院子旁边是一家小牲口屠宰场，几乎每天早上，那里都会传来小牛哞哞和绵羊咩咩的叫声。空气里到处弥漫着浓重的血腥味，那种气味就像一张透明的殷红的网似的，在充满尘埃的空气里飘荡着。

每当那些牲畜因为两角之间被斧头打伤而发出怒吼时，小弟弟便眯缝着眼睛，噘起嘴，可能是想学它们吼叫的声音，可是他只呼出一口气：

"呜……"

中午，外祖父从窗口伸出头来，对我们喊道：

"吃中午饭啦！"

他亲自喂小弟弟，把他放到自己的膝盖上，把土豆或面包嚼烂，用弯曲的手指送到他的小嘴里，弄脏了他那张薄薄的小嘴和尖尖的下巴。外祖父喂了几口以后，就撩起小弟弟的衬衫，用手抚摸着他那鼓鼓的小肚子，自言自语地说："够了吧？是不是还得再来点？"

母亲的声音从靠门的昏暗角落里传了过来：

"你不是明明看到他还伸手想要吗？"

"孩子还小，不懂事！不知道该吃多少……"

外祖父又嚼烂了一口面包，送到了尼古拉的嘴里。看着他就这样喂孩子，我很羞愧，心里也很痛，感到恶心，喉咙里像有什么东西堵住了，喘不过气来。

"好啦！"外祖父最后说，"把他抱过去给你母亲吧！"

我抱起了尼古拉，他哼哼唧唧的，身子还向桌子那边够着，好像没吃饱的样子。母亲迎着我欠起身子，喉咙里呼哧呼哧地响着，伸过来两只瘦得皮包骨的胳膊。她那细长的身子，就像一棵被砍光了枝条的枞树。【写作借鉴：这句话运用比喻的修辞手法，形象地说明母亲这棵大树已经凋零。这其实是在暗示母亲已经走到了生命的尽头。】

她完全变成一个哑巴了，几乎不用以前那种沸水般的声音说话，有时整整一天都沉默地躺在角落里，她已经奄奄一息了，快死了。这我当然是察觉得到的，也是知道的；而且外祖父也频繁地令人厌烦地讲到死，特别是在晚上的时候，当外边已经黑了，像熟羊皮一样，一股股很浓的腐朽味从窗口飘进来的时候，他就喜欢讲到死亡。

外祖父的床摆在前面的角落里，基本上在圣像下边，他脑袋冲着圣像和小窗户睡觉，他躺在那里，一直在昏暗中嘟囔着：

"瞧，她的死期快到了。我们有什么脸面去见上帝？对他说什么好呢？我们也总算忙了一辈子，也经历过一些事情，到老了，落得个什么下场？"

我睡在炕炉和窗户之间的地板上，对我来说，这地方不够长，我只得把脚伸进炉膛里，蟑螂在我的脚上乱爬，弄得我痒痒的。在这个

▶ 童年

角落里，我看到不少让我幸灾乐祸的事。外祖父在做饭的时候，炉叉把和钩子经常打破窗户玻璃，他这么聪明的一个人，竟没有想到要把炉叉的把截短一点。

有一次，锅里的东西快熬干了，他慌里慌张，用炉叉猛地往外一钩，叉子把打坏了窗框的横木和两块玻璃，碰翻了架子上的一个瓦罐，罐子摔碎了。这使老头伤心极了，他坐在地板上哭了起来：

"我的天哪，我的天哪……"

白天，他出去之后，我用切面包的刀子把炉叉把截掉四分之三，不过等外祖父看到我干的这个活之后，便骂起来：

"你这个该死的鬼东西，你应该用锯子而不是刀，锯下来的那段，能做擀面杖，还能卖掉，你这个败家子！"【名师点睛：拮据的生活让外祖父变得极其吝啬，不可理喻。】

他挥着手，跑到了过道里去。母亲对我说：

"你少管闲事呗……"

母亲是在八月里一个星期天的中午去世的（高尔基的母亲因肺结核死于1889年8月5日，终年三十五岁）。继父刚从外地回来，他不知又在什么地方找到了工作，外祖母和尼古拉已经搬到他那儿住了，住在车站附近一所干净的小住宅里，过两天，母亲也打算搬过去。

她死的那天早晨，曾小声地对我说了下面的话，声音听起来比平时清晰轻松：

"去找叶夫根尼·瓦西里耶维奇，告诉他，我请他来一下！"

她用一只手扶着墙，从床上欠起身子，坐起来以后，又对我说："跑快点！"

我觉得她在微笑，她的眼里闪现出一种怪异的表情。继父正在做弥撒，外祖母打发我到一个犹太女人——小铺的女老板娘那里去买鼻烟，很不凑巧的是，那里没有现成的烟丝，我只好当着小铺老板娘的面把烟叶搓碎，再给外祖母送去。

266

等我回到外祖父那时,母亲正坐在桌子旁边,她穿着一身淡紫色的衣服,头发梳理得挺好看的,像从前一样端庄。

"你好些了吗?"我问道。不知为什么,我心里有些害怕。

她看起来有些可怕,然后她看着我,说道:

"过来,你到哪儿闲逛去了,啊?"

我还没来得及回答,她就一把抓住了我的头发,另一只手拿起一把用锯条做的又软又长的刀使劲地打了我几下,刀子也从她手中掉落了。

"捡起来,给我……"

我捡起刀,把它扔在桌子上,母亲一把将我推开,我坐到炕炉的台阶上,吃惊地看着她。

她从椅子上站起来,慢慢地移到了自己的角落里,又躺在了床上。她开始用手帕擦脸上的汗,她的手颤抖着,有两次汗水从脸上滑落到枕头上,她又用手帕擦了擦枕头。

"给我点水……"

我从水桶里给她舀了一碗水,她费劲地抬起头来,喝了几口,深深地叹了口气,用一只冰冷的手把碗推开了。然后,她朝墙上的圣像瞅了一眼,又把目光移到我身上,蠕动了下嘴唇,好像苦笑了一下,就慢慢地闭上了有着长长的睫毛的眼睛。她的两只手紧紧地贴着腰,手指轻轻地颤抖着,两只手摸到了胸口,向喉咙靠近。她的脸上浮现出一层阴影,渐渐地扩展到整个脸上,焦黄的脸绷紧了,鼻子也变尖了。她惊讶地张开着嘴,但是听不到一点呼吸声。

我手里端着碗,不知在母亲的床头站了多久,一直看着她的脸渐渐地变僵了,呈现出一片灰色来。

外祖父走进来,我对他说:

"母亲死了……"【名师点睛:详细描写母亲死时的情景,说明那个场面深深地印在了"我"的脑海里。"我"的镇静并不代表"我"对于母亲之死

▶ 童年

无动于衷，而是因为残酷的现实早已造就了"我"的早熟。在这个场景中，母亲望向圣象的动作表明她在盼望着进入天堂。】

他往床上瞅了一眼。

"你胡说什么呀？"

他走到炕炉前，将饼子拿出来，把炉门盖和烤盘弄得叮当一阵乱响。我看着他，我知道母亲已经死了，现在等着他也能明白这个事实。

继父来了，他穿着帆布上衣，戴着白色的制帽。他静静地端起椅子，放到母亲的床铺边。突然间，他把椅子往地板上一扔，像铜喇叭般地大叫一声："她死了，你们看……"

外祖父瞪起大大的眼睛，手里拿着炉盖，像瞎子般地跌跌撞撞，悄悄地离开了炕炉。

母亲下葬那天，当人们往母亲的棺材上撒干沙子的时候，外祖母跌跌撞撞地朝乱坟堆里走去，她撞到了十字架上，碰破了脸。雅兹的父亲把她领到守墓人的小屋里，帮她擦脸的时候，悄悄地对我说了些安慰的话：【名师点睛：动作描写，外祖母面对母亲的死，显然很痛苦，她难以接受眼前的事实，展示出一位慈母对自己孩子深深的依恋。】

"唉，上帝保佑我，可不要让我失眠，你干吗要这样呢？人生在世，就是这么回事……我说得对吧，不管是穷人还是富人，早晚都得进坟墓，是这样。没错吧？"

雅兹的父亲朝窗外看了一眼，突然从小屋子里跳了出去，但他马上又同维亚希尔一起回来了，维亚希尔显得容光焕发、兴高采烈。

"你瞧，"雅兹的父亲递给我一根折断了的马刺，说，"你瞧，这是什么！这是我和维亚希尔送给你的，你瞧，马刺上还有个小轮呢！怎么样？准是哥萨克骑兵戴的，不小心给弄丢了……我想从维亚希尔那里买下这玩意儿，我给了他两戈比……"

"你这是撒的什么谎！"维亚希尔生气地低声说道。雅兹的父亲一边在我身边手舞足蹈，一边对他挤挤眼说：

"维亚希尔,嗯?你太认真了!不是我,是他送给你的,是他……"

外祖母洗完了脸,用围巾将浮肿发青的脸包好了,叫我跟她一起回家。我不想回家,我知道他们在追悼会上肯定会喝酒,也许还会吵嘴。米哈伊尔舅舅在教堂里的时候,叹着气对雅科夫舅舅说:

"咱们今天要喝上几杯,嗯?"

维亚希尔努力地想要逗我发笑:他把马刺钉挂在下颌上,用舌头去舔马刺上的小齿轮。雅兹的父亲故意放声大笑,他一边笑一边喊道:

"你瞧,你瞧他在干什么呢?"可是当他见到这一切都不能使我高兴的时候,便严肃地说:"行啦,你也清醒清醒吧!任何人都得死,连小鸟都得死。你听我说,我给你母亲的坟头上铺一层草皮,好不好?我们现在就到野地里去,你、维亚希尔、我,我的雅兹也跟咱们一块去,咱们铲些草皮,把坟墓好好地装饰一下,再好不过了!"

他说的这件事,倒挺合我的意,于是我们就一块到野外去了。

母亲下葬几天之后,外祖父对我说:

"喂,阿廖沙,你也不是一枚奖章,我的脖子上也不是挂你的地方,你到外面去找点事做,混碗饭吃吧……"

于是,我就到人间去了。【名师点睛:简短的结尾,自然而然地收束全文,单纯明快、朴素无华。通过"到人间去了",引出这部自传体三部曲的第二部——《在人间》,衔接巧妙,过渡自然。】

Z 知识考点

1.由于生活越来越艰难,外祖母和外祖父最后_____了。外祖父很自私,他将外祖母的旧东西,还有_____变卖了,一共获得了____卢布。阿廖沙开始了自己赚钱的生活,他依靠_____、到_____的木材场或_____去拖木板,赚到了一些钱,和外祖母相依为命。

2.用线将下面的人物和与其对应的个性特征连起来。

外祖父　　　　　　　　粗野、市侩

269

▶ 童年

外祖母	慈祥、和蔼
阿廖沙	勇敢、正直
两个舅舅	机灵、善良
阿廖沙的父亲	自私、吝啬

3.本章的情节中,阿廖沙是如何赚钱的?对此你有什么样的感想?

___

___

___

阅读与思考

1.开篇为什么详写外祖父与外祖母分家后的情景?

2.从那些和阿廖沙一起捡破烂的孩子身上,你看到了什么样的品质?

3.阿廖沙在令人窒息的环境中长大,最后他变成了一个什么样的人?对于阿廖沙的遭遇,你有何感想?

《童年》读后感

提起童年,我们常常会用"无忧无虑""幸福快乐"等词语来描绘它。童年生活带给我们的大多是美好而甜蜜的记忆。

高尔基在他的《童年》一书中,为我们展现了沙皇统治时期,一个充满仇恨,笼罩着浓厚小市民习气的令人窒息的家庭。他笔下的主人公阿廖沙拥有一段和我们截然不同、极其不幸的童年。阿廖沙幼年丧父,不得不随母亲去投奔开染坊的外祖父。随着家业的衰落,外祖父变得吝啬、贪婪、专横、残暴,经常毒打外祖母和孩子们,狠心地剥削手下的工人。阿廖沙的两个舅舅自私、市侩,整日为争夺家产争吵斗殴。在这样一个弥漫着残暴和仇恨的家庭里,幼小的阿廖沙过早地体会到了人间的痛苦和丑恶。虽然他迷惘过,挣扎过,但最终没有被艰辛而屈辱的生活所压倒,而是满怀信心,在外祖母乐观性格的感染下,努力冲破了种种障碍与不幸,不断探索着新生活。这种乐观主义精神使小说在思想内容上带上了积极的色彩,深深地感染了我们。

小说成功地塑造了一系列栩栩如生的人物形象:残酷自私、贪婪暴躁的外祖父,宽厚仁慈、善良勇敢的外祖母,自私自利、贪得无厌的舅舅,可悲可怜的母亲,快乐能干的小茨冈,勤劳正直的老匠人格里高里……这些人物中,外祖母和外祖父给我们留下的印象最为深刻。外祖母喜欢唱歌、讲故事、跳舞,她慈爱、善良、刚强,即使在十分嘈杂和混乱的情况下,也能成功地把人们的注意力吸引到她的周围。她的存在,为艰苦的生活增添了一种欢乐的情调。

▶ 童年

　　作者在书中通过对外祖母的外貌、语言、动作、心理等方面的细致描写，以及引用大量民间歌谣、童话、故事等形式，对这个典型形象进行全方位的刻画，让我们被她的人格魅力深深地打动。

　　我们生活在一个和平、繁荣的时代，年少的我们在学校自由地畅游于知识的海洋，沐浴着老师们的谆谆教诲；在家里，个个都是父母的"掌上明珠""心肝宝贝"，享受着他们给予我们的无私的关爱。美好的时代给了我们美好的童年，和阿廖沙悲惨的童年相比，可以说一个是天堂，一个是地狱。高尔基在那样艰苦的环境下自强不息，积极探索，最终成为一代名家。我们所处的新时代，有着如此优越的物质条件和数不清的机会，我们更应该把握时代馈赠给我们的机遇，好好学习，学得一身过硬的本领，为实现自己的理想，为建设更强大、美好的祖国奋斗不息。

编　者
2021 年 3 月

参考答案

第一章

知识考点

1. 父亲　尼日尼　外祖母　外祖母　母亲　尼日尼
2. C
3. 阿廖沙原本有着快乐的童年,但是父亲去世了,不得不跟母亲到外祖母家生活,而这样的生活对小孩来说是陌生的、难以融入的,因此感觉自己像一个外人,不禁有些失落。

第二章

知识考点

1. 萨沙　外祖父　阿廖沙　桌布　外祖父
2. B
3. 阿廖沙对于外祖父的感觉是害怕而又有些好奇,非常复杂。因为只要犯错就会挨打,阿廖沙感觉到外祖父很暴躁、严厉。后来,当外祖父给阿廖沙讲故事、讲人生经历时,他又觉得外祖父的形象很高大,崇敬之情油然而生。

第三章

知识考点

1. 格里高里　剪刀把　朝上的钉子　颜色　外祖父　唾沫
2. C
3. 虽然外祖父对于小茨冈的死很愤怒,但是他并不是怜惜小茨冈这个人,而是因为他能干,能为家里做事,因此不想他死,这揭露了外祖父冷漠、自私的本性。

第四章

知识考点

1. 外祖母　祈祷　火灾
2. B
3. 运用了对比衬托的写作手法,将外祖母晚上睡觉害怕蟑螂与勇敢指挥救火形成鲜明的对比,衬托出外祖母伟岸的女性形象,这样描写让人物形象更鲜明。

第五章

知识考点

1. 城里　河对岸　地主　臂膀　残疾　乞丐　织花边　巴拉罕城
2. B
3. 阿廖沙童年时期就失去了父亲,随着母亲辗转到了外祖母家生活,母亲也不常在身边,缺少父爱和母爱。如果我们经历这样的悲惨生活,应该更加坚强,努力学习,勇于承担,争取早日成长起来。

第六章

知识考点

1. 米哈伊尔　财产
2. B
3. 外祖母的胳膊被舅舅用棍子狠狠地打了一棍,仰面倒下了,半天没有爬起来,她在酒馆老板的妻子的搀扶下才回到了屋里。外祖母的胳膊被打骨折了,后来找了接骨医生来医治。

273

童年

第七章

知识考点

1. 外祖父　胡萝卜　割掉猫的尾巴　毒死狗　打死公鸡和母鸡　地窖　白菜　黄瓜

2. A

3. 因为在现实生活中，一家人经常闹矛盾，外祖母认为这是别人受到了邪恶的诱惑，因此希望上帝将这些邪恶的东西去掉，让任何人不再受别人欺侮，也让自己别再无缘无故地受欺侮。

第八章

知识考点

1. 缆索　好事　被赶走了

2. C

3. "好事"是一位知识分子，懂得很多科学方面的知识，坚持做科学实验，然而当时文化落后，社会黑暗，绝大多数人愚昧无知，因此他成了另类，所以被人们排斥。

第九章

知识考点

1. 彼得大伯　抢劫犯　自杀

2. D

3. 有一次"好事"被射中了腰部，子弹掉落到口袋里，他将子弹扔在了墙角，没有追究。外祖父被射中了腿，气急败坏地状告对方，然而地主偷偷溜走了。

第十章

知识考点

1. 白　黄　连衣裙　长袍　钟表匠　拒绝

2. A

3. 因为在念诗的时候，阿廖沙看到了母亲的悲伤，而且脸色也变暗了，心里不是滋味，脸上充满了血，直往下坠，脑子里也嗡嗡响着，似乎从母亲的身上看到了生活的艰辛，因此，原本会念的诗歌竟然不会念了。

第十一章

知识考点

1. 我父亲的札记　大木箱子　桃花裙子　缎面坎肩　长袍　妇女头饰　女帽　三角头巾　项链　宝石　母亲

2. 把阿廖沙的父亲推进冰河里，差点儿淹死了他。结果父亲自己爬了上来，大难不死，也并未向警察告发他俩。

第十二章

知识考点

1. 叶夫根尼·马克西莫夫　测量　外祖父　暴躁

2. (1)√　(2)×

3. 母亲挺着大肚子，咳嗽得很厉害，但是继父不管不问；一次又一次地搬家，生活越来越艰辛，所以她过得并不好。

第十三章

知识考点

1. 分家　狐皮大衣　七百　捡垃圾　奥卡河岸　彼斯基岛

2. 外祖父——自私、吝啬
外祖母——慈祥、和蔼
阿廖沙——机灵、善良
两个舅舅——粗野、市侩
阿廖沙的父亲——勇敢、正直

3. ①他是通过捡垃圾和拖木板来赚钱的。②可以结合自身实际，谈自己的感想，言之有理即可。